雅園拾趣

一位退休外交官的『三事』集

徐贻聪 著

世界知识出版社

图书在版编目（CIP）数据

雅园拾趣：一位退休外交官的“三事”集 / 徐贻聪著. —北京：世界知识出版社，2011.1

ISBN 978-7-5012-4020-3

Ⅰ. ①雅… Ⅱ. ①徐… Ⅲ. ①回忆录—作品集—中国—当代 Ⅳ. ①I251

中国版本图书馆CIP数据核字（2011）第009008号

书　　名	**雅园拾趣** ——一位退休外交官的“三事”集 Yayuan Shiqu:Yiwei Tuixiu Waijiaoguan de Sanshiji
作　　者	徐贻聪
责任编辑	龚玲琳　余　岚
封面设计	甄　易
责任出版	赵　玥
责任校对	张　琨
出版发行	世界知识出版社
地址邮编	北京市东城区干面胡同51号（100010）
网　　址	www.wap1934.com
经　　销	新华书店
排　　版	北京世知文化创意有限公司
印　　刷	世界知识印刷厂
开本印张	880×1230毫米　1/16　9½印张
字　　数	238千字
版次印次	2011年3月第一版　2012年2月第二次印刷
标准书号	ISBN 978-7-5012-4020-3
定　　价	20.00元

『雅园拾趣』值得祝贺——序徐贻聪老友新作

徐贻聪大使校友《雅园拾趣——一位退休外交官的“三事”集》将由世界知识出版社出版发行，谨表示祝贺。

贻聪是资深外交官，阅历丰富。他的《雅园拾趣》谈及许多公事，也谈到了一些私事以及这些事与以往和现在社会的关联。每篇都不长，内容也并不复杂，但含义深刻，文字朴实，发人深省。世界知识出版社决定出版他的这本文集，应该属于慧眼识物，有益于知识界，有益于社会。也应向世界知识出版社表示祝贺。

我和贻聪相识和共事多年，知道一些他的趣事，至少有两件事仍历历在目。

可能由于他长期在发展中国家常驻，而且特别注重向那里的朋友学习，他的做派越来越像某个发展中国家的领导人。有一次在大会堂参加外事活动，他到得早，一位年轻服务员把他让到外宾席上，后来发现他不是外宾，让他换座位。贻聪高高兴兴地听从安排。服务员向他道歉，他说：“应该道歉的是我。”他在使馆当一把手也一直平易近人，平等对待部下和外国老百姓。我曾在2010年向外交部的年轻干部说：“徐司曾当过一次可爱的外国贵宾。”我还向一些拉丁美洲国家驻华使节说过"徐大使是好人"。这不是外交辞令，也不是一般意义上的褒奖，而真是我对他的认识。令我感到高兴的是，在场的拉美使节都赞同我的说法。

第二件是特别敏感的事。1989年6月4日，他作为拉美司副司长、现世界知识出版社社长高树茂作为礼宾官、现世界知识出版社总编辑沈国放作为秘书、我作为新闻司长正陪钱其琛外长访问厄瓜多尔。面对一些西方政客对我国的诬蔑，贻聪在部长指挥下坚决反对西方干涉我内政，同时又耐心平和地用地道的西班牙文为拉美朋友解疑释惑，体现了一位高级外交官对祖国的忠诚和为人民服务的水平。

贻聪是在"和谐雅园"写成这本书的。这让我感到格外亲切。七八年前，外交部不少同事住房困难。先后主管后勤事务的副外长吕新华和李金章工作认真。他们替我起草了谈话稿，敦促我直接找时任北京市委书记刘淇和市长王岐山恳求支持，结果很快如愿以偿，开始了"和谐雅园"的建设。外交官能做点有用的事，包括写本值得读的书，全仰仗全国人民，包括首都人民。

我曾为贻聪同志的另一部著作《结缘拉丁美洲》写过几句话，现在愿意推荐他的新作。我看，贻聪是希望通过此书抒发对国家、人民和家庭的亲情和责任感，这符合我们构建和谐社会的崇高目标。

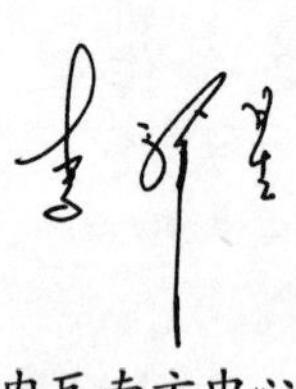

2011年1月22日自北京经罗马赴日内瓦南方中心路上

友人的话

张殿清

一口气读完了徐贻聪同志的手稿《雅园拾趣》，沉思凝重，感触颇深。很多细节涉笔成趣，耐人寻味，真是暖流沁入肺腑。我不仅被他那雅致的文采韬略和深厚的文字功底所折服，更被他书中所表述的深邃思想所震撼。从字里行间，我看到了他的那颗最坦诚、最朴实的赤子之心。

记得我俩是1995年初识在外交部部属的世界知识出版社。当时他是世知社的社长，我是要出书的作者。为了出版我的几本书，我找他沟通、磋商一些问题，而和他初打交道。我发现，他的理想信念、政治觉悟、政策水平、业务能力等都是我所不及的；他坦诚平易的待人接物风范，他的品德、学识、作风以及言谈的准确和严谨，更让我望尘莫及。这些都使我对他产生尊重，而后让我佩服，随之产生要更多和他交往、更好向他学习的心愿，因而我和他的交往渐渐繁密，直至成为今日之挚友。前外交部部长李肇星称他是一个“很好的好人”，其评价是多么中肯。我为我能结识这样一位朋友而感到非常荣幸。

我与徐贻聪同志的频繁往来始于我俩各自退休以后。记得有一次他偕夫人徐丽丽回老家江苏淮安，我去火车站送行。看到他的夫人坐着轮椅、带着拐杖，行动十分不便，还坚持回老家省亲，而且还是去婆家，我意识到，对于一位70多岁、身体有疾的女人来说，是多么的不易，又多么的可亲可敬。我对他们发自内心的感动油然而生。

徐贻聪同志从淮安回京后，我们俩曾长时间地促膝谈心，并细谈了他的《老人快乐生活是子孙的最大愿望》一文，从文中得知他的父母已分别是96岁和95岁的高龄寿星。徐贻聪常年在外事部门工作，官至大使级，但从未忘记父母和亲人，总是越洋电话不断，常用长途电话来表达他对父母和亲人的牵挂。他在家庭会议上侃侃而谈的即席讲话所流露出来的亲情孝道，像涓涓细流流淌在亲人的心田，真可谓：山青青，水茫茫，功成名就回故乡。岁岁淮安依旧在，山水共流芳。"让老人快乐就是子孙的最大愿望"，这是怎样一种博深而厚重的孝子情怀呀！

我还知道，近几年来，每天早晨，徐贻聪都用轮椅推着骨折后的妻子上街，既晨练又买菜。有时他还对我说，他的孙女们要回来，得去买菜，尽量买好菜，并要烧好饭菜。真有"老骥伏枥"的味道。

我也读了他的几篇关心社会、关心下一代和针砭时弊的政论文。其中《反对"三俗"要从领导做起》一文让人感慨，让人折服。真是国事、家事、天下事，事事关心呀！

3年前，我读了他的《结缘拉丁美洲》一书，增长了不少外事工作知识，同时感到，一名优秀外交官，衔着国家元首的使命，率领团结一班人，在异国他乡为争取民族尊严、维护祖国利益而工作，确实是任重而道远。我还领悟到，成就一名外交官是一件多么不易之事。一名合格的外交官，不仅要有很高的品德素养和文化知识，而且要有鲜明的人格魅力，以取得驻在国元首及高官政要的理解和支持，从而成为他们可信赖的朋友，本人则要在心里永远装着对祖国深深的爱和为国争光的信念，以及与驻在国人民世世代代友好下去的责任感。

徐大使在家里是个好儿子、好丈夫、好兄长、好父亲；在外面，则是一名恪守职责、德才兼备的优秀外交官；在朋友中，他又是很多人特别是我的良师益友。

人的一生能为家庭、事业、国家尽耿耿忠心而不遗余力，泼洒满腔亲情爱意而无怨无悔，做到此亦足矣！

预祝他的作品早日付梓面世，用它来感动更多人、教育更多人，使更多的人受益。

2010年10月20日于北京

作者注：张殿清同志与我是多年朋友，亦已退休数年。曾任中共中央办公厅局长，20世纪90年代中期调来北京前，曾长期在宁夏回族自治区区委、区政府工作。目前，他的夫人、子女等家人还都在银川，自己一人住在北京。近些年来，我们经常相聚，无所不谈，相互理解颇深。他著有多部重要作品，其中的《情报与反情报》、《间谍与反间谍》、《窃听与反窃听》等书，是我在世界知识出版社工作期间与他合作出版的，这些书已成为许多单位确定的必读书籍。

前言

人生在世，无疑都会有家事、国家事和社会事，因为他（她）必然有自己的家，必然会为国家做点事，必然要和社会接触，从而形成这几种关系，也给自己找来这几方面的事情。正是这样的三类事情构成了人的一生，或轰轰烈烈，或平平淡淡。我也不例外，属于平平淡淡型。

在我迄今的大半生中，没有什么轰轰烈烈的大事，但也有一些可称作故事的事情，包含在国家、社会和家庭这三个方面。退休后没有多少正式的事情，时间比较充裕，想把其中比较有点儿趣味的事写出来，收集在一起，既作为自己的回味，也与对之有兴趣的人共勉。我把这些篇幅汇集并取名“三事集”，意在表明我对自己的一生还感到充实，对家庭、对国家、对社会都无怨无悔。再有，从2006年底起，外交部着手筹建新的宿舍区——和谐雅园。我对这个小区的设计、环境颇感满意，认为它的名字也很符合当今的思维、社会追求并有些诗意。经过成家后的7次搬家，在退休后的第9个年头将家安在了雅园，并决定在余生之年定居于此，故我把“三事集”以小区命名，称之为《雅园拾趣》，意指我在雅园里捡拾起来的兴趣所在。个中含义，我想就不做其他过多的解释，有兴趣阅读它的人自会有自己的认识和理解。

经历了70多年的风雨，亲历了抗日和解放两个战争时期以及新中国成立后的剧烈时代变迁，也经历了几十年的工作和人际交往，我对人生多方面的体验和领悟，都点点滴滴地反映在我的各篇短文中。这里，想做几点简单归纳：

人应该有点信仰。人类自古以来就各有信仰，有的信自然，有的信宗教，有的信思想。信仰是目标，是动力，在人类前进的道路上确实起着特殊、重要的作用。没有信仰，人会迷茫，会失去方向，会没有动力。我信仰的是马列主义、毛泽东思想，以及在这些指导思想基础上形成的关于中国特色社会主义的理论，而且矢志不渝，因为我的实践证明了它的正确、它的作用和它的威力。有些人也说信仰马列主义和毛泽东思想，但嘴上一套，行动又一套。我自己觉得，我和他们不同。我是把信仰当做指南、标准和衡量行动的尺子的，虽然我做的事情并非十全十美。

人应该有点自信。要做成一件事情，要承担一项重任，没有一点儿自信很难实现。自信不全是缺点，是对自己信心的考验和激励。自信不应该是盲目的，应该有必要的知识、技能、胆识作为基础。没有求知的欲望，没有虚心的态度，没有认真的学习，自信也就只能是盲目和空泛的，只能是狂妄自大，起到消极的作用。

人应该有点成就感。人的前进动力来自多个方面，对自己取得的成功感到满意，也是动力之一。"知足者常乐"，含有很深的哲理。人的能力有大小，只要感到为国家、为社会、为家庭尽到了应该尽的义务就可以心安。至于贡献的大小，个人无须去作评价。当然，看到自己的些许成就就沾沾自喜，不思新的进取，那就很难再有进步，是绝不可取的。成就感还包括大胆地承认自己的不足和犯过的错误。

人应该待人平等。在世界上，人与人应该是平等的。共产党的原则是，人有分工不同，没有贵贱之分。对这个原则，我是坚信不疑的。你可能有比别人更高的官阶，那也只能是说你比其他一些人承担着更大的责任，应尽更多的义务，而不说明你和他们不平等。我总感到，上级可以用工作任务要求下级，而不应该以权势蛮横地对待下级。在家庭里，坚持成员间的平等原则，是维护家庭和睦、和谐的重要成因之一。在社会上，则要像周恩来生前说的“只有尊重人家，才能赢得人家的尊重”那样，把对他人的尊重放在首位。

人应该有点自律。我历来主张，人应该“循规蹈矩”。所谓“循规蹈矩”就是要遵从纪律，遵从规矩，遵从指导人们正确行事的文明传统。用现代人的说法讲，就是要把自己放在党的纪律和国家政策的范围内，干干净净做人，明明白白做事。多年来，大家对目前的党风政气议论纷纭，多有不满，就是因为有很多不同级别的官员缺少自律，在权、财、色等方面太过放任自己。

人不能太过自私。让人不考虑自己，那是不可能的。不过，对于很多人把“人不为己，天诛地灭”当做处处为己的古训和信条，我却很不赞成。无论是过去还是现今，太多为自己着想的人多没有好结果，在世时被人瞧不起，死后还留下坏名声。所以，我认为，人不能遇到什么事都先将自己放到前面，应该更多地为国家、社会、他人、家庭着想。事事当前，国家在先，他人在先，这是我主张的做人标准。

家庭是根基，是立足点，是加油站，应该关注并予以培养。家是生活和休息的地方，但也是一个人服务国家和社会的立足点，还是补充养料和动力的地方。家庭的和谐，成员之间的相互关怀和鼓励，对于每个人来说都必不可少。培养和维护一个幸福的家庭，既是人生的需要，又是人在处理与国家、社会关系中可以相辅相成的重要因素，必须给以充分的重视。

如果说我的"三事集"收集的是我对三类事情的记叙和有感而发的议论，我则将附录的"我自己的事"作为自我介绍，奉献给关心我和想了解我的读者。从这里面，各位或许能够找到从20世纪30年代到21世纪前期重大事件的轮廓。在这里，我想向读者强调的是，我说的史实部分都是真话；至于议论和感悟性的部分，那只能是一己之见了。

在我退休后，外交部前部长李肇星曾公开说过，"徐贻聪是个好人"！并在随后又加重语气强调说，"是个特别好的好人"。我把他的这个评价当做是对我的一生最高最好的评语，当做我的骄傲，因为我从他的评语中感觉到我的这一生没有虚度，至少给我工作过的单位留下的不是坏印象。当然，我还需继续努力，保证在余生中仍然能够是个李肇星心目中的"好人"。

我将此书献给我分别在迎接96岁和95岁寿辰的父亲和母亲。他们都是在20世纪40年代，也就是在抗日战争初期参加中国人民革命斗争的老战士，历经了许多坎坷和磨难，最后从地方政府官员的岗位上离休。因此，除去亲情，他们还都是值得敬重的老共产党人，我崇敬他们。

2010年10月1日

于北京和谐雅园家中

目录

第一篇　家　事

家庭是社会的最小细胞，需要从各方面给它以健康的营养，既保证小细胞的活力，也保证社会的健康。

辅佐国是家事如天

有一部电视剧，名为《家事如天》，意思是一个家里的事情，大小都很重要，都需要认真处理。在这个家里，有一个家长，起着明显的协调作用，有如擎天柱。对这部电视剧所要表达的意思和剧中家长的作用，我深有同感，但我不想具体去评论它们，而是想把我们家如何对待家事的故事说给各位愿意阅读本文的读者。

家庭是社会的基本细胞，它的状态直接关系到社会的状况，或者说，是社会稳定或动乱的重要成因。在我们努力建设和谐社会乃至和谐世界的目标里，关注家庭应该是重中之重。

每个人都有家，都必须在家庭里发挥自己的作用。

当然，我也有家，而且是一个硕大、快乐、融洽、联络密切的家。在我的家里，上有分别已经95岁和94岁高龄的父母，下有两个儿子和他们各自的小家。此外，我还有6个弟弟妹妹以及他们都已三代同堂的家庭。偶尔聚全，我们全家共有48个成员，同一个参加中等会议的人数差不多。在当今社会里，有这样规模的家庭可能不是很多。

家事繁多，千头万绪，件件重要，但关键是保持全家人的沟通和理解。有了沟通，有了相互理解，家庭里的事就容易解决，有了矛盾也就容易化解，家庭和谐就容易确立和保持。这个目标的实现，需要有人协调。

在我们这个大家庭里，起协调作用的人主要有两个，一个是我的父亲，另一个就是我。我父亲是“总司令”，作为父母长子的我则是“联络参谋”。“总司令部”设在远在江苏淮安的我父母的家里，我通过国内国际长途从北京与分散在十来个地方的“班、排”及在国内外执勤中的“士兵”保持联系与沟通。除去每年利用探望年迈父母的机会与家庭里的大部分成员有些短暂相聚外，我主要靠电话保持与每个人的畅通联络。为了方便电话联络，我在搬进和谐雅园的新居后，立即向电话公司申请，用1500元钱预付了两个国内国际长途电话的拨号便利。随时可通达各地的电话，加之我早已装就的电子信箱系统和传真机，我的通信联络可谓一应俱全，四通八达，而且属于“全天候”型。

我与家庭成员间的联络，有定时的，也有不定时的。定时的少，不定时的多。说定时的，是因为多少年来，每个周六早上7时，无论我是在国内，还是在国外，都会与我的父母通上一次话。如果我不打电话，那个时间他们会始终守在电话机旁，一直等着电话铃响。但一旦接通，他们会马上说一声：“挂了吧，要花钱的！”曾经出现过一个误会：我因为有事而未能准时给我的父母打电话，恰好有别人把电话打进我们家，我母亲以为是我的电话，还未等对方开口就随口说了句“把电话挂了吧”！弄得对方很是莫名其妙。后来经过解释，当事双方都哈哈大笑了一阵。不过，我母亲也再没有在那个时段拿起电话就让对方挂掉。这样的电话，体现的是家人间的记挂，体现的是正常的也是难得的亲情，给我的经常是感动，是激励，所以我乐此不疲，已坚持了近20年。还有一种基本上定时但并非如此严格的通话，是我和两个儿子之间的联系。他们都在我国的驻外外交代表机构工作，由于忙，很少能给我们打电话。于是，我每个月主动与他们通话一次，向他们通报家里的事情，了解他们的工作情况。我还保持有每两个月与我的弟妹各通一次电话的习惯，向他们问候，向他们通报，也向他们分别了解各方面的情况和信息，有时候还在电话里讨论当前的时政。至于我与我们家庭其他成员之间的不定时的通话，则不想赘叙，虽然它们的频率高、密度大、通话时间长，亦有诸多故事。可能是因为习惯了，我与我们家里各个成员间的通话，定时的还是不定时的，基本上都是由我采取主动。

我的这些纵向和横向的联络，保证了家事的通达，保证了感情的融通，使得全家近50个成员间的亲情始终保持并不断有所增进。我觉得，这样的感情是一个普通家庭应该有也应该保持的。我会按照父母的意愿把它认真地继续做下去，并力争做

作者的家庭四代同堂，有近50人，从事的行业涉及行政、外交、交通运输、邮电、教育、工商管理、卫生、公安、金融保险、印刷、书籍发行和工业制造等部门，但关系始终融洽。图为作者全家于2005年5月老母亲90寿诞之际首次聚集在一起拍摄的全家福。

得更好。

我和老伴都已进入古稀之年，但仍属承上启下的辈分，既要对上，也要对下，而且责任重大，需要全面负责。敬上育幼，关注同辈，在退休以后更应是每天的主要所思所想、所计所做。以往在工作期间，曾因为忙于公务而亏待了父母、委屈了两个儿子、冷淡了弟妹，现在应该多做些事以示弥补。这是对家庭负责，也是对社会和国家负责。在如今的情势里，也许我们这一代需要承担的经济义务已经很小，但道义上、社会意义上的责任还应该是很大的。对此，我们不能回避，也不能推卸。退一步说，这种亲人间的联络，有益于个人的心情欢愉，有益于他人的健康，在时间有保障的情况下何乐而不为?

离开工作岗位，转入退休生活，是一种“转型”，也需要适应。任务不同了，对待的方式也要转换。换得适当，换得及时，换得轻松，对自已有利，对国家也有利。也许，我们在大的方面对国家难有大的贡献，但能把家事处理好，帮助国家建设和谐社会，或许是我们能做的另一种对国家有益的事情。

我是这样看待家事和国是的。不是我硬要把家庭琐事拉扯到与国家大事关联的位置上，而是因为它确实应该属于这个道理范围。

作为同乡人，谨将此文献给为信仰和为人民利益鞠躬尽瘁的已故周恩来总理。我相信，大家不会认为我这是对他老人家的大不敬。

（2010年周恩来总理忌日写于海南三亚，曾分别被外交部《老干部园地》和《淮阴报》刊用）

老人快乐生活是子孙的最大愿望

——在家庭会议上的“即席发言”

2010年中秋节前夕，我由老伴相随，克服年纪偏大、行动不便等困难，回到故乡淮安去看望均已年过九旬的父母，使他们喜出望外，我们自己也感到十分欣慰。

到家后的第二天晚饭后，老父亲突然提出要召开家庭会议，我的几个弟弟妹妹和我们都不知就里，因为据弟妹们说家里很久都没有开过会。但是，我们都很听话地集聚到父母的卧室，十几个人拥挤在一间小屋里，等待父母发话。

曾经是抗日战争和解放战争时期地方武装负责人的父亲虽已度过了95岁生日，但思维尚敏，声音仍洪。他讲道，这两天来，你们的妈妈不断在说特别高兴。大儿子两口能够回来看看，我们确实很高兴。我们岁数大了，没有什么要求，就是希望全家人能够常常聚聚。我们虽然没有忧愁，但身体一天不如一天，总有一天要住医院。不管我们谁去住院，都会放心不下另一个，希望你们能有这样的意识。

他把想法以及家里的近况说完后，要我们也说说。在弟妹们的建议和要求下，我首先做了一个“即席发言”：

“我有一年没有回来了。徐丽丽因为行动不便，将近4年没有来了。这次我们克服了不少困难，在很多朋友和弟、侄的帮助下，包括用轮椅在北京和淮安的火车车厢门口接送，我们终于一起回到了家。不是我们没有多回来看看的愿望，确实是有许多你们可以理解的原因，其中还包括工作、身体和家庭方面的许多困难。不过，不管有多少困难，我们今后一定会争取机会尽可能多来。

“这两天来，我们看到父母身体尚好，了解到弟妹们各家的情况也都很不错，我们也感到很高兴，很放心。弟妹们精心照顾爹妈的种种表现，让我们很感动。我们深切、具体地体会到，我们的这个大家庭是个亲密、和谐的家庭，值得骄傲。

“我们大家都有一个共同的愿望，就是要想方设法让老爹老妈健康长寿，而且要高高兴兴地过好每一天。爹妈养育了我们，现在还是我们的后盾和顶梁柱，是我们这个即将有50口人大家庭和谐相处凝聚力的主要来源，我们有责任、有需要保证爹妈的健康和快乐。大家都常讲孝道，我看孝道的主要意思就是如何能让老人不仅健康长寿、生活无忧无虑，而且要天天快乐。

“应该承认，爹妈也总会有去医院的需要。我首先想建议爹妈的是，有什么不舒服的感觉时，一定不要强忍着，要赶快告诉在身边或者附近的任何一个儿女，以便能够尽快采取必要的措施。年纪大了，身体不如以前了，强忍可能会忍出大的问题，反而更麻烦。如果真的住进了医院，大家自然会分别陪同和照顾，还会在必要时找人帮忙，爹妈完全不要操心。还有，爹妈平时在生活或者胃口上有什么需要和想法，也要随时随地说出来，大家都会尽量想办法来予以满足。对于你们身体和生活上的需要，有时我们能够看到或观察到，但有时可能注意不到，希望爹妈不要不好意思说。现在各家的经济条件都还可以，日常的需要一般都能做得到，何况你们还有国家发的离休金、补助金。

“老爹关注老妈的健康和起居，这样的感情很让我们感动。我们知道，我们代替不了你们之间的感情，但我们完全可以请您老人家放心，无论在何种情况下，我们都会关注、照顾老妈的健康和生活，会让她老人家舒心、快乐。反过来，也会一样。

“我和徐丽丽很清楚地知道，在七个兄弟姐妹中，我们是照顾爹妈最少的。不是我们没有意愿，实在是距离太远。这不是在找借口。六个弟妹中，照顾爹妈的多少虽然不一样，但有一点是共同的，就是大家都有意愿，而且都是真心实意的，只是每个小家都有一些特别的情况，不可能做到同等份。我看只要有真正的意愿就行。我还相信，大家不会相互计较，而是会互相理解，相互补充。不过，作为老大，我真心感谢几位弟妹。

“我和徐丽丽都知道，你们非常关心我们在外面的这一支。虽然我在每个星期的电话里都做过简单介绍，告诉过你们我们一切正常，但今天我想再向你们说一说，请你们务必放心。我们两人的情况你们都已经看到了，总的说还是很不错的。作为70多岁的人，我们对于目前的健康状况感到满意，当然我们还会尽量自己注意。你们的两个孙子现在都在驻外机构，他们单位对他们反映都很好，工作和为人受到普遍认可，政治上和业务上的进步都很明显。他们都很忙，但经常惦记你们，常在电话里问爷爷奶奶怎么样，还对不能来看望你们感到不好意思。我们这次回来前，在电话里向他们打了招呼，他们要我们一定向你们和姑姑、叔叔们转达问候。两个孙媳妇在单位里表现不错，都是工作上的骨干，小孙媳妇已经在一年多前被批准加入了共产党。两个重孙女在学校里学习比较自觉，都是班里的前几名。大重孙女在初二下学期被批准加入了共青团。小重孙女今年比较顺利地考进了北京二中，从9月1日起同她的姐姐在一个学校上学。

“我们这次来家仍然不能住很久，但为了能和两位老人家多一点儿时间在一起，我们没有通知地方政府和任何老朋友，否则会有很多单位和人来找我们，请我们去吃饭，去参加聚会。我们这样做可能会让他们不高兴，但最终他们一定能够理解和支持我们的决定。

“我想请老爹老妈放心，也请各位弟妹放心，我们会自己照顾好自己。家里的事情，一是请爹妈多保重，二是拜托各位弟妹多费心，也希望你们各位自己多保重，因为你们的年岁也都不小了。”

在我发言过程中，老爸不断点头，表示明白。老妈耳聋，但始终盯着我的嘴巴，一直面带笑容，好像也懂得我在说什么。我的几个弟弟妹妹则明确表示，认为我代表了他们的心愿，说出了他们都想说的意思。如果说亲人之间会心有灵犀，我看这也是表现之一。

回到北京后，我把我的“发言”和会议场景回忆、记录下来，主要是想立此存照，时时自勉自督，同时也为了提醒我的子孙，希望他们知道和理解老人的心思和需要。

（2010年9月写于和谐雅园）

与父母同过生日的感受

我今年65岁，属于老年人的范围。按照常例，在我这个年龄段的人庆祝生日，应该是件正常又正常的事情。然而，我的情况却只能归纳在例外之列，因为我基本上没有为自己庆祝过生日。

今年10月初，我曾利用回淮安参加淮阴中学校庆100周年之机，在父母身边过了一次生日。虽说少有，但给我的感受之多、之深，确实很难叙述，也很难忘怀。

我虽然早已过了耳顺之年，又在工作岗位上多次为部下组织或主持过生日活动，但数十年来却基本上未为自己像样地庆祝过生日，主要是多年游离在外，和亲人很少团聚，工作又总是十分忙碌，常常把生日忘在了脑后。倒是总把儿女们装在心田的年迈父母思子心甚，每年都不忘在家乡以不同的方式为我庆寿，以遥寄他们对远在京城或因工作需要暂居海外儿子的深深情思。他们不单对作为长子的我如此，对于我的众多弟妹亦是如此，甚至还能记住孙子、重孙辈的生日、属相。当弟妹们将类似的情景不失时机地通报于我时，我常常闻之动容，欷歔不已。

生日的那一天，我谢绝了所有家乡党政部门和亲朋好友的活动安排，也没有通知兄弟姊妹，只是不动声色地和父母在市内的一家门面不大的餐馆稍做小酌。我对他们解释说，以前长年在外，没有机会和心情为自己的生日去忙，更没有做过庆祝。虽然退休后自己可以掌握的时间多了，但前两年还是没有要认真过生日的念头和情绪。这次特意提前几天赶回家乡，原因之一是想在父母身边度过一回生日，感受呵护下的家庭温暖，也感谢父母的多年教育和辛勤培养；我没有告诉其他兄弟姊妹，是我实在不想惊动他们，免得把一次不算小的生日搞得过于张扬，更避免不必要的礼仪和麻烦。我相信，他们事后知道了我这样做也一定不会怪罪于我。我的父母显得非常高兴和满足，同时对我的心情和用意也都很理解。那天，我们桌上的酒菜虽然不是很多，但心情很是愉快，谈兴也非常之浓。

计算起来，我离开父母、离开家乡已经有42个年头了。42年，说不准是人生的几分之几，但肯定是个重要的比例。经过42年，我从一个高中学生到退休干部，我的父母则从壮年阶段成了接近九旬的老人。是啊，随着时代的变迁，随着国家翻天覆地的变化，人的年龄势必增长。但是，我从我的事例中体会到，父母对子女的关爱和寄托在子女身上的深切情感，子女们对父母感情的回应和回报的思考与行动，是永远也改变不了的，也是不应该改变的。人皆有父母，人也皆成父母。谁能说，这种父母和子女间互动的情感不是社会前进的动因和动力之一呢？

家庭是人类社会的基本和基础细胞。只有千千万万个这样的细胞健康、健全、和谐、幸福了，整个社会才能祥和、稳定、繁荣、进步。我们全家总共有4代、近40口人，从事的工作约有20种。从一定意义来说，我们家的特点可谓“人多，职业多，居住分散”。尽管如此，我们的家庭，说得大一点儿，有着很强的凝聚力和向心力，因为全家人始终相互关心，互敬互爱；只要有机会和可能，也都会想着到“一个中心”，即我的老父老母的居住地去聚聚。究其原因，主要的应该是我的老父老母的为人。他们数十年如一日为党为国为人民努力奋斗的精神和对共产主义的坚定信念，他们一辈子都保持着正直清廉和艰苦朴素的崇高品格，他们在工作和生活中关心他人胜于自己的言行，他们共同历经近70年的沧桑、坎坷却始终相濡以沫和乐观向前的精神面貌，就等于是无形的榜样、无声的命令，积极、正面地影响着子孙后代中的每一个人。我的成长，我的小有成就，我的美满家庭，都明显地有他们的功劳和他们的烙印。我常用他们在继承中国人民美好道德品质和优良传统中的实际榜样鞭策自己，也常用他们辛勤耕耘而不思索取的崇高境界教育儿孙。我想在我的父母身边安安静静度过一个生日，正是想再一次从他们身上吸取更多的养分，得到更多的慰藉和勇气。在短短的两个小时里，我不仅得到了我想要得到的，而且得到了更多、更多的精神财富。确实，我仿佛在一时间里更加地富有了。

生日岁岁有，生日年年过。我常想，人庆祝生日不应该是为了数年头，也不应该仅仅是为了通过生日蛋糕或好酒好饭寻求一番热闹，而应该借用生日来回首往事，展望未来，也借用亲人、朋友的祝福和期待鼓起更大的生活勇气，迎接更大的挑战。

（2002年11月写于北京）

越洋电话激起的思乡情

如今，打电话是轻而易举的事，乃至与世界各个角落的通话都成了可能。我在淮阴的许多亲友家中都安装有电话，我父母那里也不例外，这为我同他们的联系增添了许多方便之处。

作为一个长期驻外的人员，我同国内有着极为方便的通话条件。然而，由于其他多种联络途径的并存，我却极少用电话同国内的工作单位进行联络。在我打过的国际长途中，多的倒是同我远在故乡的父母的通话。按规定，因为私事打电话需要个人付费，我给父母打长途电话当然不能算作公事。虽然每次打电话都要花去一些我所挣不多的美元，但能接连不断地听到他们的声音，了解到他们的健康和饮食起居，又能使他们减少对远在异国他乡的儿子的思念，我也就乐此不疲，心安理得，甚至感到心灵上受到某种净化。

是的，每当通过国际通信卫星向父母送去我的恭敬问候，每当在电话耳机中听到父母用充满激情的乡音呼唤着我的名字，一种自然的天伦之情就会在我的全身流淌，令我激动不已。不知是久居他乡的缘故，还是黄帝子孙悠久传统的影响，在我行将进入耳顺之年的岁月里，工作之余想到的事情中，更多萦系脑际的往往是家乡的田野湖泊，往往是年迈双亲的音容身影。近来，我的这种感情在愈益浓烈，许多家乡的往昔和今日之景愈益频繁地呈现在我的脑海、眼前。在我不久前打电话向老母亲祝贺80寿诞之后，强烈的思乡之情更令我长时间陷入沉思和遐想。

人，也许确是一种许多中外文学作品中所称的怪物，因为人的思想在一生中会有许多变化、转折。随着年龄的增大，想法也会有许多差异、反复，有时甚至达到和以往截然相反的程度。我想说的变化、转折，不是一个人对某件事情认识上常有的改变，而是在人生旅途中带有实质内容和意义的阶段性变化。可能是由于早年的家乡过于穷困的缘故，抑或还有想走出狭隘天地的幻梦，我小时候头脑里装得最多的是如何早日离开父母，远走他乡，闯荡世界。应该说，我的目的在某种程度上得到了实现，因为我在不到20岁的年纪上离开了家乡，在外面奔波了将近40年。在这几十年中，得益于工作，我到过祖国的20多个省市，还出人意料地到过欧美的近30个国家，在其中的5个总共居住了十几年之久。比较而言，我的见识不可谓不多，阅历不可谓不深。如果按照早年的想法，我该满足了，或者说，该在他乡的土壤上扎下深根了。但是，经过粗评细比，我的最终结论却是：还是家乡好，还是老窝好。也缘于这个结论，我现在常常想的是何时能够回到家乡，回到父母的身旁。

当然，我说的家乡已不是当年的家乡，而是经过改革开放后呈现出巨大变化的家乡。有几次，我一边在电话里向父母及家人祝贺节日，或向父母拜寿，一边情不自禁地回忆起家乡的往昔和今日。

近几年，我曾几度返回淮阴，并在市府领导的关照下参观了一些工厂和农村单位。淮阴市镇的扩大和变迁，淮阴农村的繁盛和奋进，给我留下了愉快的印象。在我的回忆和对比中，如烟的往事，今日的巨变，反复在我的头脑中映现，形成了家乡两个时代极为强烈的反差。不言而喻，我深爱今日的家乡，也为家乡的腾飞和巨变感到喜悦和骄傲。诚然，我希望和期待着家乡在未来的岁月中有着更快、更好的发展和变化。

我在想，只要工作仍需要我在国外长驻，我的越洋电话自会继续打下去。可能不会很多，通话时间也不会很长，但必然会有。思念父母、思念家乡的感情，也将随着这种隔不断的情丝增长而加强。我深信，家乡会在改革开放的大潮中继续其越变越好的进程，我的父母会随着社会的发展而不断提高生活水平，精神也会愈好，健康也会愈佳。

我为家乡真诚地祝福，也为我的亲人们真诚地祝福。

（1995年4月写于古巴首都哈瓦那，曾在当年被江苏《淮海晚报》刊用，2008年作过修改）

30分钟的亲情表达也珍贵

2008年12月，我和父母及在故乡的弟妹们经历了一次仅仅历时30分钟的亲情集聚。对此，我本人感到非常满足，产生的效果也让我意外。

为给别人帮忙，我在12月中旬去了一趟江苏盐城的东台。由于北京的事情较多，我在东台的时间总共不到24小时，也就是说，前一天中午到达，第二天的中午就要返回，真可谓“来去匆匆”。我的老家在江苏的淮安，离东台大约有230公里。去东台前，我曾经想过是否要利用这次去苏北之机到淮安看望一下父母，但左思右想总难以挤出时间，只好把个人的亲情留在了心里。

到了东台以后，偶然同当地朋友谈起我的家乡。他们问我为什么不回去看看，我答以时间不够。他们建议我不参加第二天上午我可不参加的会议，而争取时间去淮安看望一下家人，再赶在下午2:30的班机起飞前到达盐城机场飞回北京，这样大家都会感到高兴，又不会对需要办的事情产生什么影响。鉴于去东台的主要会见已于此前完成，该谈的事项亦已沟通完毕，经再三考虑，我决定接受朋友的建议，向他们要了一辆车，赶去淮安看望年迈的父母和弟妹们。

第二天一大早，我们匆匆吃了饭，便起程远行。东台的司机师傅非常体会我的心情，在规定的速率范围里把车开得又快又稳，以尽可能争取多一点儿的时间。此外，今天的苏北，高速公路已四通八达，从盐城有一条通往徐州的高速公路途经淮安，基本上不用绕道。我是第一次到盐城，沿途所见非常接近我家乡的田野和景色，使我的思乡情越来越浓烈。“归心似箭”，我对这句话有了自己的切身体会和理解。

上午10点来钟，我在途中给大弟弟打电话，告诉他我大约在半小时后可以到达父母家中，请他通知其他弟妹，但不要马上告诉父母，以免他们为担心我在赶路途中的安全而着急。10点半，我赶到父母在淮安的住处。闻讯的6个弟妹都先于我齐聚家中，父母在他们的说笑中并没有怀疑他们为何会齐集家中。待我走进家门，父母均感特别意外，但异常高兴，问我怎么会不声不响地回家看望他们。

亲人相聚，特别是久未见面的父母看到思念中的儿子突然出现在眼前，自然有许多说不完的话想说，有许多问不完的问题要问。我母亲虽然行动不便，但仍要张罗着给我做饭。由于时间实在紧迫，我只能开门见山，简单说明情况和来意，向父母及弟妹带去我和老伴、子女的问候。在浓浓的家庭气氛中，30分钟的时间不知不觉就过去了，我只得起身告辞，请父母原谅。在母亲的坚持下，我匆忙吃了几个她找出来的饺子。看到他们惊喜、满足的表情，我从心底里感到安慰。全家人喜形于色的热闹场面，则让我久久都未能忘怀。事后我的弟妹们分别告诉我，在很长时间里，老父老母还常常对孙子辈们说，你大伯（大舅）为了来家30分钟，6个小时里来回跑了1000里地，多不容易啊！你们要向他学习哦！

这次仅仅30分钟的短暂相聚，使我再一次体会到亲情的弥足珍贵。父母的感情满足自不用说，我的6个弟妹闻讯后在极短的时间里都马上放下手中的工作或家事，赶到父母家参加聚会，有几个还带去了他们的第三代，不也是为了能够找到一份情感上的满足吗？我还想，我的大弟弟能够在半个小时内通知、组织了这样一次聚会，并让参加者先于我到达父母的家，肯定也是怀有非常深切的亲情感的。对于这一切，我感到很满意，也感到很骄傲。亲情的可贵，在于它是永恒的、无私的，而它能够给予对方的鼓励也应该是永恒的、无私的。亲情常在，但却很难保证能够时时聚首。寻找机会，争取多形式的亲情表达，所能够收获的绝不仅仅是家人之间的感情融通，它给予对方精神满足产生的动力可以化作巨大的能量，会极大地有益于事业的前行。

家人总在互相惦念，亲情应该不断加强。由于身在外地，50多年来与父母总是团聚少，分离多。时间的推移，非但没有使我们的亲情感减退，反而愈加强烈。我自己愈来愈感到，我思念父母的感情，思念亲人的感情，思念故乡的感情，不仅程度深了，所用的时间也明显多了。同儿孙谈话的内容中，有关“老家”的事情占有的比重越来越大，致使儿孙们常说，老爸（爷爷）好像在发生变化。我则对他们说，希望你们慢慢也能像我一样，不断加强同亲人之间的感情，并想方设法增加感情的表达形式和时间，因为我认为，只有不忘亲情，心里才能常有国情、社情。

亲情表达并不需要物质基础。我的意思是，与亲人相聚，不一定每次都要带上礼物。我那次回家，因为不是事先准备好的，途中又多有不便，故我基本上是空手而归。到了盐城机场后才又发现，盐城的朋友给我孝敬父母的一堆东西还原封不动地留在了汽车的后备箱里，因为在匆忙中我早已把它们彻底地忘在了脑后。离开家时，父母和弟妹们都想要给我点家乡的东西，但由于我旅途还长，便婉拒了他们的好意，什么也没有拿。90多岁的父亲倒十分理解，不止一次地在我和弟妹之间打圆场说：能来看看就行了，意思到了；我们很满足，你们每个人也就不要非让他拿点什么不可啦。我知道，家庭成员间也需要礼尚往来，但更多的应该是亲人间的直接见面和接触，物品毕竟是非常次要的东西。

常言道，“忠孝不能两全”。尽管已经退休，按理说自己能够支配的时间应该足够多，可以多尽点儿孝道了。但是，由于多方面的原因，我还无法与父母长聚，依然需要常住两地。虽然常有怅惘，但却无法改变。对此，父母也能完全理解。通过这次的短暂相聚，我意识到，应该多找机会与远在故乡的亲人相互表达亲情，既慰思念，也求心里安康。

（2008年12月写于北京潘家园）

我们家的“袋鼠”

不知是受中国传统文化的长期熏陶，还是出于对动物的偏爱，动物的名字在我们家不仅经常被使用，而且始终享有非常特殊的地位。“老虎”、“兔子”、“大龙”、“猴子”、“绵羊”、“胖猪”、“小牛”……各类代表中国人出生年份的动物名字，还有其他常见和非常见的动物名字，经常响起在家里的各个角落。可能是受大人的影响，我的今年分别为7岁和5岁的两个孙女还在不会说话的岁数就对动物名字有一定的敏感，从3岁开始则学会按人的属相依动物的名字叫人，“你是老虎”、“奶奶是大白兔”、“爸爸是咪咪羊”、“我是小胖猪”，或者“我是大黄牛”，等等，是她们嘴巴里的最初和最常用的话语。说真的，这些名词和它们的经常被使用，在我们家的成员中起到的是增进相互感情和融洽相互关系的很好作用，因为有时出现的小摩擦和小矛盾往往会在对小动物名字的呼叫中不知不觉地就消失了。

从今年春节开始，在我们家经常使用的动物名字中又多出了一个过去很少使用，也和中国的属相无关的"袋鼠"一词。这个名词不仅被全家人越来越频繁地使用起来，而且还越来越受到一家三代人的特殊尊重。

当然，我们家里并非真的养有袋鼠，"袋鼠"的出现只是我用这个动物的名字给我的老伴起的一个形象的外号。

去年底，我的老伴不幸将大腿骨摔断，并不得不接受了伽玛钉的连接手术，行动因而受到很大的限制。由于我们的两个儿子和他们的媳妇都有工作，也不和我们生活在一起，我则常有外事或社会活动，因而家里经常只有她一个人"留守"。虽然我在每次离家前都会为她做好必要的各种安排和准备，让她尽可能不缺少什么，但也还是会不时地发生一些意想不到的事情，需要她自己想办法解决。对于遇到的种种困难和不便，她没有抱怨，更没有气馁，而是千方百计地自己去办。其中之一是，她在双拐的支撑下稍能独立行走时，就让经常围在腰间的毛衣增加了新的用途：在那里面放上茶杯、无绳电话机、圆珠笔、本子之类的物品，既解决她自己的需要，又帮我处理一些事务。尽管因为不便和能力有限而不时遇到许多意想不到的困难，诸如东西掉到地上无法捡拾、摔破易碎物品之类，但她仍不声不响地坚持练习，争取尽可能做得多一些，做得好一些。在坚持不懈之中，她能做的事情越来越多，也越来越有把握。她的这些动作酷似携子带物奔忙于原野上的袋鼠，故而我在发现她的秘密后既高兴又怜悯地给她起名为"袋鼠"，并将之在我们的家庭成员中作了绘声绘色的介绍和宣传。儿孙们听到和看到后，也同我一样，一方面为她的身体得以逐渐康复感到高兴；另一方面又对她在非常困难的情况下还尽量努力去减少别人负担的精神肃然起敬。由此，我们家庭成员间的关系更加密切，相互关心的程度也更增添了许多。

人们常说，表率的作用是无穷的；父母实际上是子女最好的老师。对这些很简单也很深刻的人生哲理，我从我们家的“袋鼠”那里得到了一个近在咫尺又具体生动的验证和示范，也受到了一次新的洗礼和震撼。

我希望我们家的“大袋鼠”能够尽早彻底摆脱袋鼠的困境，恢复到在任何情况下都无须使用拐杖的程度，但却希望这种精神能在包括我在内的全家人的身上永远发扬，并不断有新的内容和形式出现，因为幸福、和谐家庭生活需要和依靠的正是这种深情的相互体贴和关爱。

（2003年6月写于北京潘家园）

是责任，是义务，也是幸福

3个多月前，我的老伴在去看病途中不幸摔倒，造成左腿股骨隆端部位断裂、错位，不得不去医院接受伽玛钉手术，并长时间卧床静养。新添加的伤痛，还有原有的旧症（在阿根廷工作期间，她曾于1999年在一次外出参加活动中从楼梯上滚下，不得不手术更换右腿股骨头），使得她的情绪一时间很是低落。由于我们的孩子均不在身边，年底雇用人员又很不容易，为了不惊动年迈的双亲，我又谢绝了弟妹们选派代表来京协助照顾的好意，因而照料她和操持家庭的全部事务只能由我来承担。每天，我需要帮助她翻身活动、穿衣吃饭、端茶送水、洗澡擦身、大便小便，还要买菜做饭、刷锅洗碗、洗涮衣服、清理卫生……总之，我要把全家大大小小、里里外外的事情都做起来，而且要做得像个样子，给她以安慰，给她创造一个安心养伤的精神和外部环境。

对我这样一个多年来很少有机会和时间干家务事的人来说，这无疑是个很大的困难和挑战。上了年纪的人都有夜尿频繁的毛病，她和我又不能同步，因而我每天夜里都要起来三四次乃至五六次，致使白天忙，夜间也“忙”。但是，我经过努力，克服困难，把家较好地支撑起来。一些熟悉我的同事对我说，你的确很辛苦，都累瘦了。我很乐观地回答他们，照顾老伴是责任，是应尽的义务，也是一种幸福。他们听了都理解地哈哈大笑，认为我的体会不仅符合中国人民的传统道德，而且深刻又深邃，在当今的社会上应有其积极的意义和一定的位置。

我干这些事情只觉得是责无旁贷，从未想去同他人相比，更没有想到过要把它摆到社会的范畴里去谈论。但是，我确实有自己的想法和感受。

老年夫妇应该互相帮助。作者的夫人徐丽丽曾经四次骨折，至今体内尚留有人造股骨头和钢板、钢钉等异物，行走不便。但他们夫妇却生活得非常乐观、健康、愉快、幸福。

我说这是责任，是因为在家庭生活中，每个人都应该有道义上的责任去关心、照顾其他人，特别是在有人有病痛或者遇到困难的时候。这是做人的基本和起码的准则。亲人的关怀和爱护往往胜过医生的治疗和药物的作用。有的时候，夫妇之间的相互照顾还是其他人难以替代的，因为夫妇在长期共同生活中自然形成的信任感和依赖性不仅根深，而且面宽，有时不用语言就能完全相互沟通和理解，对减少病痛的作用也很大。

我说这是义务，是因为家庭中的每个人都必然得到过其他成员的关爱和帮助，而家庭的和睦、幸福在很大程度上都源自这种相互关爱，并从这种相互关爱中得以加强。也就是说，从亲情上讲，家庭中的每个人都义不容辞地需要关心、照顾他人。就我而言，我和老伴结婚40多年来，得到过的她的关心、爱护和帮助无法描绘，更难以数计，但由于工作上的原因，我却很少过问家里的事情，对于她的种种关爱也很少有回报。我曾经对很多朋友说过，我们在阿根廷的3年工作期间，由于家庭琐事和一切开销都是她在负责，因公外出则有馆员协助，到离开这个国家时我还不认识该国的钱币。大概这不是个笑话，而是能够说明我不问家事达到何种程度。此外，为了我的工作，她还“牺牲”了她的专业。她是北京外国语大学英语系的毕业生，在工作中又获得过图书馆馆员证书，但却全都放弃了。现在，我们都退休了，我的空余时间多了，在她遇到不便的时候，难道我就不应该帮助她、照顾她吗？且不说她是我的妻子，是我多年生活的忠实伴侣和得力助手，仅从一般回报的意义上说，我也有全力照顾她的义务。

我说这是幸福，是因为有机会照顾一个亲近的人使我感到高兴、快慰，使我心情舒畅。当然，并不是说，照顾不方便的人才会产生这样的心境，主要是在通常的情况下我极少能遇到类似的机会。勤快的老伴，未能养成的习惯，让我平常很少能主动去干许许多多其实应该做的事情。机会来了，虽然开始时有点儿迫不得已的味道，但毕竟应该抓住才是。更为重要的是，在别人遇到困难时提供的帮助和服务产生的积极效果给予我的是更大的满足感。我正是怀着这样的心境，高高兴兴地、日复一日地做着我应该做的事情。看到她在我的全面、精心照顾下得以逐渐康复，而且精神愉快、饱满，一种深层次的幸福感自然地升起于我的心头。

常言道，“伤筋动骨一百天”。经过三个多月的治疗和锻炼，我的老伴已能自理许多事情，我的“辛苦”减少了相当部分。当然，我希望她尽早彻底康复，恢复如常。但是，无论如何，我都要进一步加强我在家庭中的责任感和义务感，并从中获取更大、更多的幸福。

我不想在大范围里谈论这样的事情，因为它实在是太普通了。但是，面对有着不少家庭暴力、对亲人不负责任以及莫名其妙的婚变等不良现象的现实社会，我也曾矛盾地想过，如果我的这种感受能在更多的家庭中，无论年老的和年轻的，有非常广泛的反映，可能不是坏事。这就是我最终决定要按照一些同志的意思把它写出来的原因。

（2003年3月写于北京，曾在当年被江苏《淮海晚报》刊用）

“模范丈夫”辩

一段时间，特别是近一年来，在我曾经居住过的潘家园和我现在住的和谐雅园里，都经常听到有人称我为“模范丈夫”。年前来到海南三亚休闲，在暂住的一个度假村里，不仅有不少不认识的人也那么称呼我，更有一些我不认识的人把我形容为“一道

特别的风景线”，不断地向我竖起大拇指。究其原因，竟然非常简单，就是看我日复一日地用轮椅推着我的老伴在院子里散步、进出，看我把打来的一日三餐放到她的面前，脸上总是带着笑容。

多因工作关系，我的老伴在30年的时间里双腿先后有过4次骨折，做过2次比较大的手术，至今还留有人造的股骨头和钢板、钢钉在体内，行走自然不便。由于她还患有较为严重的糖尿病、高血压，心脏也不太好，需要别人的照顾和帮助是必然的事情。在我们家，两个儿子经常需要出国工作，目前都在国外，而他们的爱人则有自己的工作和正在上学的孩子需要照看、管理，也无可能来照顾我们，我们的生活只能由我们自己安排。老伴无法行走，需要跑腿的事情就别无选择地只有由我来办了。而我自己已是古稀之人，要管好家并照顾无法正常行走的老伴，确非易事。认识和不认识的人赞许我的行为，属于人之常情。

无论是在北京，还是在外地，听到这样的评价，我都给以一个直接的答复:"应该的!"或者一笑了之，因为我真的认为，这本来就是应该做的事情，是一种责任和义务，没有什么可称赞的。当然，我感谢大家以这样的褒赏和赞许来鼓励我。

社会褒赞总是好事，但却不宜一概照单全收。我不愿意当"模范丈夫"，自有自己简单的考虑，并非是作秀。古今中外，都有许多人把尽义务当成分内的事情，不愿受到表彰。我不想把自己放在他们的范围里，因为我没有他们拥有的境界，但我确实感觉到，做这样的事情无须表扬。

"丈夫"者，是婚后女人的男人，或者"成年男子"。无论是哪一类，对社会，对家庭，都意味着一种承诺，意味着一种责任，意味着一种义务，而且应该是必须做到、做好的承诺、责任、义务，义不容辞，不能推脱。如果在有能力的情况下连自己的老婆都不去照顾和帮助，那还算是丈夫吗？还算是男子汉吗？

男女应该平等，因为男人、女人都是人。是人，都应该是一样的，享受一样的权利。不过，无论是在家庭里，还是在社会上，虽然毛泽东主席关于"妇女是半边天"的结论已经被广泛接受，但言下之意，男人仍然是被侧重的"半边天"，无可非议地应该承担更多、更大的责任。我这样说，绝不是大男子主义，也不是对一代伟人格言的曲解。

家庭，本来就应该是最为和睦、和谐的地方。家庭成员，则应该是最能相互体谅、相互帮助的人群。两个人愿意或者已经组成家庭，就理所当然地形成了"有福同享、有难同当"的共同承诺，就应该不断共同努力加深亲情，就应该千方百计地去巩固和加强全家的和睦。亲情，或者人们经常挂在嘴边的"爱"，含义就在里面。让爱平安，是全家所有人都应尽的共同义务。对于这样的浅显道理，或者说社会对家庭最起码的要求，我还是有认识的。按照这样的起码要求和标准做点能够做的事情，难道还需要表扬吗？再说啦，一个退休者其他的压力少了，时间也多了，在家里做些道德义务和本人能力范围内的事情，又何乐而不为呢！

我还意识到，照顾病人，不仅要有“硬件”，就是需要做体力活，诸如跑腿、拿东西、做饭送水、解决大小便问题，还要有“软件”，例如安抚、劝解劝说。也就是说，不仅要照顾病人的生理需要，而且还要照顾病人的心理需要，要让病人精神快乐一些。病人，有生理、心理障碍，还有亲情障碍（如因为舍不得让亲人劳累而自己强忍着一些痛苦或理应解决的问题），需要别人去帮助他化解，帮助他从这些障碍中走出来。有时候，病人会发无名火，实际上是一种感情宣泄。这种宣泄对病情的好转不无好处，亲人可以采取鼓励的方法，尽管被当做宣泄对象也要在所不惜，泰然处之。照顾者的任何不耐烦，都会加剧病人的这些障碍。所以，在完成“硬件”、“软件”的时候，都应该要保持有耐心，不能有不耐烦的情绪和表现。

俗话说，“谁家都有一本难念的经”。我理解，就是每家都会有各自的困难。在寻求各自困难的解决中，不顺心的事情是常会有的。面对各类不顺心的事情，我的态度是不要大惊小怪，也不要怨天尤人，而是要不急不躁地以平常心去对待，去想办法理顺。我老伴双腿的4次骨折，是我们家迄今为止最大的不顺心事。但是，事情既然来了，埋怨和责怪任何人都是没有用的，只能采取“既来之，则安之”的对应之策。我就是这样劝解我的老伴，同时用我的力所能及的劳动，来帮助她渡过每次的难关，保持乐观的情绪。现在，我的老伴情绪乐观，不愁不怨，每天都坚持锻炼，争取不断有所好转和进步。她的乐观、通达，感染着我们家的所有成员。或许，相互慰勉、相互鼓励，是“让爱平安”的有效办法和途径，至少在我们家是这样。

在家里，作为主要成员的“丈夫”，不要太看重自己的作用，不要太看重自己在家里做过的大事小事，是保持和加深家庭和谐的关键。

我知道，在当今社会上，在我国，在外国，依然不是所有的人，不是所有的家庭，都是在按照人类最起码的共同标准和要求行事的。不很称职的丈夫尚多（我没有提不称职的女人，并不意味着我认为所有的已婚女性都称职），不和谐的家庭不少，家庭暴力也还屡见不鲜。关于“模范丈夫”的议论，实际上是对保持家庭和谐和反对家庭暴力的呼唤，是一种社会舆论。如果为了完善社会现象的需要而提倡“模范丈夫”的榜样作用，我也不反对，但务必不要使我进入这个行列。

对于那些有过一些类似我的做法的“丈夫”，我建议他们不要刻意去寻求当“模范”，也不要为被别人称作“模范”而沾沾自喜，但要继续做下去，自觉自愿地做下去。我想以自己的具体行动与他们共勉。尽管我有时已感到岁月不饶人，但承诺将继续一丝不苟地做下去，直到无力再做时为止。

我是不是太唠叨了？

（2010年春节前夕写于海南三亚）

“谦虚　深入　平等　低调”

——送给大儿子的几句话

长子徐赤宇（因为我的妻子也姓徐，他出生时我们曾将“徐”一拆为二，为他取名“徐赤余”，即两个“徐”的意思。幼儿园的老师认为“赤余”的谐音与“吃鱼”相似，很不好听，为他更名为“赤宇”，我和他妈妈接受了这个名字，但对他的原名仍留有感情。此是旧话重提）即将转换工作，为表达希望与嘱托，给了他几个字：谦虚务实，深入研究，平等待人，低调生活。

时光流逝，儿子已经步入中年，我时时仍会忆起他童年、幼年的许多趣事和笑话。在我们家，家庭成员因工作关系聚少离多，但多能相互理解。特别让我欣慰的是，我和赤宇既是父子也是朋友。我们在一起可以谈心、说笑，也可以互相提醒、批评，关系非常平等和融洽。

得益于多方面的帮助，当然也有他自己多年不懈地努力，我儿子现在是国家的一个中层公务员。调换工作前，曾经以办公室副主任的身份管理过我国一个外事机构行政工作4年有余。他的新工作是一个高等教育机构，并将成为其领导成员中的一员。单位变了，职务变了，环境也变了。对他而言，面对的应该是一个全新的岗位和局面。思来想去，给他送了上面的几句话。这些话字面简单，含义浅显，无有遮掩，期望明确，用不着多做解释。

我和儿子们（我共有两个儿子，二儿子目前也在我国的一个驻外机构工作）经常交谈、通话，包括接长不短的国际电话（因为他们常常要受派长时间地去国外工作），但题字式的送话还是第一次。我之所以这样做，主要是为了表示严肃、郑重。他要进高等学府了，要进入高层管理了，要面对的人多了，要做的事情更加多样化了，我感到对他提出要求的做法和态度也需要更加不同一些，才会更加有效。

我送给他的话是针对他的工作任务的，也包括在新的工作中如何对待自己和日常生活，是对他做人的期盼，但其中也体现我自己对工作和生活的态度。“子不教，父之过”。在当今的社会上，父可以教子，子也可以教父。另外，子有成就，或者子不成器，都很难说完全是父亲的功劳或过错，因对一个人能够产生影响的其他因素实在是太多太多。但是，父亲的影响毕竟是存在的，并且是直接的，是第一位的。我一生信奉周恩来“只有尊重别人，才能赢得别人的尊重”的教诲；总以笑脸面对他人，包括反对我的人；永远将争取很好地完成任务、公事放在人生的第一位置；利用一切条件和可能，了解工作，了解环境，了解对方，并以期掌握第一手资料为主要目标；虽然属虎而不属狗，但总以尽个人的一切所能为别人做一点有益的事情为最大的欢愉和快慰；无论担任何种职务，始终将自己放在与所有人同等的地位，不以权治人，不以势压人；不管是在国内还是在国外，在对待吃、穿、行等问题上从未有过任何计较；在我的生活范围里，找不到什么名牌产品，小市场、小饭馆，我照样高兴地进出；我家如今仍然是以往不同时期许多同事的“集散地”和“秘书处”，我以前的司机、厨师、公务员还常常在半夜打来电话询问事情，或者要求我帮助他们相互寻找和沟通。我注意到，我的儿子还是看到和理解我的这些做人的基本准则和待人处世方式的。出于这个理念和了解，我将我自己对待工作和生活的这些原则态度归纳成为上述文字，送给我的儿子去思考。

有一点是我想要说明的：在我的期待中没有关于廉政方面的内容。这不是我的疏忽，而是有意为之。腐败已是当今社会的一大毒瘤，人人都在喊打，并已被提到涉及亡党亡国成因的高度来认识，再叮嘱这样的问题实属多余。再有，我的儿子管钱、管物业已多年，从未听说他在这方面出过什么问题，反而经常听到他的上级和周围的同事对他行事的赞扬和肯定，以及他本人对此类事情中各种丑恶现象深恶痛绝的揭示。向他作共产党员需要预防腐败内容的提醒，应该完全没有必要，反而有损他的尊严和自尊心。

我始终认为，做任何事情都是既要能对得起自己，也要能对得起别人。这个“别人”，当然包括所在的工作单位。我还认为，如果我的儿子能够把我列出的浅显字面落到实处，就对得起自己，也对得起别人，其中也包括我。

我相信我的儿子不会让我失望。

（2010年10月写于和谐雅园）

我的一个特殊数学命题：4乘1=1除15

前两天，我画了一个算术符号，就是我这篇文章的标题：4×1=1÷15。我老伴看到说："你胡画什么，那么乱七八糟的！"但随后笑了，因为她知道我那天上午刚去商店里买了一辆"永久牌"自行车。看到她笑，我也跟着笑了一会儿。类似的心照不宣的事情，在我们家经常发生。

说了半天，各位可能会想，这家老两口遇到什么事了，干吗要一个跟一个地笑啊？我告诉你们事情是这样的：我把新买的自行车推回家后，顺口对老伴说，以前凭购物券时，我用4个月的全工资才买1辆这样的车，现在我一个月的工资可以买15辆同牌子的车，工资涨了不少哟！我的"4×1=1÷15"的算术题是这样出来的，我们俩一个跟着一个笑的原因也就在这里。当然，我的这个命题不是很准确，也不是很明确，肯定不能拿到数学系的课堂上去，但它的含义却一定能够被广泛理解和认同。

大家常说，改革开放给老百姓带来了实惠，我看我算的这个账应该能算是一个实例。

在我看来，这个实例至少可以说明3个问题：

工资确实增长了。直到20世纪80年代初期，也就是我们国家确定要实行改革开放政策后的开初年代，我和老伴的工资加起来只有130元，需要养5口之家。故此，每个月底都必然是捉襟见肘，经常靠同事的照顾来周转。随着改革开放的不断深入，我们家的工资情况也不断有所改善。钱数在增多，含金量似乎也在增加，因为我和老伴的工资本身在涨，随着儿子们相继有了自己的收入，进到家里的钱数有了大幅的变化，加之物价的上涨幅度没有工资增加得快，能够剩下来的钱就越来越多了。如今，我们俩的退休工资加起来共计有9000元，大约是过去的80倍，而物价的变化幅度却远没有那么多，这不是表明工资确实增长了吗?无疑，这样的变化带给我们的不仅仅是无须再为如何度过每个月底而担忧，更是一种精神上的愉快和满足。我和老伴都相信，随着国家的经济发展和分配方式的变化，尽管我们都已退休，工资状况一定还会有新的改善。

工业品数量增加了。时隔近30年，自行车的市场价格变化不是很大，涨幅仅约50%。除了国家的价格政策以外，工业品数量的大幅增加，也应该是它形成今天这类价格的重要成因。以前买它需要票证，主要是为了控制市场，自然要有价格因素。现在市场放开了，在同类产品中，它就只能回归到它应有的位置和地位。而且，随着自行车品牌的增多、其他交通工具的涌现，特别还有汽车的普及，自行车的市场价格水平就可想而知了。人们都在说，工业反映一个国家的发展水平。从自行车在我国工业品中的地位看，我们国家的工业确实是有了让人感到目瞪口呆的发展速度。这种速度的由来和连续多年的保持，没有正确的政策，没有各行各业的共同努力和发展，又怎么能够成为可能呢?

市场明显繁荣了。亿万人要出行，交通工具是免不了的。然而，一度曾经是我国各个大小城市里亮丽风景线的庞大自行车队伍如今很难再现。自行车只能保持在自己的价格范围里运行，反映出的是市场的繁荣。各种各样的商品多了，商店里琳琅满目，大家选择的余地大了，自行车则早已不再是紧俏商品，更失掉了“三大彩礼之首”的光辉（因为它曾经是20世纪六七十年代姑娘结婚的彩礼或陪嫁中的自行车、手表和缝纫机这所谓“三大件”中的首要物件）。虽然自行车失去了以往的地位和荣耀，但相信人们不会为此而感到惋惜和不平，只会为它过去立下的功劳而高兴。不过，如今的人们在繁荣的市场中依然没有忘记它，还有许多人用它代步，更多的人在把它当做健身和休闲的工具。自行车的用途和地位在发生质的变化。我在一些发达国家，还包括一些发展中国家看到，自行车多被用作休闲和健身的工具，在不少国家的首都和大城市里，周末常常对主要街道实行机动车限行，让骑自行车的市民有更多的活动空间。是不是也可以说，自行车在我国的地位也在随着人们生活水平的提高而在被提升呢？至少我有这样的看法，因为我在退休10年后，在可以随意选择其他交通工具的同时，专门又去买了一辆老牌子的自行车，目的显然不是为了用它上班或者远行。

你们说，我的这个特殊数学命题反映的是不是事实？这样的实例多了，反映的是不是国家的大发展和人们生活水平在普遍地明显提高？我自己对这道命题的演算结果则是“知足者常乐”。不过，我想再次重申的是，请数学系的师生务必不要把它作为数学题去演算，因为在理论上无论如何是计算不出来的。

（2010年5月1日写于和谐雅园，曾被《淮海晚报》刊用）

我的郑重委托

——致《周恩来卫士回忆录》著者高振普同志的信

尊敬的高振普将军（并抄送外交部老干局）：

日前，作为周恩来国际研究会的会员，我从研究会高兴地得到了一部您撰写的新版《周恩来卫士回忆录》，并迫不及待地开始阅读。分5次，我逐字逐句地认真读完了全书。可以坦诚告诉您的是，我每次拿起您的书，都会情不自禁地热泪盈眶，常常泪流满面。书中的许多章节，更让我不时地哽咽和失声。作为读者，也作为周恩来总理的同乡，我向您致意，也向您表示真诚的谢忱，感谢您对史实的忠诚、您对事业的忠诚和对周恩来总理的一贯真诚。

对我国从立国到建国的一代伟人周恩来，我始终怀有发自内心的崇敬和爱戴。他的信念，他对国家和事业的忠诚，他的为人，他为人民鞠躬尽瘁、死而后已的风范，虽为后人所望尘不及，但永远是我们学习的榜样。据告，我从北京外国语学院提前毕业和当即被分配进入外交部，都是在周恩来总理的亲自批准下完成的，尽管他并不知道我是谁和是个什么样的人。1963年、1971年和1972年，我曾经几次有幸面见过他老人家，并为他担任过翻译。让我惊讶和永远无法忘怀的是，1971年他第二次见到我时，竟然还记得1963年我为他担任翻译的事情。所以，在他有生之年，我始终崇拜他，把他当做偶像，心矢志不渝地关注着他、跟随着他；在他逝世的时候，我争取到机会，满怀悲痛和迷茫去劳动人民文化宫默默地表达了悼念；在1976年4月那些让人不解的日子里，我每天晚上都去天安门广场向他宣誓，表示永远向他学习的坚定决心；在他逝世后的30多年间，每次看到他的照片，听到有人提到他的名字，我的心都会颤动，泪会自然流出；每年的1月8日，我都以自己的方式向他表达我的哀思和怀念。您的书让我知道了更多，让我想到了更多，也让我对周恩来总理的尊敬更深，思念更远。我愿意告诉您，我对周恩来、邓颖超的这种感情将永远都不会变。

对您的著作，我不想做更多的评论，因为我再说什么都是多余的。我只想说，这本书应该是中国共产党永远和永恒的教材。

不知道您是否还记得，我们曾经有过近距离接触的机会，只因当时我们陪同的领导同志日程太紧，加上特殊的国际原因，故而未能与您相谈。我为此曾多次后悔，惋惜错过了向您学习的良好机会。不过，您的写实性的、没有任何多余话语的书让我得到了极大的弥补，虽然晚了十来年。

高将军，出于对周恩来和邓颖超的崇敬，出于对您的尊敬，我还想利用这个机会对您说：诚如周恩来和邓颖超同志所一贯强调的，人有生，就会有死。对于这样的自然规律，我们无须回避，也不要害怕。人在有生之年谈论自己的后事，是彻底的唯物主义者对待生与死的正常考虑。也许我不应该在给您的信中谈起这样的事情，但我还是想要告诉您，我愿意向周恩来和邓颖超两位老人家学习，死后将遗体交由医疗单位处理，有用的部位供需要的人使用，其余部分给医学教学单位以作教学解剖，火化后的骨灰可以撒在外交部认为合适的树下，但不搞任何形式，也不用作任何标记。就像邓颖超代表周恩来表达的那样，一切交给组织安排，是一个真心信仰马列主义的共产党人应有的态度。我还想，我的这种安排既不会占据后人的地盘，又可以免去儿孙们的许多麻烦，因为我不愿意让毫无用处的东西使至少一平方米的土地不能他用，也不希望儿孙们每年为祭扫我的亡灵而奔波劳累。我会把对您说的心里话告诉管理我的外交部离退休干部局，作为我的遗愿和遗言，请您作为证人。这是我对您的郑重委托。作为曾经在周恩来总理身边工作过多年的人，我真诚地信赖您。我的这个想法是十多年前就已萌发并逐步强化，而非是新近产生的，只是在阅读您的《回忆录》过程中进一步有了明确和确定，并想把它公开化。当然，我也想像周恩来总理那样，尽可能地注意和爱护自己的生命，期待着能有多一点儿的时间再为国家做些力所能及的事情，或者按照一般常说的多发挥一点儿余热，虽然我从任何一个角度都不应该与他相提并论，只是想用这个机会表达一点儿效法他的愿望而已。您和我应该年龄相仿，属于我们国家社会阶层中的老年范畴，相信能够更好地理解我的心境，也理解我的这个委托和信赖。

高将军，打搅之处，万请原谅。由于上面提到的原因，我将把此信抄送外交部老干局，并要求我的家人予以注意，相信您不会生气。

祺祝安好。

外交部退休干部

徐贻聪

2010年5月5日

（附注：此信发出后，曾接到高振普同志的电话，对我的决定表示支持和赞赏，并乐于充任证人）

珍爱生命　顺其自然

——我的“养生之道”

退休以后，工作的压力小了，想家庭里的事情、想自己的事情，特别是想身体方面的事情多了。关于身体，思来想去，有些领悟，归纳出了一句话：珍爱生命，顺其自然。

大家都说人的生命是可贵的，需要爱惜。这样的说法确实有它的道理，并且带有普世性。如果外星上有人，也应该是这样的。

人的生命是父母给的，是家庭的，但也是国家的、社会的，需要爱护。在我们国家，政府和社会对人的生命关爱程度越来越高，关于爱护人的生命的法律和规定也越来越多。面对天灾人祸，领导人关心的首先是人的生命。对此，人们的感激越来越深，越来越真切。但是，无论是遇到特殊情况，还是在日常生活里，本人对生命的爱护，在所有的爱护中，还应该是第一位的。没有自己对自己的爱护，其他都无从谈起。

当然，人的寿命是有限的，再保护也有终结的时候。对此，无须大惊小怪，还是以顺其自然的态度予以对待为好。

由于政府对人的健康的关心和重视，也由于科学技术的进步和发达，人们的平均寿命愈来愈长，以健康的状态进入老年阶段的人数越来越多。“人生七十古来稀”的描绘和断言，已经完全不适用于今天的中国。我们老年人自己在享受政府和社会尊重、关爱和照顾的同时，也要善待自己，尽量减少他人的负担。以平常心态对待生老病死，在淡定中抓住并制造快乐，就是减少他人负担的办法之一。

我把自己列入老年人的范畴，因为我已70有余，并非是在冒充老人。我对老年生活有自己的理解和方式，身体状况在自己长时间以来奠定的基础上自觉甚为满意。不过，我应该还不具备谈论“养生”的资格，因为毕竟未到高龄的范围。如果一定要将健康与“养生之道”联系到一起，我的“道”主要有以下内容：

一、高高兴兴过好每一天。愉快的心情是健康的重要保证。在我看来，保持心情愉快，是完全有可能办到的。不要为钱少而不满，不要为粗茶淡饭而不甘，不要为儿孙的未来而担忧，不要为社会不平而激愤。遇到问题或者困难，要能够很快自我排解。对于社会上的许多想不通的事情，尽可能找机会心平气和地提出自己的看法和意见。每天愁眉苦脸，甚至自寻苦恼，只能有碍健康，影响寿命。“知足者常乐”，不仅有哲理，而且很实用，建议大家常用之。生活中还宜多一点儿幽默，哪怕只是一个人，也要找一点儿幽默的话语让自己高兴一些。还有，以平常的爱心关心他人，尽可能地给别人，包括自己的亲属以帮助而不力图任何回报，也是寻求愉快心情的一种途径。

二、力所能及地参加一些社会活动。退休后，工作任务的压力没有了，自是一种解脱，但不等于不能或者不需要为国家、为社会做点事情。人们常说老人可以继续发挥余热，指的就是退下来的老人可以利用以往的经验，不定期、不定时地服务于国家，有益于社会。做这样的事情，还会使老年人精神上愉快，感觉充实，去掉寂寞，有益于身心健康。当然，参加社会和单位的类似活动一定不要勉强，不能超过自己精力和体力所能承受的限度。还有比较重要的一条是，做这样的事情不要抱着追求报酬的目的。退休10年来，我在各个不同时期，根据身体的不同状况，接受过单位、所在社区和一些外省市的邀请和安排，参与过不同内容的社会活动。随着年龄的增大和腿脚的越来越不便，现在已减少了很多，但还在量力而行。综合这些年所参加的社会活动，我的基本感觉是还可以有所作为，致使身心都保持在健康、愉快的状态。

三、在吃、喝、玩、游等问题上采取"自愿的"原则，不要放纵，但也不要故意"克扣"和"刻薄"自己。"与其天天遗憾，不如一次遗憾"，是我对朋友经常说的"经验之谈"，因为完全听从别人的见解和意见而让自己天天处于遗憾状态，是非常得不偿失的。人在生命的最后时刻总会有自己感到遗憾的时候，但绝不会超过所有遗憾的总和。而且，说得明白一点儿，对于那样的自然法则，我猜想，只要忍耐一下，也就彻底地过去了。对待蛋、奶，我是自成习惯，没有"随波逐流"。比如，我多年来都是每天吃两个鸡蛋（有时还要多），使用奶制品（牛奶、酸奶、奶酪等）从不定时，不像争论中的"一周不宜吃4个以上的鸡蛋"，"早上牛奶、晚上酸奶”等说法那样。还有，我老伴身体不好后听信专家们的意见，并且是累积在一起听的，结果差点儿饿死，经过在不长时间里的相继两次住院并输了血才得以逐渐恢复。她在听了我什么都要吃的话后，吃饭时扔掉了以往的那么多忌讳，反而好了，也有精神了。我这样想、这样说，并非是对医生、专家的不恭敬，而实在是因为每个人都有自己的具体情况，不能将一些对某些人适用的结论硬性地用来指导所有人。

四、以普通饭食为主，不宜追求过多的保健品、过量的高营养。五谷杂粮和日常的菜蔬是人活着的基础和必要条件，生活中拥有这些就足够了。在朋友聚会时，基本上都由我负责点菜。我注意的特点是，荤素搭配，颜色多样，不点高档，数量适当。我的这些原则每每都受到主客两方的肯定和赞扬，因为它实惠、经济。偶尔接受一些非常见的食品无碍基本生活和健康，但要刻意去追求，就不仅仅是一种精神负担了。

保健品不是人人都需要的，有些人用了它可能还会有害。我是从来不信，从不购买，也从来不用的。

五、饮料以（绿）茶为主，少吃零食为佳。烟有害无益，我从未沾过，希望大家也不要去沾；已经同它交上朋友的，建议与之绝交为好。

六、尽量不要胡思乱想，保证充足的睡眠。谁都知道，睡眠是保证健康的重要条件，但很多人都有睡不好觉的经历。我则不同，老伴常说我“头刚放到枕头上，脚还未上床就打呼噜了”，此话虽有些夸张，但说明我能很快睡着，而且至今如此。每天争取睡午觉，是很多人保持健康和旺盛精力的成功经验，我也在坚持，即便三五分钟也行。我认为，失眠虽与某些疾病有关，但多与思考过度特别是总想着在各方面都不如他人有直接关联。我的一个感觉是，睡觉时就一门心思睡觉，尽量不要去想事，更不要胡思乱想，这样才能比较快地睡着，而且睡得踏实。

七、适当的锻炼，但务必量力而行。“人的生命在于运动”，我很赞成这个说法。老年人多已退休，多会有时间用于运动。但是，我的体会是，运动的方式一定要适合自己的状况和体能，务必不要追求数量。如果能够每天坚持步行一定的距离，则必然大有裨益。

八、不要自己吓唬自己。有病当然需要寻求医生的干预，药物干预，手术干预，但也还是要以平稳的心态去寻求正常的、必要的干预为好。不应该在听到某项检查的结果不正常，或者医生有个什么结论的时候，就紧张起来，就吃不下睡不着。我的一个病故同事的夫人曾告诉我说，“他完全是被自己吓死的”。我相信她的话绝不是虚言，因为类似的传言并非鲜闻。

我的生活方式，或者“养生之道”与很多人不同，可能属于“我行我素”型。但我为自己迄今为止的身体状况引以为荣，因为：我吃得香、睡得着，走路健步如飞；在北京过冬我只穿一条单裤，且基本不戴帽子；我的牙齿基本完好，还能咬破核桃；体检中的大部分指标尚好，只有少量超过标准；虽有几种慢性病，但用点药就能长期保持在比较稳定的水平。

每个人都有自己的生活方式，即便与他人相似，但也绝不会雷同。在对待身体和健康问题上，相互也可以借鉴对方的经验和方式，但不能抄袭、硬搬。我把我的经历和经验利用“三事集”问世的机会公布出来，只是对朋友们的“广而告之”，是想让关心我的朋友知道我是怎样生活的，绝无让别人仿效的意思，更没有与医生、专家唱对台戏的想法，希望朋友们看了以后一笑了之。

（2010年中秋写于和谐雅园）

宝岛行荡起的亲人情思

2010年中秋后未几，在连续接到老爸老妈的两次生日祝酒之后（我的父母每年都会按照阴历为我庆贺生日，我自己则只记得出生那年阴历对应日的阳历日期，故而形成了每年有两个生日的惯例。在两个不同的日子里，我的父母都会拿起酒杯、对着电话祝我生日快乐，让我感到天伦之温馨和动人。年近百岁的父母今年依然如故，再度分别让我的弟妹拨通电话，两次为我庆贺生日），我带着老伴，同一批都已退休的老同事结成旅游团，到祖国的宝岛台湾做了一次环岛游，圆了另一个思亲梦。

作者为夫人徐丽丽在台北的留影

去台湾看看，是我多年的情思和梦想，但一直以为很难实现。没有想到的是，两岸形势的发展变化，使我的这个在两三年前还感到也许在有生之年难以成为事实的梦幻，在两条腿还能走得动的岁月里变成了现实，而且是和需要借助轮椅帮助的老伴同行，高兴的心情真的难以言表。还记得，在过去的年代里，特别是在工作岗位上，由于时代的不同，思维上的差异，海峡两岸距离虽近，但却如远隔重山，人员互无往来。就我个人来说，在巴拿马、尼加拉瓜、洪都拉斯、厄瓜多尔、阿根廷等国，都曾亲历过类似的国人相见要远避或被远避的尴尬场面，至今无法忘怀。

10月中旬，我们一行由10多对老年夫妇组成的30余人旅行团，从北京出发，乘坐台湾长荣航空公司的航班，经过不到3个小时的飞行，就到达了台北。在短短的7天时间里，我们从台湾岛的西岸向南，再从位于岛的最南端的鹅峦鼻灯塔处折返，沿东海岸的海滨公路向北，途经台中、台南、高雄、台东、花莲，桃园等城市，绕道基隆、野柳、士林、日月潭、西子河、溪头、垦丁、燕子口等风景区，也经过了一些商圈、夜市等老百姓经常出入的场所。最后，我们又从台北的桃园机场登上长荣公司的航班，愉快、顺利地返回了北京。可以说，在环岛行程中，既观赏了岛上的旖旎风光，也看到了人民的衣食住行。如果要用简单的一句话来概括这次旅行的话，那应该是：不虚此行！不过，我不想记录旅途中的所见和所闻，更不想谈论两岸何时和如何能够实现统一的大问题，只想极为简单地描绘一下个人旅行中的心情、思绪。

说起来可能有点奇怪，我虽然是第一次去台湾，但在整个过程中却没有任何生疏感和异样感，那里的一切都是那么自然、亲切，犹如回到了自己的家乡，甚至还少了去香港、澳门、广东和福建时所产生过的方言困扰。在台湾，看到的是同大陆南部省份同样的植物、景色，听到的是同北京话一样的发音；岛上人们的穿着和生活格调与我们差不多，市镇上的店铺用语让我们感到的是熟悉和亲切。对于这一切，同行的人都说，对台湾的感觉只是自然的亲和力和同根同源的认同感。对于我们这批常在世界各地走动的人来说，这一点可能是很不寻常的。不过，如果大家自然形成的感受是一样的，那就不能算是奇怪的事情了，因为它毕竟会有任何人都无法抹杀的共同根由。这是我的心理感受。

带着家人行前的亲情表达，怀着对祖国各地居民一致的亲情感，旅行团中年迈同事们和台湾导游、司机、沿途陌生人对我和老伴的多方照顾，加上在旅途中我和老伴被同伴以高票推选为“最和谐家庭”的代表并获重奖（奖品是由朱敏先生提供的尼康

谁说漆黑后面掩映的不是苍翠中的鲜红

——作者取材于台北蒋介石先生故居的庭院中

COOLPIX S3000型照相机。对于一个自费旅行团来说，这样的奖品应该是很贵重的了）所产生的融合感，使我一直有一种潜意识：台湾之行就是一次返乡之行，是一次亲人间的聚会，得到的也完全是亲人间的感情、思绪和满足，而且是随着旅途的扩延愈益强烈，挥之不去。

写完此文后，我怀着坦诚的心情，决定将它纳入我的“三事集”中的“家事篇”里，因为我真的感觉到它是犹如发生在我的家庭之中的事情。

人心推动潮流和变革，感情的会聚则是人心形成的基础。对此，我深信不疑。

在结束这篇短文时，我还想附带说说的是，此次旅行得到了我的同事——德高望重的刘立德大使和深受各方敬重的中国前外交官联谊会名誉理事朱敏先生的多方帮助，甚至还有某种程度和意义上的赞助（主动建议给参加旅行人员设立多种鼓励奖项并慷慨解囊就是事例）。完全可以说，没有他们的不懈努力和多方奔走，我们的台湾之旅或许不会这么快就成行。真的应该感谢他们，这是我本人在亲人间常用的一种感情表达，也是我们同行人的共同结论。

（2010年10月写于和谐雅园）

第二篇　往　事

往事如烟，记录的是人生轨迹。我们应该给自己留下不带遗憾的往事。

崇高的风范　永恒的榜样

——写在纪念周恩来总理诞辰100周年的日子里

周恩来总理离开我们20多年了，但他受到世人尊敬的各种成因依然常留在人们的心间，人们对他衷心爱戴的程度也丝毫未减。

在我的心目中，周恩来的名字和形象始终占有十分重要的地位。1976年1月8日以来，每看到周恩来的照片和形象，我都会情不自禁地热泪盈眶，甚至泪流满面；每听到周恩来的名字，我的心都会受到一次震颤，产生由衷崇敬和爱戴的联想。我的这种感情的由来，多源自对这位全中国人民乃至世界人民敬佩的政坛英杰的崇高风范，也有我个人在几十年外交生涯中遇到的一些场景的记忆及由此而至的赞佩和敬仰。

在我的一生中，曾有过几次同周恩来总理直接或间接接触的机会。对我而言，这些接触既是巨大的荣幸，也是极大的鼓舞力量。

我本应于1963年夏天从原北京外国语学院，即如今的北京外国语大学西班牙语系毕业，但在当年的3月初却突然接到院部的通知，让我和同班的另五位同学提前毕业，尽快办理离校手续，去《北京周报》社报到。在我代表大家办理毕业离校手续的过程中，又接到了让我一个人随即到外交部报到的通知。对此种种，我们六位同学都感到奇怪，不知为什么在我们的五年学业尚剩四个来月的时候就要提前离校，也不知学校领导为何要改变将我和另三位同学留校任教的决定，舍得把我们全部放走（此前，当时的高教部曾拟安排我们出国留学，但学校领导担心有碍我们留校而未予同意）。据事后听到的传闻，是周恩来总理亲自批准让我们去加强刚刚创办的《北京周报》的编译和出版工作，以加强对外宣传；中途要我转换工作，则是当时外交部急需一名西班牙语翻译，改变我的去向也是上报周总理后确定下来的。这就是说，虽然周总理并不知道我是谁，但我的工作分配却得到了他的亲自过问和批准。对这样的传言我无法验证，但确使我深感激动，还让我甚为感慨了一番：一个有着8亿人口（当时的中国人口概数）泱泱大国的总理，每天需要过问多少国家大事啊，他又是以何等关切的心情在注意着任何一件涉及对外交往的事情啊！我对他的崇敬心情又增加了许多许多，而且，忠诚献身、服务于外交事业的决心也就从那时毅然立下了。

我和周恩来总理的认识和接触也有过几次，那是分别在1963年、1971年和1972年。虽然时隔多年，但每次同他相遇的情景都依然历历在目，令我心潮澎湃，感慨万端。

1963年那一次见到周总理是在古巴驻华使馆举办的“七·二六”招待会上。当时，我到古巴驻华大使馆工作仅仅3个来月，在该馆担任大使翻译，也兼管使馆的对外礼宾、联络和文书等事项。7月26日那一天，是卡斯特罗主席武装攻打蒙卡达兵营的10周年纪念日，使馆照例举行招待会，庆祝这个全国性的重要节日。周恩来总理、陈毅副总理、郭沫若副委员长等我国党政领导人应邀到场祝贺，我被指派担任临时代办雷希诺·佩德罗索的翻译。周总理入座后，佩德罗索临时代办发现尚缺少几位主宾，就叫我赶快帮助招呼一下，请我国的其他几位领导同志到主宾席就座。由于我作为使馆工作人员需要负责这类事项的安排，就马上把佩德罗索临时代办说的话转达给站在附近的招待人员而没有立即翻译给周总理。周总理见我忙着去同别人说话，就随口问了一句“你会不会讲西班牙语”。待我说明情况后，周总理点了点头，没有再说什么。招待会过程中，我充任了全场翻译，基本上完成了任务。周总理在起身离开招待会现场时，特意把手中的讲稿递给了我。虽然未说什么，但我从他的表情中理解到这是为了向我传递他对招待会开始时问话的歉疚之意和对我翻译的肯定。周总理的这一个爱心有加的细微举动，令我感动至极，心情久久不能平静，事后更难以忘怀。

1971年的那一次也是在古巴驻华大使馆。1月2日，当时的古巴驻华使馆临时代办毛罗·加西亚举行国庆招待会，周恩来总理为了改善中古关系的良好意愿，时隔几年后再度应邀出席。由于人所共知的原因，当时的中古关系处于冷淡状态。加西亚1961年来华前是古巴外交部的亚洲大洋洲司长，此前还曾担任过古巴驻越南大使的职务。将这位资深外交官以参赞身份派到中国，长期担任使馆的临时代办，这本身就有着某种特殊的含义，表明了古巴政府当时的对华态度。在那次招待会上，周总理向加西亚临时代办说到了中国的建设，强调重要的在于取得经验和总结经验，这是最宝贵的。他还特别指出，马列主义要同本国的革命实践相结合。当然，双方也谈到了中古双边关系。周总理表示很理解古巴的处境。他还请加西亚临时代办给卡斯特罗主席转去问候和良好祝愿，并表明了中国希望与古巴改善双边关系的良好愿望。在中古关系处于非常冷淡状态的特殊情况下，周总理的举动曾引起驻华外交使团的很大震动和诸多猜测。对我来说，周总理的再次到场，则是十分喜悦的事情，因为既给了我了解我党和政府对外政策的良机，又使我重有为周总理服务的幸运。那次陪同周总理到场的除中国党和政府的几位领导同志外，还有恰好在京逗留的柬埔寨领导人诺罗敦·西哈努克亲王。招待会进行过程中，我又一次坐在周总理身后，同我在北外的老师、外交部翻译室的西班牙语主要翻译汤柏生一起，为他担任翻译。我记得，那次谈话令双方都感到很愉快。1993年，在时隔22年以后，我以我国第10任驻古巴大使的身份去哈瓦那市郊拜访已退休的加西亚大使时，他还记忆犹新地向我回忆起周总理出席那次招待会及谈话的情景，并很有感触地说道："周恩来总理不愧是一位有胆略、有魄力、有远见卓识的政治家和外交家。"

在那次招待会上，还有一件令我终身难忘的事情，招待会尚未结束时，西哈努克亲王因事需提前离开，周恩来总理也陪同他退席。我以使馆工作人员的身份，在大门口欢送他们。西哈努克亲王向我合十致意，我也向他合十表示感谢。周恩来总理随后走过来时，一边和我握手，一边问我："你还在这里工作？"听到周总理的话音，我以为他在和别人说什么，一时竟未明白过来他问话的意思。但当我环顾四周看到左右并无其他人时，才猛然想起周总理可能还记住8年前在这个使馆见到过我的事，我赶紧机械地回答了一句："是的，还在这里。"事后，我一直不敢相信，周总理怎么会把一位普通小翻译记得那么久。后来听到外交部的许多同志讲到周总理有惊人记忆力的种种事实时，我才确信无疑。自那以后，我也有意识地学习周总理的这种榜样，努力将各种事件、人物、数字等装进脑子里，并努力使之发挥作用。尽管我不应该同周总理去比，而且永远也不可能达到周总理的那种程度，但我始终坚持以一种投入的精神在做这样的事情，并且不时以周总理的榜样和精神激励自己，因而还是取得了一定的成效。

至于1971年和1972年间我见到周恩来总理的那几次，则分别是我有幸作为工作人员参加周总理接见外国代表团及同国内有关单位负责人谈话。在那几次，我得以深切地领略到了周总理的谈吐艺术和工作风格，感受到了他的敏锐洞察力和深入细致的工作作风。我看到、听到的一切，给我留下的不仅是深刻的印象，更有一位伟人如何待人接物和对各种不同人做工作的典范。其中，1972年初的那一次同周总理的见面给我的体会尤为深刻。

1971年1月4日，也就是周恩来总理参加古巴驻华使馆国庆招待会的第3天，我奉命离开了该馆，被安排到北京外交人员服务局的政治处做宣传工作，前后有一年多点的时间。1972年初的一天，服务局的领导同志通知我，要我于当晚随同他去人民大会堂参加一个会议，并要我作好作记录的准备，但未说明是什么会，更未告诉我会议由何人主持。那天下午，离预定的会议时间尚早的时候，局领导同志就叫上我，一同乘车去了大会堂。途中我想，干吗要来这么早啊？但当我们进入一个既不像小范围会见，也不像大范围会议的客厅，看到已有许多人都已坐在那里鸦雀无声地等待时，我方感到会议可能有不寻常之处。预定的会议时间到了，进来了一位我不认识的人，他向大家宣布说，总理尚在接见外宾，请大家稍候。他带来的消息使我异常兴奋，因为这将使我能够首次在规模不大的内部会议上见到周总理。我们又静静地等待了大约一个小时。突然，坐在大厅入口处的人们站了起来，并兴奋地鼓起掌来。随着掌声，在场的全体同志都纷纷起立，掌声也更加热烈。周总理边走边向大家示意，要求同志们停止鼓掌并就坐，但掌声依然响了好长一段时间。周总理在询问了在场同志们的单位等情况后，讲了一段很长的话，谈的主要是如何利用机遇，因势利导地做对外交往方面的工作，以争取获得好的效果。谈话中，周总理不时地叫着外交部一些同志的名字，问及他们有关事情的经过，还问到了几个邻近国家的国名和地理位置。我记得，有些同志答得很对，有的则由于紧张等原因而说错了；因此引起了阵阵笑声。周总理对答对的表示了肯定，对说错了的则予以纠正。我心里想，周总理确实了不起，对世界上的许多事情甚至是细枝末节都能记得那么准确、那么牢。那天，我作了很详细的记录，并在回单位后进行了认真的整理。服务局用我的记录稿在一定的范围内作了传达，不少听传达的同志还向我打听了会议的细节，对周总理的细致工作作风表示了深深的赞佩。遗憾的是，我的那个记录稿不知被存放到了何处，服务局的有关同志日前费了许多时间和精力也未能找到。

值得我深感自豪和荣耀的是，我和周恩来总理还是同乡，因为他出生的淮安县（现已改为淮安市）和我的故乡淮阴县是同属淮阴市的两个接壤县。他的故居离我的家仅有15公里，而他童年读书的地方，也就是他外祖父的家，与我就读初、高中的淮阴中学仅有一河之隔，两处的直线距离还不到一华里。这些年来，我每次回故乡探亲，都要去瞻仰周恩来纪念馆、故居及他在童年时的读书处，因为我深深地感到，每次我对这些地方的瞻仰，都是对我灵魂的一次净化，是对我作为人民公仆意念和决心的递增。尽管这些地方中的每一处我都已经去过好几次，但今后只要有机会返回故乡，我仍然要去拜谒，以便从中吸取更多、更丰富的精神营养。

（本文曾被收入世界知识出版社为纪念周恩来诞辰100周年出版的《老外交官回忆周恩来》一书）

我与卡斯特罗主席谈奥运

奥林匹克运动是值得关注的，尤其是它倡导的精神。

北京能够成为2008年奥运会这个世界盛会的举办地，更是值得中国人民和他们的朋友高兴的大事。我相信，这类朋友中肯定有古巴人民的领导人卡斯特罗。

卡斯特罗是世界著名的领导人，在国际上享有崇高的威望和广泛的尊重。对于这位"大胡子"，我是早有所闻，并且对他始终怀有崇敬之情，因为出于工作的关系，我从20世纪60年代就同古巴这个国家开始了不解之缘：先是在古巴驻华使馆做过8年的翻译和礼宾工作，而后则在外交部担任过多年负责处理与其关系的处、司领导。但是，我却极少想到我会有机会同卡斯特罗直接打交道，并且能够成为他的座上宾甚至朋友。

我是在1993年9月从我国驻厄瓜多尔大使的岗位上被调去哈瓦那，担任我国第10位驻古巴大使的。在我得到即将去古巴工作的消息时，我兴奋不已，因为那将意味着我会有机会同卡斯特罗主席见面、交谈。不过，由于卡斯特罗主席从不出面接受外国

作者与卡斯特罗主席谈及中国申办奥运历程。

大使递交的国书，我又没有什么特殊的理由要求他马上单独接见我，所以我到任后一个多月都未能同他进行过即便是很短暂的谈话。直到当年的10月底，我才找到机会同他见面。未想到的是，一旦同他接触，各种见面的机会就接踵而至，甚至多到了引起其他国家使节嫉妒的程度。

我与卡斯特罗主席见面的机会多了，谈话的话题自然就多、就很广泛。同卡斯特罗主席谈话是人生的荣幸和乐趣，他的快言直语、广博知识、缜密逻辑、幽默谈吐和平易态度会让人终身难忘。在多数情况下，是他问我的时候多，因为他似乎有关于我国以及我国对外关系等方面问不完的问题。但是，他也给我向他提出问题的机会，并且十分耐心地给我以回答和解释。为此，除去比较紧迫事务外，我也会在每次谈话前设计谈话的题目和方式。

我记得1993年末的一天晚上，我曾与卡斯特罗主席一起谈论过国际奥林匹克运动会选址等问题，双方谈得非常投机，许多观点也很一致。那次谈话的时间虽然距今已经过去了16个年头，但谈话的情景和内容我至今仍然历历在目，犹如只是前几天才发生过的事情。我之所以有这样的感觉，一是每次卡斯特罗主席与我的谈话都会给我留下深刻的印象；二是我在厄瓜多尔期间受国内委托做过与奥运有关的工作，记忆尚深，在相对短的时间里与不同的人谈论同一个题目往往让人容易记住；三是我本人喜爱体育运动，对奥运的事情经常关注，尤其是我自己直接参与过的重要事项。

古巴国家不大（只有11万平方公里土地），人口也不多（仅1100万），但在教育、卫生、体育等方面取得的成就却十分骄人。在世界重大综合性体育比赛中，古巴的位次一般比较靠前。在美洲共35个国家组成的泛美运动会上，古巴仅次于世界体育强国美国而稳居第二。为第二届泛美运动会的举办而在哈瓦那东郊专门兴建的馆所不仅规模宏大，并且颇具创意，这也表明古巴政府对体育事业的重视和投入。

那次与卡斯特罗主席谈奥运，我就是从古巴的体育事业谈起的。实际上，我与他谈奥运是有备而来，主要是想向他引出话题，以便能够听到他的评论和意见。我在赴古之前，曾经根据我国政府的指示，从当年的3月开始连续为我国申办2000年夏季奥运会会址在厄瓜多尔的几个城市之间到处奔波，先后向厄瓜多尔政府的有关负责人，包括教育部长和奥委会主席，还有当时的厄籍国际奥委会委员阿罗约等人做工作，争取他们的理解和支持，直到9月我奉调离开基多。尽管经过我和使馆同志们的不懈努力后，厄方对北京申办的态度很是积极，但我国的那次努力却未能成功。我是在抵达哈瓦那后得知中国申办失败的消息的，很想能和卡斯特罗主席谈谈这件事，就刻意准备了有关奥运的话题，还在约定好的日期前两天特意让人带我去为泛美运动会建设的馆所转了一圈。

卡斯特罗主席也是个体育迷，年轻时不仅是大学篮球校队的主力前锋队员，还是个挺有水平的棒球击球手。担任国家领导人后，仍然经常做些强身健体的活动，还时不时地到各类国家体育团队去走走、看看，甚至动动手。可以说，谈起体育来，他是样样精通，津津乐道。他到高龄时身体依然很好，应该与他年轻时喜爱体育运动有着直接的关系。听我赞扬古巴的体育发展，卡斯特罗主席马上接过话题，称赞中国已从"病夫"成为"雄狮"。紧接着，他主动对我说，国际奥委会不把2000年的奥运会放在中国去举办应该是个失误，但中国是个体育大国，人口大国，在不久的未来，一定会有机会成功举办一届世界人民翘首期盼的奥运会。我们古巴也总有一天会去申办奥运会，因为古巴有这个能力，也有这个权利。在讲这些话时，他还介绍了他所了解的有关各国的态度和情况，并进行了详尽的分析。我认真地听着，不时地提出一些我不很熟悉的问题。

卡斯特罗主席的话让我大喜过望。首先，我没有费多大周折就听到了我想听的评论，而且比我预期的还要多，还要全面；其次，北京申办未果的消息虽然过去了一段时间，但留在我心头的阴影并未完全消失。他的话帮我去除了久存的芥蒂；最后，他的高瞻远瞩极大地鼓舞了我，使我对我国以后的申办成功更加充满信心。

（2007年春节期间写于北京家中，曾被收入新华出版社出版的《别样风雨》一书）

我与劳尔·卡斯特罗共饮茅台酒

劳尔·卡斯特罗是我的一位朋友。我们相互视为朋友，因为我们之间有着不同于一般使节与驻在国领导人的那种职业关系，而是存在着一种特殊的友谊。的确，他与我相处时间不长，但无拘无束。

在我与他的相处中，有不少与茅台酒有关的故事。

说起来，劳尔是个名人，因为他不仅是全世界鼎鼎大名的菲德尔·卡斯特罗主席的弟弟，本人也是一位在战场上出生入死打出来的英雄。现在，他担任古巴共产党中央委员会第二书记、古巴国务委员会和部长会议第一副主席兼武装力量部长（即国防部长）等职务，被授予古巴军队最高的大将军衔。

劳尔是个叱咤风云的人物，是位名副其实的国家领导人，也是位很会品酒的人。

据我了解，在世界上各种佳酿中，他对茅台“情有独钟”。

作者与古巴领导人欢聚时畅饮茅台酒。

他平时很少喝酒，他的医生也不让他经常喝酒，但与我一起喝茅台酒时，却表现出对这种中国酒的特别偏爱，也有惊人的酒量。

其实，他知道茅台酒并非是从我开始的，因为他与我之前驻古巴的9位使节中的大部分都有交往，他们也都请他喝过茅台酒。不过，据劳尔告诉我，在喝茅台酒方面能够自始至终陪同他并能谈出故事来的唯有我。当然，我们在一起谈论的不仅仅是酒，更多的还是两国关系，是国际上的各种事务及其相互间的关联。由于中古两国、两党在许多问题上看法相同，观点一致，我们的谈话始终都很投机，感情也很融洽。所以，完全可以说，我们是酒逢知己。

正因为如此，我在哈瓦那任职的两年多时间里，与劳尔交往的次数不少，每次都涉及茅台酒，因为我宴请他时，自然会上茅台酒；他请我时，我则会带去茅台酒。我们每次相聚都会在茅台酒的相伴中达到酒酣心畅的境地。

在我和劳尔多次共饮茅台酒时给我印象最深的是我为他庆祝"双六·三"的那一次。劳尔生于1931年6月3日，1994年6月3日是他的63岁生日。当年5月中旬，我与他商量，准备届时在我们使馆为他的这个特殊的日子举办一次宴会，以示庆祝。他听完我对"双六·三"的解释后欣然表示同意，并说要代我邀请一批客人。是日，劳尔和他的夫人埃斯平（古巴全国妇联主席，20世纪50年代古巴国内战争时期的地下工作负责人），还有他的两位哥哥，即大哥拉蒙·卡斯特罗（是古巴广受尊敬的农业专家，为国家的农牧业发展作出过很多贡献，但一生不为官）和二哥菲德尔·卡斯特罗（卡斯特罗主席），以及古共中央的另外12位委员等共30余位客人齐集使馆大厅，参加我为他组织的生日宴会。卡斯特罗主席幽默地说，古共中央政治局的过半委员均已到场，徐大使可以宣布政治局的会议开始啦！在为劳尔举办的那次家庭式聚会上，自然少不了茅台酒的助兴。那天的宴会上，客人们，还有使馆的主要外交官，40个人围着一张长台，兴致盎然，谈笑风生，不知不觉中度过了5个多小时的时间，共喝空了14瓶茅台酒。无疑，这样的活动对于增进中古两国间的相互了解和友谊，增加使馆人员和驻在国领导人之间的感情都是十分重要的。客人走后，使馆政务参赞林良由高兴地说，茅台酒今天才发挥出了异乎寻常的作用，体现出了它的真正价值。

我和劳尔通过多种形式的交往形成的深厚、特殊的友谊使我领悟到，中国的酒文化自有它的魅力，但要用得其时，更要使用得当。

（2007年10月写于北京，本文曾被收入《国际外交人士话茅台》一书）

在古巴一位副总理家里做客的联想

1995年4月的一天晚上，我曾有幸应邀到古巴部长会议副主席（即政府副总理）费尔南德斯家里做客，领悟到了异国领导人待客的礼节，也感受到了中古两国人民之间悠久的深厚友谊。

晚上8时，我和夫人驱车准时到了费尔南德斯副主席的家。那座位于哈瓦那市区一个小山坡上的房子倒还宽敞、安静，但周围没有任何警卫的迹象。房子两面临街，另两面同邻居的房屋相连，看不出有任何奇特之处。四周的街道上，车来人往，笑语喧哗。费尔南德斯和夫人听见汽车声响，一同走到门外来迎接我们。亲切的问候、相互吻过面颊之后，他们把我们领到房子中间的露天小院里。先行抵达的前政府部长（相当于不管部长）纳兰霍和夫人、哈瓦那市长马丁内斯和夫人、古巴国际金融银行总裁本科莫和夫人都站起来，分别同我们热烈拥抱，互致问候。大家都是久已熟识的老朋友，拥抱时相互拍打着对方的后背，显得亲切异常。此时，我环顾四周，除看到有几个铁制的茶几和摇椅外，院子里没有任何陈设，也看不到一个服务人员。正在我有些纳闷之时，费尔南德斯副主席走过来，亲切地问我们喜欢什么饮料。我要了一杯带冰块的威士忌，我的夫人要了一杯矿泉水。不一会儿，费尔南德斯副主席自己端着托盘走到我们面前，一边把我们要的饮料分别递到我们手中，一边对我们说，今天是老朋友聚会，不需要讲什么外交礼节，希望你们就像在自己家里一样。其他在座的人则开玩笑地对我们说，今晚你们是主客，我们是"加列戈"（西班牙人的俚称，因为费尔南德斯的父母都是西班牙人，故同费尔南德斯熟识的人都这样称呼他）邀来陪同你们的，沾你们的光了。他们还说，费尔南德斯好多年未邀请过外国人到他的家里来了，这可是一次破例行为。纳兰霍还说，他大概是20

年来第一次有机会再到费尔南德斯家里吃饭，非得大吃他一顿不可，不能为他节省。费尔南德斯的夫人笑着说，你只要不怕“司令”（指卡斯特罗主席）批评你太胖了就行，饭菜管够。大家就这样说着，笑着，喝着，闹着，显得无拘无束。在闲聊之中，费尔南德斯副主席不时进进出出，有时给我们俩及其他客人添换饮料，有时似乎在忙着什么别的事情。后来我才发现，他是在一趟趟地来往于厨房与餐厅之间，往餐桌上摆放各种食品。

大约9时左右，费尔南德斯副主席走过来邀请我去进餐。按照习惯，当然是女士优先，我便邀请在场的5位夫人先行。在同厨房相连的餐厅里，一张长桌上摆满了许多形状、大小各异的盘子，分别盛有不同的沙拉和烤猪肉、烤鸡、烤火鸡，还有古巴人特别爱吃的白米饭、红豆汤。大家分头取着自己喜欢吃的东西，但不时爆发出阵阵笑声，因为爱开玩笑的马丁内斯市长常以在场的几位古巴朋友为笑料，抖出一个个像说相声的“包袱”。费尔南德斯副主席则分别指着一道道菜向大家介绍说，哪些是他的夫人做的，哪些是本科莫夫人帮助做的，哪一道是他自己的杰作。大家取了一些饭菜之后，端着盘子又回到院子各自的座位上，享受着一顿家庭式的自助晚餐。

此前，我曾经在几个拉美国家的朋友家里做过客，形式中也有类似的做法。就是说，主人邀请几位客人欢聚时，用自助餐的方法予以款待，饮食自便，交谈自由。但是，到政府副总理一级的高级官员家里做这种形式的客，在我旅居拉美的十几年中尚属首次。虽然在座的都是有过多次交往的熟人，但开始时仍不免有点拘谨，担心举止有所不周。随着相互间的谈话渐融，我也就慢慢释去矜持，行动也就更加随便了一些。期间，我看到本科莫的杯子空了，就拿起我面前茶几上的酒瓶为他斟了起来。费尔南德斯立刻高兴地说：“这就对了！你有点像是在自己家里了！”其他人也跟着说，看来我们之间的亲切感又有所加深。他们对我的举手之劳的赞赏，使我感到他们确实真诚地希望中古关系能够更加亲切，更加友好。

在用餐过程中，他们分别向我谈到了古巴的一些近况，包括工农业生产、对外开放等，甚至还有集贸市场上农牧商品的具体价格。费尔南德斯副主席是分管体育的，他还同我谈到古巴女排的即将访华之行，希望作为世界强队的中古两国女排能更好地共同切磋，相互交流。马丁内斯在调任首都市长之前是国家体委主任，在听到费尔南德斯副主席同我谈论体育时，兴奋地回忆起他于1990年9月对中国的访问，滔滔不绝地赞赏中国组织国际大型运动会的能力和中国体育健儿的进步。他还不无风趣地说，别的我们比不上中国，但我们要求和希望古巴女排一定要赢你们。他的语气和讲话时的神态，再次引发出一阵欢畅的笑声。

已是晚上10点半了，大家还在喝着、聊着。纳兰霍看了看手表，提议结束这次聚会，因为第二天都还要上班。他的建议得到了大家的响应，随即站起来相互告别。作为主要客人，当然是我和夫人先走一步。费尔南德斯副主席和夫人把我们送到门外，还帮我们打开车门。我们走出很远，看到他们还站在那里目送我们，不时地挥着手。

在返回使馆的途中，我不禁思索再三，浮想联翩。我到哈瓦那不久，就听使馆同志以及其他方面的人士谈过古巴领导人同群众的密切关系，他们的廉正作风和古巴的一些社会风尚。比如，除卡斯特罗主席外，古共中央绝大多数政治局委员、政府要员出门均无警卫随同；身为主持政府常务工作的国务委员会副主席兼部长会议执行秘书（类似于常务副总理），拉赫经常在住家附近的大街上席地而坐，同邻里“侃大山”，听取群众的意见和呼声；外交部长罗瓦伊纳虽有两辆公车，但却每天骑自行车上下班，还用自行车接送12岁的儿子上学；每次召开人大全会时，除少数领导人被安排在主席台上外，其他领导人，包括党中央政治局委员，都以选区代表的身份同选区所在省的代表们坐在一起；中央各部门的领导人经常下基层视察，但从不搞特殊，而是走到哪里谈到哪里，遇到吃饭时间就同当地的职工一道进餐，不加任何饭菜；据介绍，古巴领导人也同普通百姓一样按购货本规定数额采购物品，不享有任何特殊供应。我不知是历来就有的做法，还是“特殊困难时期”开始以后的新规定：老百姓在街上、公路上可以随便拦截挂有公车牌照的各种未坐满人的车辆，要求将其顺路带到某个去处，这些车辆的驾驶人员不得拒绝……听到的，看到的，常使我为古巴目前的困难、时尚和风气发出感叹。这次到费尔南德斯副主席家里做客，又使我有了一种新的感受。

我在想，将来古巴的物质生活丰富了，待客的条件优越了，古巴的领导人还能不能保持这种上下一致、廉洁自律、待人诚恳、同群众同甘共苦的优良传统和精神状态呢？我陷入了长时间的沉思。

（2001年10月写于北京）

重返古巴印象记

受外交部的委派，我随国际交流协会代表团于2003年1月25日至2月2日，在哈瓦那参加了古巴为纪念民族英雄何塞·马蒂诞辰150周年组织的“国际均衡研讨会”，并在会后顺便对该市及其邻近地区进行了短暂的访问。其间，除参加会议外，我还寻机与古巴政府官员、劳动群众及外国人士进行了交谈，参观了工厂、农村、集贸市场、旅游景点和华侨社区。我感到，与我1995

年底离开时相比，古巴还是发生了一些明显的变化。概括而言，我有以下几点主要印象：

1.商业活动明显增多，商业意识也有加强

进入哈瓦那市区，我感到的一个较大的变化是临街的店铺、餐馆、酒吧、冷饮店等多了起来，里面的人群也熙熙攘攘。应该说，这与我1993年至1995年期间看到的"有城无市、有店无商"的情景相比较，确实是一个不小的变化。为我开车的古巴司机也告诉我，与几年前比较，哈瓦那和外地的许多大小城镇的商业活动确实增加了不少，人们感觉到生活方便了许多。在他的引导下，我抵达后的第二天早晨就去革命广场参观了每月在那里举办一次的农产品交易市场，并逐项询问了产地、价格等方面的情况。除感到集市上出售的品种、数量比以前增多、价格有所下降外，我更意识到市场反映出的古巴领导人思想上的进一步改变和人们商业意识的增多，因为在20世纪90年代中期，允许在哈瓦那的革命广场，也就是卡斯特罗主席办公室的对面搞自由市场，那是连想也不敢想的事情。当然，总体而言，古巴人民的生活还是比较困难、艰苦的。农贸市场的出现和发展只能稍微起到缓解供应困难、调节人们心理的作用，体现出古巴党和政府对人民生活的关心，但离真正意义上的农贸和集市还相差甚远。

2.市政建设有所发展，交通情况稍有改善

下飞机后，一座颇具规模、也颇为现代化的机场大楼使我很感吃惊，因为它与我当年经常出入的矮平房有着天壤之别。此外，在市区特别是市内沿海地段拔地而起的一些高大建筑，市区为数不多房屋的维修和漆刷，华人社区部分街道的改造及中餐馆的相邻涌现，等等，也令我看到了哈瓦那市政建设方面的变化和进步。虽然这些变化和进步不带有全局性，但还是使人感到古巴正在向前的进程中。

在街道上可以看到的另一个变化是交通情况的改善。汽车、摩托车明显增多，自行车则显著减少（据说主要是因为由它引起的交通事故太多）。当然，车辆和汽油的短缺，依然是古巴在交通方面面临的主要困难。为了进一步改善交通困难状况，古巴政府决定从近日起采取让顺道载客的司机得到十分之一票款收入的新举措。据说，许多人对此项新措施表示欢迎。

另据了解，停水、停电的次数已大大减少，交款后即派技术人员上门为百姓家安装中国产彩电的工作正在逐步落实。凡此种种，使许多人在心理上感到更大的慰藉。

3.对农业的重视程度续有提高，联产计酬的范围和幅度都有所扩大

如何通过增加国内农产品的数量和种类来提高和改善人民的生活水平，是古巴党和政府近十几年来一直强烈关注的重要工作。从短短几天的所见所闻中可以看出，古巴在这方面又取得了新的进展。农业和食品生产受到了各级政府更大、更多的重视。不同方面的人士告诉我，为了推动农业的更快发展，劳尔·卡斯特罗副主席最近又多次强调了发展"城镇农业"（即首都哈瓦那周边10公里、各个省会城市周边5公里、每个市级城市周边5公里范围内的农业生产）的重要性和重要意义，并提出了要在2007年前将上述范围内全部能种的土地都种上农作物、消灭死角的要求。目前，全国上下都在为实现劳尔的这个号召而积极行动。为此，各地更进一步强化了"多劳多得"原则的实施，几年前开始实行的"联产计酬"等项鼓励生产的措施如今在更大的范围里得到了实行，还取消了原有的封顶趋向。此外，自留地的制度也有所巩固和扩大。

4.思想教育工作在进一步强化，潜在问题亦有所增多

为保证社会主义制度和执政地位，也为保持社会秩序的稳

定，古巴党和政府始终重视思想教育工作，并采取了多项具体措施。对此，我历来有较深的印象。从此行的所见所闻看，这些措施与几年前相比又有所加强。此次逗留期间，古巴同志又向我介绍了有关这方面工作的重要性和一些新的举措，特别谈到了卡斯特罗主席近期抓年轻人教育的问题和经验。据他们说，古巴有7万多年龄在17至30岁之间的年轻人在社会上游荡，这个数字还在逐年递增。他们既不上学也无工作，成了社会不稳定的一个潜在因素。经过分析和研究，卡斯特罗决定亲自来抓对他们的教育工作，并决定采取由政府给他们发工资的办法，把他们组织起来学习。从初步情况看，此项工作已经取得了一定的成效。

5.对未来有着乐观情绪

古巴领导人在接见我时，简要谈及了政府近几年来的工作和困难情况，但特别强调政府对未来抱有的乐观情绪。据他分析，古巴对国内糖厂进行的改造（即关闭约一半的糖厂，以便将财力、物力和技术力量更好地投入到种甘蔗较为集中地区的其余糖厂）已经取得成功；农产品的产量和供应有所增加；遭受“9·11”严重打击的旅游业有了明显的恢复；国际市场上的镍价在大幅回升；石油价格虽受伊拉克问题的影响上扬，但估计持续时间不会太久。此外，近期拉美的地区环境对古巴亦出现了一些有利的变化。因此，可以说，“9·11事件”和去年飓风造成的巨大困难正在被逐渐克服，有理由对未来感到乐观。

据我对市面和人们情绪上的观察，古方所言并非没有道理。

6.重视对华关系

这次应邀参加研讨会的有来自30多个国家的近400位代表，但中国代表受到的礼遇最为突出：多数国家的代表都是自费食宿、交通，对中国代表团却是全部由古方招待。尽管中国代表团的级别并不高，但三个人分别被安排在“小湖区宾馆”（类似于北京的钓鱼台国宾馆）一座小楼和党中央招待所整个一层楼的两处宾馆里，还配给了两辆奔驰450型轿车，饮食供应也非常丰盛。除周到的接待外，对代表团的发言场所也作了特殊的安排（在中央高级党校礼堂，并由其校长亲自主持）。这一切使我们充分感受到古巴在对待与中国关系上所给予的重视程度。

（2003年2月8日写于北京）

一次外交活动的启示

对驻阿根廷使馆来说，2000年春节可谓是一个盛况空前、意义重大的节庆活动：刚刚上任不到两个月的德拉鲁阿总统偕夫人佩尔蒂内女士和外交部长贾瓦里尼夫妇等，于除夕之夜来到使馆，与全体馆员共度中国人民的传统节日，并代表阿根廷政府和人民向中国政府和人民拜年。他们到馆后，与使馆全体成员亲切握手、合影留念，还同大家一起观赏中国烟火，共尝春节传统佳肴。此外，德拉鲁阿还即席发表讲话，赞颂阿中良好关系，并当场签署致中国国家主席江泽民的邀请信，表示期待江主席尽早到访。德拉鲁阿夫妇等人在使馆逗留了两个半小时，比预计时间延长了整整一个小时，打破了礼宾部门的规定，超出了许多人的预料。关于他们对中国人民的这个友好举动，阿根廷国家通讯社、四家电视台和一些报刊进行了广泛的报道，引起了阿各界及驻阿外交使团的广泛关注，反响热烈异常。

说起来，这次活动的筹划和组织，还真带有相当的偶然性。

2000年1月8日，元旦刚过后的一个星期天，我和夫人徐丽丽应原阿根廷驻华使馆公使衔参赞普埃伊雷东夫妇的邀请，到阿根廷企业家维克多·加西亚在布宜诺斯艾利斯郊外的乡村别墅去做客，共度周末。加西亚先生是中国多年的老朋友，但我却从未与他晤面。寒暄后，加西亚先生率直地告诉我，德拉鲁阿总统是他的邻居，而且过从甚密。德拉鲁阿总统听说你要来，很想过来见见你，因为他认识你，对你的印象很好，遗憾的是他今天早晨乘直升机到马德普拉塔去履行公务了。不过，你可以找个由头，请他到你家里去，他一定会去的。我可以帮助你和他联系。我和加西亚先生是初次相遇，对他的话半信半疑，仅仅作了一般感谢的表示，未作深谈，但把他的好意留在了心里。

回到使馆后，我认真考虑了加西亚先生的建议，认为确有可利用之处，且即便不成，也不会产生任何消极影响。第二天，我给加西亚先生打了个电话，感谢他对我们的盛情款待，同时就可否邀请德拉鲁阿总统来馆欢度中国重要的传统佳节——春节征询他的意见。加西亚先生当即对我的想法表示赞赏，并建议我起草一个给德拉鲁阿总统的书面邀请，说明缘由，表示意愿，信由他转交。我怀着试试看的心态，立即按照加西亚先生的意见，以个人的名义写了一封信，传真发给了他。谁想到，仅隔了两天，加西亚就在电话中告诉我，德拉鲁阿总统对这件事开了绿灯，原则表示接受你的邀请，但需要我尽快找到总统府和外交部的礼宾负责人，因为这样的事情还需要通过官方渠道来正式办理。

1月18日，我按照加西亚先生的建议，专程去拜访了外交部礼宾司长塔博阿达大使，带去了给德拉鲁阿总统邀请信的抄件，请他提供协助。塔博阿达司长和我的交往较深，一向和我有着密切的合作，听说德拉鲁阿总统本人已经原则同意，便当即叫来礼宾司的一位参赞，交代他尽快联系、积极提供可能的帮助。尽管如此，我仍然无法肯定德拉鲁阿总统是否真的能来。2月1日，塔博阿达大使刚刚陪同德拉鲁阿总统访问欧洲回到首都，马上给我打来电话，通知我德拉鲁阿总统决定接受邀请，去中国使馆与馆员共度中国新年。2月2日傍晚，塔博阿达在两个小时内又先后给我打来三次电话，分别通知我说，德拉鲁阿总统的夫人、外交部长贾瓦里尼及夫人等将陪同总统来馆。此时此刻，我才真正定下心来。塔博阿达还告诉我，他已将此事通报给了阿根廷驻华大使巴特费尔德。此前，巴特费尔德大使已给我发来传真，对德拉鲁阿总统将要来中国使馆为我感到高兴，向我表示祝贺。我对这个传真感到纳闷，他怎么知道得那么快，塔博阿达的坦言才使我找到了答案。

从得到德拉鲁阿总统给予原则认可的消息时起，我就在考虑如何接待和体现特色的问题，以既能够保证活动的万无一失，又能体现出鲜明的特点。在几次办公会上，我向大家通报了情况，并提出"认真对待，积极筹备，周到热情，精打细算"的筹备要求，还强调准备工作要以我为主，力求体现中国人的风采和热情，以使客人增加对我们的了解，留下好的印象。虽然阿方正式通知德拉鲁阿总统接受邀请的时间距离除夕之夜仅不到48小时，但由于各种准备工作早已有所安排且分别在着手进行，故各部门都不慌不乱，继续有条不紊地完成各自的既定任务。

整个活动的程序如同我们设想和要求的那样，既紧张热烈，又井然有序。晚上8点40分，塔博阿达司长、贾瓦里尼外长和夫人先后抵达。他们分别协助我们检查了场地和位置安排，认为我们的布置准确无误，毫无可挑剔之处。他们还表示，既然阿根廷国家新闻社已经发布了德拉鲁阿总统将来中国使馆做客的消息，只要中国使馆不反对，在使馆院外等待的电视台和报社的记者都可以进入活动场地。对我来说，能有记者前来进行报道，当然是求之不得的事情。我高兴地告诉他们，记者们进入场地对我绝无不便，一切听候阿方的安排。还在我们协商过程中，记者们已经蜂拥而入，各自挤占有利位置，弄得塔博阿达司长不无幽默地警告他们说，你们不要把总统和夫人的位置都占了，还要给徐大使和夫人留下欢迎总统的地方啊！

说话之间，警卫人员告诉我，总统的专车已经接近使馆大门。我下意识地看了一下表：离晚上9时还差两分钟。在阿根廷两年，深知人们特别是大人物不守时的习惯，德拉鲁阿总统的准时到达，倒令我有点惊诧了。突然，摄影记者的灯光全部亮了起来，徐徐驶来的是一辆极为普通的“标致”牌汽车。德拉鲁阿总统和夫人就从这辆车里走下来，和蔼可亲地同我及徐丽丽握手，并亲了我们的两边面颊，向我们祝贺新年。我陪同他们从穿着节日盛装、列队迎候的四十几位馆员前面走过，不时地做些介绍。几位不同级别的外交官分别将“邓小平外交风采”画册、周恩来总理诞生100周年的纪念邮票、中国古钱币等纪念品送给他，以示对他的敬意。德拉鲁阿总统和每个人亲切握手，还不时地拍拍一些年轻人的肩头。走到两位厨师面前时，我告诉德拉鲁阿总统，今晚我们要吃的饭就是他们准备的。德拉鲁阿总统立即站到他们两人中间，搂着他们的肩膀，高兴地请记者们为他们留影。

在与全体馆员握手、寒暄并听取了我的简短欢迎辞后，德拉鲁阿总统发表了即席讲话。他对有机会和中国使馆的成员欢度中国重要节日感到高兴，并代表阿根廷政府和人民向中国政府和人民祝贺新春，祝愿伟大的中国继续取得成功。也就是在这个时候，塔博阿达司长递给他致江泽民主席的邀请函稿。他接过信稿，当即在上面签上名并递给我，希望我尽快转交。他还说，请转告江主席，我欢迎并希望他早日来访。塔博阿达司长则告诉我，这是阿根廷总统第一次在一个外国使馆签署一件带有政令性质的文件，可以看出他对中国关系的重视程度。

经同我国江苏省南京金城集团合作的阿方股东、我的朋友阿科斯塔协商，一辆刚刚在双方10天前揭幕的生产线上组装起来的

“金城摩托”于2月4日上午被送到使馆。在我将这辆中阿合作的成品展示并赠送给德拉鲁阿总统时，他抚摸着锃亮的摩托车高兴地说，希望阿中两国在各个领域都能有具体的良好合作。此时此刻，在场的双方人员再次热烈鼓掌，表达了共同的祝贺和热诚的祝愿。

在餐桌上，我们为客人们准备了带有春节特点的饭菜。关于中阿双边关系发展情况的相互评说，伴随着中国农历年的由来及风俗习惯的介绍，不时在宴会厅里引发出阵阵欢快、爽朗的笑声。饭前专为客人们燃放的组组中国烟花，也成为双方探讨是否有合作可能的话题。

不知不觉间，德拉鲁阿总统一行拟在使馆逗留一个半小时的约定时间被延长了整整一个小时。在我们走出使馆大门时，看见院外大街上站满阿根廷人。他们呼喊着“德拉鲁阿、德拉鲁阿”的名字，热情鼓掌。德拉鲁阿总统在贾瓦里尼外长陪同下，走向自发聚集在那里的人群，同他们握手、亲面，气氛十分热烈。不少邻居对我说，你能把我们的总统请来，而且让我们也有机会见到他，真该感谢你。

贾瓦里尼外长私下对我说，德拉鲁阿总统很长时间没有像今天这样高兴过了。你的这次活动非常成功，将会对今后的阿中关系产生非常积极的影响。我向你祝贺。

回顾这次活动的整个过程，我从中得到了几个方面的启示。

一、注意稍纵即逝的机遇

应该说，这场外交活动的组织和实施，我新交的朋友加西亚先生功不可没。还在德拉鲁阿担任布宜诺斯艾利斯市市长期间，我就见过他几次，向他发出过到使馆品尝中国饭的邀请。在陪同前来祝贺德拉鲁阿就任总统的中国政府特使周永康部长拜访他时，我又一次表示希望他能有机会到中国使馆做客。但我知道，他总是繁忙地处理着政务，故对他能否应邀一直未抱太大的希望。加西亚先生的建议，则是在一种偶然的情况下提出来的，可以说是个稍纵即逝的机遇。如果我不去注意，这个机会也就会轻易地过去，而且不会再来。经过反复思考，我抱着试试看的心理予以采纳，结果却成功了。机遇是常常会有的，但稍纵即逝。虽然不一定每次都能成功，但抓住了总比白白错过去要好。

二、努力开拓各种朋友关系

交友是外交人员的重要工作内容之一。“在家靠父母，出外靠朋友”，对外交人员来说，这句惯用的话更具有特殊的含义，因为没有对朋友关系的开拓和利用，外交工作也就难以开展，难以取得成效。在这场活动中，我在阿根廷政府及企业界交的一些朋友，诸如商界人士加西亚、礼宾司长塔博阿达、企业家阿科斯达等人，给了我重要和特殊的帮助，提供了许多便利，保证了活动的成功进行。交友贵在诚，还贵在本身的为人。我以我的坦诚，以我对推动双边关系的积极态度，以我办事的认真和勤奋，赢得了阿根廷各界众多人士的信任，被他们视为值得支持和帮助的朋友。正是这些重要的因素，确保了这场活动的成功。

三、顺乎自然地利用环境

在对外交往中，有些事情强求是达不到目的的。分析情势，顺乎自然地利用环境，或者说，按照设想和计划，在一定的环境中因势利导地去积极推动，则往往可能成功。在阿根廷，人们对中国缺乏了解，如何利用当地的媒体扩大关于我国的报道，一直是我关注的大事。但是，由于多种原因，要想接触到阿根廷的主流媒体却并非易事。在此次活动前，我也曾想过能否作些有关报道的问题，但因涉及对方最高领导人行踪和安全的大事，显然不便采取由我们来主动进行安排的做法。在看到阿根廷通讯社预发的消息时，我真是有点喜出望外，决定设法予以扩大利用，但仍然要找到适当的方法和途径。因此，当塔博阿达司长征求我对记者能否进入使馆的意见时，我当即顺水推舟地表示同意。事后的几天里，不断有阿根廷人和驻阿外交使团的人给我打电话，告诉我他们看到的报道情况及他们的想法，使我再度意识到借用环境来做外交工作的必要性和重要性。

四、以特色增强活动效果

“邓小平理论”的一个十分重要的特点是强调和利用特色。确实，任何一件事情，任何一个单位，都有自己的特色。只有充分认识、发挥和利用各自所具有的特色，才能办成、办好事情，完成好任务。在这次活动中，我从欢迎队伍的组织到队形的设计，从纪念品的挑选到如何赠送，从烟花内容的选择到施放的时间，从菜单的确定到如何服务，从谈话内容的编排到如何掌握时机……都从突出特色的角度作了反复的思考，意在能够引起客人的注意，给他们留下深刻的印象。从事后听到的反应看，我对特色的考虑起到了应有的积极作用。这个结果也进一步提示我：要更多地注意对各种事物的特色及其利用的研究。

（2001年2月写于北京）

“拉美后院”只是美国的一相情愿

长期以来，人们一直在说，拉丁美洲是美国的后院。这种说法至今仍在被广泛地沿用，我本人也曾附和过类似的结论。但是，经过多年认真观察和反复思考，我现在认为“拉美是美国后院”之说只能是美国的一相情愿，因为事实上拉美从来就没有成为美国真正意义上的后院，今后更难成为美国希望的“后院”。

今天的拉丁美洲由整个南美洲、全部中美洲、加勒比地区和属于北美洲的墨西哥共同组成，包含33个独立国家和13个尚未完全独立的地区，总领土面积近2100万平方公里，人口超过6亿。在世界政治舞台上，拉美是一支重要的力量；在经济领域，拉美由于得天独厚的资源和良好的发展条件，也受到各方面的关注，普遍认为是世界上最后一块尚未被充分开发和利用的资源宝地。

如果说拉美由于与美国都在美洲，相距较近，地缘关系使拉美和美国在各自的发展中有相互需要和补充之处较多，因而长期以来互相关系比较密切，交往频繁，这确实属于常理，也是事实。但是“后院”顾名思义，是指“后方”或者“内部”。把拉丁美洲视为美国的后院，意思也是在说这块大陆是美国的“后方”，甚至“内部”的组成部分，这显然很不贴切。因为，无论从哪个意义上说，拉美都远非是美国的“后方”，更谈不上属于美国的“内部”范围。在拉美许多国家，我都听到过不同界别人士反对或拒绝这种结论性说法的声音，表明他们也不认为拉美与美国之间存在着“后院”和“前院”之间的那种关系。

历史是分阶段的。有些时期，在围绕某些问题上，拉美国家的价值观与美国接近，其政府的立场表现往往与美国相近，利益点趋同，双方的意见或看法一致性多一些，这是不难理解的事情，无须大惊小怪。但是纵观历史，在任何一个阶段，就围绕许许多多的重大国际和地区问题上，拉美都没有和美国完全一致，也没有完全听命于美国，总是有所保留，甚至公开反对美国的主张或政策。100多年来，美洲地区成立过许多由美国和拉美国家参加的政治、经济、军事、文化、体育等形形色色的组织和机构，也开过多次首脑会议或其他高级会议，但顺畅的不多，说明美国在其中的主导作用非常有限。不少在美国压力下通过的美洲地区性多边决议，往往也由于拉美国家的异议和保留而无法落实，甚至完全流产，不了了之。在历史的另一些阶段，这种抵制行动和反对之声表现得更为强烈，更加公开。在19世纪末、20世纪初期，曾在极少数拉美国家出现过比较亲美的政府，在美国的收买和威逼下对美国的政治经济要求让步较多，有的还曾动议将国家合并进美国，但最终也没有把国家的控制权全部出让出去。围绕一些涉及中国的问题上，诸如抗美援朝战争、恢复中国在联合国的合法席位和中国重返联合国、在联合国历次涉及中国人权议案的表决上，虽然部分拉美国家附和了美国的意见或议案，但起的并非是美国“后院”的整体作用，另一部分国家更是以“弃权”甚至明确反对的态度表明了与美国不同的观念和态度。应该说，无论是双方关系密切一点儿的时候，或者是双方分歧点多一点儿的时候，都不能说一方就是另一方的“后院”。

也由于拉美和美国属于同一个大洲，双方的经贸往来和合作多种多样，范围宽广，相互渗透，形成了“你中有我、我中有你”的多层次、多属性的局面。但是，这些看起来密切的交往和合作关系仍然属于地区性、业务性，属于双方往来中的许多自然的便捷条件，属于双方都有可利用对方的需要，而非是拉美在依赖美国，唯美命是从。同时，虽然有美国的阻挠和作梗，拉美与其他大陆的经济贸易关系不断出现大步、大幅的上升，也表明拉美国家完全具有自主能力和决策能力。

毋庸讳言，出于建立世界霸权的考虑，美国的确早有将拉美变成“后院”的企图和野心，并始终在以“力量”、“权威”、“价值观一致”等作为基础，想方设法通过威逼、利诱、收买、恫吓等各种手段，希冀将拉美置于可以为所欲为的范围，进而建立独霸，不许他人染指。美国建国初期，曾经通过“陆上扩张”和“海上扩张”策略侵占了一些原属于其他列强控制的邻近土地，有些问题至今还未能解决。此后的美国政府虽仍想继承此类手法，霸占他国土地的行动继续连绵不断，但始终收效甚微，主要原因是独立后的拉美各国基本上都对美国的“附属”、控制的意图采取了抵制的立场，或明确反对，或碍于实力而虚与委蛇，致使美国无法取得实质性的进展。苏联垮台、世界呈现“一极”态势的盛行时期，美国欲将拉美纳入其“后院”的欲望曾再度膨胀，对一些拉美国家采取过咄咄逼人的做法，希望它们与美国的立场一致起来，在经贸方面也能“一体化”，但依然没有被多数拉美国家所接受。在不同历史时期的较量中，各国人民前仆后继地反对美国吞并和控制主权的斗争，都是美国野心屡屡落空的主要原因。

历史在前进，世界在进步。维护国家独立、主权的斗争越来越成为人们强烈的意识和政府的政策目标。从20世纪后半期以来，拉美各国反对和抵制美国想把其变为“后院”的意识更加强烈，立场也更加鲜明，甚至还逐渐形成为统一的声音，并在寻求其他大陆人民的同情和声援。现在，美国自己也感到在当今世界上，独霸世界的企图越来越不得人心，将拉美变成可控之地的想法无法实现，因而尽管贼心不死，远未改弦更张，但已在事实上放缓了寻求霸权的步调，更多的是寻求对方的支持与合作。

为了尊重历史，为了尊重拉美人民的尊严和民族感情，为了中国和拉美关系更健康的发展，同时也为了更好地体现我们始终坚持的大小国家一律平等的基本原则，我认为，我们不应再继续使用“拉美是美国后院”这一概念。

我知道，我的这些看法只能是一家之言，虽然不是凭空想出来的，在拉美也存在多方面、多层次的反对“后院论”的意见，在我国关于“拉美是美国后院”之说也很少出现，但很可能还是缺乏依据的。不过，我还是想把我的这个在长时间与拉美各界打交道中思考的问题提出来，不是想把拉美从“美国后院”之说中

“解救”出来，而只是希望能同相关的人士共同探讨，以期得到对历史和现状的正确认识，能够帮助和引导我今后更好地分析和利用形势，尽管我已进入“古稀”之年，需要和能够思考问题的时日实在所剩无多。

（2009年7月写于北京，曾分别被国际问题研究基金会和社科院拉美研究所网站收录）

拉美华人社会在中拉关系发展中的作用

拉美的华人社会历史悠久，其在中拉关系发展中的积极作用不容低估。如今，随着中国的崛起和强大，拉美华人社会在不断壮大，不仅人数在迅速、大幅增多，地位和影响也在显著提升，华人对中拉关系发展的推动作用更应受到客观承认和公正评价。

追根溯源，华人抵达拉美的年数已久。不计历史记载或传说中关于中国人与拉美国家的上古渊源和中世纪的片段往来，包括那些被一些历史学家称之为前往墨西哥、秘鲁等国的“马尼拉华人”，成规模的华人到达拉美的记录已有一百七八十年。去古巴及一些产糖国家种植甘蔗，参加巴拿马跨洋铁路和运河的建设，到南美洲一些国家开采矿石……是记录中国人早期成群抵达拉美的重要见证。在拉美的华人社会也应从那个时候开始出现并逐渐成形、壮大，可谓是历史悠久。

除去历史悠长外，人数众多、分布广泛，也是拉美华人社会的一大特点。据不完全统计，至20世纪60年代末，在拉美各国的华侨总数已超过16万。我国实行改革开放政策以来，随着双方政策的放宽，在拉美的华人社会又有迅速地扩大，目前达到

40余万之众。他们遍布拉美各个国家和地区，在巴西、秘鲁、巴拿马、委内瑞拉、阿根廷等国则相对比较集中，在巴西就约有20万，占拉美华人社会总人数的近一半。由于华人的婚配和繁衍，带有中国血统的人数则更众。20世纪80年代初，巴拿马内政部的人曾经告诉我，巴拿马全国总人口中约13%的人拥有中国血统。古巴相关官员对我说过，大约有8%~9%的古巴人拥有中国姓氏。在秘鲁，人们稍带夸张地说，每10个秘鲁人中就有一个是中国人。在巴拿马，也有类似的表述，因为如果你在街头同当地人谈及华人社会，常可听到他们眉飞色舞地告诉你，“巴拿马城乡每有三户人家的地方就有一家是中国人”。这些统计和说法表明，在拉美的华人社会既有较大规模，也有同当地社会深入的融合。

在近两百年的历史中，连绵、接踵而至的中国人不仅给拉美带去了生产和发展的动力，更带去了中国人的优良传统和道德风范，使拉美各国近代史进程中的解放斗争、独立运动和社会发展如虎添翼，华人社会为所在国所增添的积极进步作用受到普遍承认和赞扬。1000多名华工参加了古巴1868年至1878年的第一次独立战争，在战斗中还形成了由中国人组成的营级战斗单位，其勇敢善战、不怕牺牲的精神至今还被许多古巴人以十分景仰和崇敬的心情所津津乐道。其后，在古巴已获得自由的华侨继续把古巴的独立解放当做自己的事业，无所畏惧地参加了古巴革命先驱何塞·马蒂领导的古巴第二次解放战争，为古巴人民推翻西班牙殖民统治作出了巨大的贡献和牺牲。为表彰华侨的贡献和他们体现出的良好精神，古巴政府于1931年在首都哈瓦那的一条重要街道上专门修建了一座10多米高的大理石纪念碑，并在上面刻写了“没有一个古巴华人是逃兵，没有一个古巴华人是叛徒”的碑文。在古巴工作期间，我曾专程前往纪念碑凭吊，并以一个象征中古友谊的花篮表示了我的敬意和崇敬。在巴拿马，我曾听到该国的一代天骄、民族英雄、国民警卫队司令托里霍斯将军谈他对中国人的印象。他在请我为他会见一个中国代表团担任翻译时曾满怀感情地说，他曾经给巴拿马国民警卫队的高、中级军官严肃交代过，如果在街上看到警察与“巴依萨诺”（巴拿马人对华人的昵称）发生纠纷，可以把“巴依萨诺”放走，将警察带回去审问，因为过错十之八九应该在执法者身上。我的这些所见所闻，让我深深感受到，拉美的华人社会是广受崇敬的。华人创造了历史，以他们的勤劳勇敢、谦卑诚实赢得了拉美人民的信任，拉近了中国和拉美的关系，是值得所有华人世世代代为之骄傲的。

在政治、社会领域以外，拉美的华人社会在这个地区的经济、科技、军事、文化、艺术、学术等方面也颇有建树，为所在国家的相应领域作出了杰出的贡献。在我见过的巴西、古巴、秘鲁、委内瑞拉、阿根廷、厄瓜多尔等国的华侨华人中，都有一些成就颇丰、声望很高的华人或华裔企业家、军事家、科学家、艺术家，他们中的不少人还获得过所居国政府的嘉奖、勋章，如古巴的将军邵黄、画家冯，厄瓜多尔的王老二，秘鲁的戴氏家族，阿根廷的朱志华、袁建平，哥斯达黎加的邓煦平夫妇，等等。应该说，他们的贡献不仅体现在对所在国的发展中，也体现在这些国家对中国人民的友好感情上。

拉美的华人社会为这个地区各国人民带去了中国人民的文明、传统、风范、精神，使得他们对中国有了直观的了解和理解，增进了他们对中国和中国人民的感情和信任。这种作用的本身就有非常积极的意义，值得大书特书。除此以外，他们在中国与拉美国家近代和现代政治、经济、外交关系的建立和发展上也起到了非常独特和重要的推动作用，同样应该被载入史册。新中国成立以后，中国和拉美国家外交关系的发展有过几个阶段。虽然这种关系的建立和发展主要靠的是中国政府的政策、威望、地位和影响，但拉美华人社会的推动作用不应被抹杀和遗忘。据我接触到和听到的情况，中国与不少拉美国家建交前，旅居这些国家的华侨和华人都曾以不同的方式向居住国的高层和相关官员广泛做过工作，进行游说。他们中的一些人数十载坚持不懈，在艰难的环境中介绍新中国的政策、变化和进步，甚至多次出资邀请和安排对方人员到中国来实地考察和了解情况，不图任何回报。在中国和拉美国家的经济贸易合作方面，拉美华人社会所起的作用则更加直接、具体。许多华侨华人不仅自己长期与祖国做生意、搞合作、进行投资，还以多种方式向当地政府、企业界、工商界、金融界和媒体介绍中国的政策、产品和投资环境，帮助中国企业与拉美国家开展有效合作。在中拉大幅增加的贸易额中，在双边数量可观的相互投资中，华人社会所占的比例都相当大。这些方面的事例，难以列举。在中国与拉美国家的科技、文体等方面的合作和交流上，也不乏拉美华人社会的积极作用。我记得，如果不是旅居阿根廷的华侨华人紧急自发出资，2000年我国一个已在赴拉美途中的歌舞团将面临无人接待的境遇。这件我亲身经历的简单事例不算很大，但曾令我感动不已，使我真切感受到了拉美华人社会在中拉关系发展进程中实实在在的积极作用。

谈到华人社会对我国驻外机构的直接帮助，我则有更多的体会和感受。我曾经在6个拉美国家长驻过，访问过的拉美国家就更多，其中有与我国建交的，也有尚未建交的。无论是与我国的建交国，还是未建交国，华人社会都以他们对祖国的满腔热忱、一往情深地给我们以真诚的、多方面的、无私的帮助，令我难忘。根据我的经验，无论是在对驻在国情况的了解和理解上，还是在与各界人士的结识和交往上，无论是在安排国内高访团队的接待上，还是在日常工作甚至人员的人身安全上，我们的驻外机构都无法离开华人社会。很多时候，华人社会在这些方面能够起到的作用确实是他人无法替代的。

总之，无论是有形的还是无形的，拉美华人社会对中拉关系发展所起的作用都十分巨大，受到了广泛的承认和尊重。

毛泽东主席关于任何事物都是一分为二的断言非常有哲理。拉美的华人社会有它的长处，但也有它的短处，甚至还有它的局限性和消极面，对此我们也无须讳言。

首先，在拉美的华人社会中，有进入政界、军界的，也有进入科技界、艺术界的，但总的说，无论是在以往还是在现代，类似人员数量都极少，简直可以说是凤毛麟角，寥若晨星。此种状况形成和存在的原因是多方面的，虽然无须去批评，但它毕竟影响华人社会同当地人的全面沟通和融合，也影响到华人在当地地位的提高和当地人对华人社会的认同。在有些拉美国家至今仍把华人视为外国侨民而非同他们一样是本国公民，原因可能就在这里。这种局限性的改变只能靠华人观念的变化和他们自身的努力，外界难有什么大的作为。不过，作为他们的祖国和亲人，我们仍有必要认识这种缺陷对拉美华人社会发展的阻碍作用，提醒他们特别是他们的后代，努力进入拉美各界尤其是对国家的发展能起关键作用的领域，非常重要和必要。

在拉美华人社会中另外一个值得提及的现象是，几乎在所有国家都存在一些类似黑社会的活动，有些还明目张胆地形成自己的组织、网络。从事此类活动的人不多，但他们绑票杀人、敲诈勒索、明抢暗盗，无所不干，手段毒狠，引起了各国的普遍不满和憎恶。虽然这类事情在当今世界上的各种社会里都还普遍存在，各国政府也都难有应对的有效方法和途径，但对他们的这些不仅危及华人社会的声望和进步，也破坏当地社会秩序和安宁的恶行，华人社会需要予以严重对待。应该强调的是，虽然这些涉黑现象的性质是十分恶劣的，但与拉美华人社会在中拉关系中的正面作用相比，它所产生的负面影响还是小的，属于支流。不过，这种现象的存在和蔓延的确应该引起国内相关方面和我国派驻拉美正式机构的认真关注，并要想方设法让这些害群之马危害社会同时也对中国在拉美的形象和中拉关系的发展产生极大破坏性的所作所为能够有所减少。在做这种工作时，不能急于求成，而要各方通力合作，以细致入微、亲切有效的工作方式予以减少和弥补。必要时，还应取得所在国政府的支持与合作。

拉美的华人社会总体健康、向上，与祖国的关系也密切、融洽，但仍有需要加强的工作和及时的正确引导。譬如，各国的华侨华人团体众多，相互之间往往矛盾甚众，需要帮助化解。他们之间的矛盾虽非根本性冲突，但亦非全无个人的利害问题，国内或派驻单位协助处理时需弄清其中的方方面面，不宜贸然行事或随便表态，以免使本不太大的问题复杂化，形成僵局或死结，不易随后的化解。华侨华人的利益需要也应该保护，但在护侨中应该弄清是非曲直，还要尊重驻在国的法律、传统及政府的情面，不能强行无理偏袒。我在一个拉美国家担任馆长期间，曾经接到过国内某省侨务部门的函件，要求使馆向对方政府为一位遇害的华侨索要赔偿金，数额越大越好。使馆在了解清楚有关情况后告诉该侨务部门，遇害的是一位非法入境者，且系华人社会里的黑势力所为，找不到向对方政府索要赔偿金的理由，建议他们对赔偿金的问题另做考虑。后来此事只能不了了之。

我敬重拉美的华人社会，为祖国也为个人对他们怀有感激之情。同时，我深切希望并真诚期待拉美的华人社会能够继续健康地发展壮大，更多、更好、更深地融入当地社会，同时能在促进和推动所在国和中国的各种关系更加和谐、更加深入的发展上不断作出新的贡献。

我深信，我的希望符合拉美华人社会的心愿，他们也一定会以越来越多的事实来给予证实。

一颗中国老拉美工作者满怀期待的心肯定能够得到不断的慰藉。

（2009年6月写于北京，曾被收入《中拉关系60年：回顾与思考》一书）

平常、平稳、平静的地区

——我看2009年的拉丁美洲

2009年行将被整个地翻入历史，人们又将迎来一个新的年份。岁末回首，我们可以看到，拉丁美洲度过了平稳、无奇的一年。虽然拉美各国在对内、对外方面都有些曾经引起人们注意的插曲，诸如世界性经济危机的冲击，洪都拉斯政变引起的政坛纠葛，委内瑞拉与哥伦比亚的持续纷争等，其中有的还颇为热闹，但无论是政治性的还是经济性的这些事端，对整个地区的大局都没有造成太多、太大的负面影响，对国际关系和世界格局更未造成任何大的冲击。换句话说，在即将过去的一年里，拉美没有发生什么让人感到大喜大悲的事情，地区经济生活中也没有什么大起大落的事件。因而，权衡拉美本地区近些年来的历史和当前国际上的方方面面，对于拉丁美洲来说，2009年还是比较好过的一年。

看起来，在世界上各个地区形势所具有的形形色色、大大小小的特点之中，拉美今年没有鲜明特点的全年形势，或许正是它多少年来少有的特点之一。

在我看来，2009年的拉美形势有这样几个基本表现：

各国政府相对平稳，个别国家内部矛盾加剧，但未出现大的

动乱。总体而言，拉美各国的社会形势保持了相对的稳定，没有什么大的起伏和明显的纷争。阿根廷、墨西哥等国虽然反映出对政府执政能力的怀疑和不满，但没有形成动乱的态势和局面，出现的局部纷争和问题也都在可控的范围之内。唯一引起各方较大关注的洪都拉斯政变，也在地区和国际社会的调解中有所缓解，涉事双方正在寻求对方能够接受的解决方案。从目前情况看，洪都拉斯问题的解决虽还会有曲折和反复，但不会影响拉美地区大局的稳定。

“左派”政府多有巩固，执政能力有一定加强。2009年里，近几年来在拉美连续出现的“左倾”现象持续有所发展，所不同的是，不是范围的扩大，而是“质量”上的提高。经过一段时间的锻炼和磨合，拉美的“左派”政府基本上都有进一步的巩固和加强。无论是委内瑞拉、巴西、玻利维亚，还是厄瓜多尔、巴拉圭、萨尔瓦多，政府的领导能力都有新的体现，国内公开抵制的力量有所削弱，反对派“叫板”政府的声音逐渐转低。阿根廷、智利政府虽然由于执政已久，起初的“几把火”将要火灭灰尽，被百姓渐有疏远，但尚能维持领导地位。这样的局面，在一定程度上表明“左派”政府被国内公众接受的程度在提高，自身执政的能力也有所上升。当然，如何在继续求得经济发展、民族和解和社会稳定中总结执政经验，提高理论意识，加强组织和系统建设，依然是这些“左派”执政者及其党派面临的重大课题和历史任务。

与美国的关系出现缓和，古美关系有所松动。拉美与美国同属美洲，双边关系历来很近。以往的美国历届政府多以居高临下的姿态对待拉美，希望拉美能顺其意志行事。虽然拉美并不认为自己是美国的“后院”，但始终重视其与美国的关系。随着奥巴马入主白宫，拉美与美国的关系出现了一种新的方式和含义。借用拉美国家“从说到做，还有很大的距离”的谚语，美国要平等对待拉美的表态能不能兑现尚需拭目以待。就目前而言，虽然双方关系的实质并没有发生变化，但双方都对另一方寄予了新的希望和期待。从形式上看，2009年的美拉关系明显有所缓和，包括古美、委美等原本严重对立的双边关系。美洲国家组织取消开除古巴的决议，美国响应拉美国家的呼声而参与美洲国家组织对洪都拉斯的制裁等，都是这种缓和和松动的表现。查韦斯与奥巴马的当众表演性握手，可以算是这种缓和和松动的一种象征。从媒体的报道和评论看，虽然古美、委美关系的彻底改变难度很大，也尚需漫长时日，但从双方都已出现的一些积极迹象还是给人们带来了一线希望。

古巴的政策调整在加快，与一些国家的关系继续缓解，无疑将考虑回归美洲国家组织问题。在拉美事务中，古巴问题由于涉及主权和独立，涉及大国与小国的关系，涉及社会制度之争，始终是人们关注的重点。在2009年的拉美形势发展中，古巴问题依然很为突出，而且随着古巴主要领导人正式更迭将近，这种受关注的程度愈益广泛、深切。在这一年里，古巴在其“完善社会主义制度”和加快发展本国经济的努力中，又渐次采取了一些新的做法，包括宣布将要为加快本国的粮食和食品生产、稳定农村而取消实行多年的基本食品和生活用品的配给制，改由市场供应等，使人们感觉到古巴会在坚持本国道路上不断推出新的发展举措。在对外关系上，古巴将继续审时度势，努力寻求加强同本地区各国的关系，包括抓紧时机、软硬兼施地改善与美国的关系，以使对外关系更好地适应自己发展和建设的需要。古巴虽然拒绝了返回美洲国家组织的邀请，但这个问题一定会在适当的时候、在适当的条件和氛围中被重新考虑，因为它毕竟是美洲国家，需要周边国家的理解和支持，也需要从美洲国家组织内部寻求多边关系的和谐与发展。

在世界经济大潮中受到的影响不太严重。这两年来严重威胁世界各国的经济危机大潮，无疑对拉丁美洲也产生了冲击，造成了多数拉美国家经济出现负增长的局面，地区经济长达6年的增长周期被中断。在美国继续封锁下的古巴，由于国内主要经济部门旅游业和矿业受外部世界的影响较大，加之2008年连续两个大的飓风造成的特大灾害，经济萎缩程度较其他拉美国家显得更大些。但是，总体而言，这场席卷世界的经济危机对拉美形成的负面影响还是比较轻的，给多数国家较低的打击程度多少出乎很多分析家的意外。从另一方面说，拉美国家在应对危机过程中表现出的非同以往的抵御能力也受到了称赞。究其原因，这种状况的呈现可能与拉美近些年的外资证券化比例较低、外汇储备较为充裕、有自己相对稳定的金融体系、外贸多元化、采取了多种重视民生的举措等情况有较为密切的关系。目前，拉美经济已经显示出稳定的迹象，有些权威机构甚至给出了拉美明年将有3%经济增长的预测。虽然现在尚不能估计世界经济危机是否会给拉美的经济造成深层次的影响与破坏，但完全有理由说，2009年引起世界恐慌的大范围经济危机给予拉美的负面影响还不算太过严重。

中拉关系持续发展。2009年，使我们感到高兴的是，在拉美形势中各方面的特点均不很突出的总体情势里，中国和拉美的关系继续有新的发展，成为了拉美今年对外关系中的一个新亮点。

大家可以看到，在这一年里，虽然有世界性经济危机的拉扯和牵制，但中拉双方的高层互访持续不断，围绕众多的国际事务形成的合作得到明显的加强，在包括联合国系列峰会、G20峰会、八国集团与发展中国家领导人对话会、“金砖四国”峰会等重要会议在内的立体外交格局呈现出喜人和不可阻挡的势头，在大潮冲击下的贸易额下降幅度均小于各自外贸总量下降的水平，科技合作从范围到内容都有扩大并延伸到更大、更广的高科技领域，人文交流更加丰富多彩，双方的互信和理解程度都有明显提升。

人们有理由相信，一个平常、平稳、平静甚至平凡的一年，会为一个跳跃、不平凡的一年孕育出新的条件，奠定良好、坚实的基础。当然，我说的“平常、平稳、平静”，并非意味着拉美地区没有风浪，或者没有出现问题，而只是说，比较而言，2009年出现的风浪和问题对拉美造成的危害相对较小，拉美的执政者们又多有所成熟，应对起来如同对待平常事那样，没有显得慌张、无措。可以预期，2010年的拉美，在国际大环境的衬托和带动下，将会是一个有新的发展和进步的地区，中拉关系也将会在现有的基础上有显著的扩大和深化，因为人们已经从经历的问题和困难中意识到并总结出需要做什么和从哪里做起的道理，包括中拉双方对对方的认识和理解。

我这样看待2009年的拉丁美洲和预测它的2010年，大概不是盲目乐观，更没有任何因为曾经在这个地区长期生活过而偏爱它的意思，但很有可能是了解的情况不很全面，观察得也很不够完整、深入。

我在写这篇文章时，不知为什么，脑海里总在不断地出现一幅画面：似乎由于争得了2016年奥运会举办权而春风得意的巴西总统，领着他的身穿艳丽泳衣的小孙女，在水位较低但风浪不大、天空晴好的海边嬉戏，身边没有警卫人员，也没有围观的人群。后来认真一想，这样的一幅画，好像描绘的正是2009年拉丁美洲政治经济形势的征候和含义。不知这是不是我的错觉。

（2009年11月15日写于北京，曾被收入国际问题研究基金会汇编的《大变动　大调整——2009年国际形势综览》一书）

中国与阿根廷建交纪实

20世纪80年代，邓小平同志曾经几次强调，“阿根廷是南美洲的重要国家”。应该说，小平同志的这个结论从根本上反映了阿根廷在中国政府和人民心目中的地位和重要性。1997年8月至2000年11月，我曾作为我国第7任驻阿根廷大使，在这个位于西半球最南端的国家工作和生活了3年多时间，还曾利用工作之便访问过该国包括首都布宜诺斯艾利斯市在内的全部24个省市，对她的基本国情以及她同我国的友好关系史有了一定的了解，使我有幸成为中国和阿根廷两国关系发展史的历史见证人之一。

多云转晴　主动接触

中国同阿根廷交往的历史渊源可追溯到19世纪中叶。大量华工移居拉美，从秘鲁、智利和中美洲及美国移入阿根廷的一些华侨开始在阿根廷做工经商，从此中阿人民之间有了直接交往。19世纪后期，中阿虽尚无外交关系，但阿根廷政府已向上海派驻了商务专员。

1945年5月，阿根廷政府与当时的国民党政府代表在华盛顿签署建交协议，同年7月委派了首任驻华大使。国民党政府也委派与阿进行建交谈判的代表陈介为驻阿根廷大使。1947年2月，双方又在布宜诺斯艾利斯签订了《中阿友好条约》，但由于国民党政府实际上已处于风雨飘摇之中，两国关系在40年代后期并无太多实质内容。1949年新中国成立之前，阿根廷驻华大使离开上海回国，此后直至1972年未再向已在台湾的国民党政府派驻过大使。

然而，在这段漫长的岁月里，中阿两国间的贸易和民间交往，一直不曾间断过。早在新中国成立后的最初岁月里，两国就有贸易往来。1954年10月，阿根廷工商界就曾冲破国际、国内重重阻力，接受中国国际贸易促进会邀请，组团前来中国访问，而且成员中包括对外贸易部官员及工业协会主席。这个阿根廷工商代表团是拉美国家第一个访华的贸易代表团，受到了中方的热情欢迎和接待。结束访问时，双方签署了一个贸易合同，还发表了推动和发展两国贸易关系的联合声明。1957年6月，中国银行代表团访问阿根廷，同阿工商界、外交界、文艺界人士进行了广泛接触，同官方建立了直接联系，并遵照中央所作的“要争取做成几笔具体生意”的指示，向阿根廷购买3800吨栲胶、150吨硼砂，向阿出售10万吨煤，初步展示了我国商品及贸易能力。在中国大力开展“民间外交”的50年代，文化交流也相当频繁，两国间的新闻、法律、医学、工会、青年、妇女、体育界、党派、议员等代表团及友好人士往来不断。1953年12月，阿根廷一些友好人士在首都布宜诺斯艾利斯成立了阿中文化协会。1956年，中国民间艺术团访问阿根廷，更是阿根廷人民津津乐道的一大盛事。这一阵容强大的艺术团在布宜诺斯艾利斯演出时，朝野轰动，盛况空前。

从50年代到60年代，以不同身份的阿根廷政府高级官员组成的访华团组接踵而至，给中国人民带来了远在地球另一侧和另一端的阿根廷人民的友好感情和理解，对两国间友好关系的保持和发展起到了积极的推动作用。据说，中国首例心脏搭桥手术就是在阿根廷专家的传授和帮助下完成的。

中国与阿根廷发展正式邦交的历程，是一段漫长的坎坷路。阿根廷在对华关系中遇到了与其他一些拉美国家相同的困难：来自美国的压力和本国亲美势力的阻挠。从阿根廷政府第一次表示与中国建交的愿望到两国正式建立外交关系，整整经历了18年。

早在1954年11月，阿根廷驻瑞士使馆临时代办通过苏联驻瑞士使馆表示，阿根廷政府希望同中方商谈关于中阿建交问题。在接触中，双方阐明了各自的立场和愿望。后来阿方的态度有变。对此中方表示，我愿在平等互利、互相尊重主权和领土完整的基础上同阿根廷谈判建交问题，在谈判建交之前，中方愿同阿方发展平等互利的贸易关系。后因阿根廷国内发生政变，谈判中断。

1958年2月，阿根廷举行大选，不妥协激进同盟候选人弗朗迪西当选总统。他在当选后的记者招待会上谈到阿根廷的对外政策时表示，阿根廷将保持同一切国家的关系，其中包括“共产党中国”。他表示有意使他的政府成为拉丁美洲同中国建立外交关系的第一个政府。后来也是由于美国压力和阿根廷国内政局不稳，他与中国发展关系的愿望一直未能实现。

1963年10月，阿根廷新总统伊利亚入主玫瑰宫，政局稍有好转。由于受中法建交和中国从阿根廷大批进口粮食的影响，中阿关系呈现出某些发展的新迹象。阿根廷谷物局主席多次向在阿根廷访问的中国华润公司负责人表示，希望不久能看到中国在阿根廷有常驻人员。中国国际贸易促进会主席南汉宸为此专门致电阿根廷工商部长，表示为进一步发展中阿两国贸易和友好关系，有意根据阿方建议，在阿根廷建立非官方的贸易代表机构，以便两国直接贸易的进一步开展。然而，事情到此又没有了下文，后虽经中方多次催问，对方始终不作答复。这段史实反映了当时阿根廷当局在对华关系上依然顾虑重重，举棋不定。

20世纪60年代后半期，由于中国开始了“文化大革命”，对外政策受到极“左”路线的干扰，发展中阿关系的工作也像中国当时的整个对外工作一样，几乎完全陷于瘫痪。

70年代伊始，阿根廷国内发生了重大变化，比较开明的军人总统拉努塞上台执政。拉努塞一改前两届军政府的强硬路线，奉行较开明的内外政策，提出“全国大协议”，恢复政党活动，并决定举行大选，对外加强了与英国、联邦德国等西欧国家的往来，重视和智利、秘鲁等邻国搞好关系，并提出打破“意识形态边界”，与不同社会制度的国家发展关系。拉努塞出于国际国内政治、经济多方面的需要，决心加快发展对华关系的步伐。尼克松访华“公告”发表后，阿根廷舆论即透露其政府可能支持中国进入联合国。智利总统阿连德访问阿根廷时同拉努塞谈了与中国建立正常化关系问题，对阿根廷也有所推动。同时，中国市场对阿根廷继续保持有不可小视的吸引力，中国当时从阿根廷进口小麦等商品，最高贸易额达1亿美元。在此种种因素的推动下，阿根廷政府决心主动与中国接触。

1971年8月，阿根廷外交部通过罗马尼亚外交部向我驻罗大使张海峰转告了一个重要信息：阿根廷国家元首拉努塞倡议阿中代表进行首次接触，讨论两个问题：1. 阿中关系正常化的可能性；2. 阿同中国发展贸易的具体可能性。阿方将派外交部副国务秘书(相当于我国的外交部部长助理)何塞·鲁达赴布加勒斯特同中国驻罗大使初步会谈，并希望中方对此保密，以免美国知道后对阿施加压力。

此时，我国中央领导已从阿根廷和墨西哥这两个拉美大国不约而同的外交行动中看出，这现象看似巧合，实非偶然，乃是当时世界格局出现新变化的形势使然。联系到3个月前的中秘迅速建交，中央领导预感到拉美国家同新中国建交的高潮已经来临，指示对阿根廷提出的建议要采取积极态度，及时响应。于是，我国外交部立即指示中国驻罗马尼亚使馆约见罗外长，请罗马尼亚政府转告阿根廷政府：“中国政府欢迎拉努塞总统的倡议，同意由我驻罗大使在罗马尼亚同阿根廷外交部副国务秘书何塞·鲁达就中阿两国关系正常化的问题进行商谈，并表示理解阿的处境，对此事保密。”

建交谈判　悄然进行

金秋的布加勒斯特明丽而宁静，中国和阿根廷之间的建交谈判就在这里悄然举行。参加谈判的中方代表为中国驻罗马尼亚大使张海峰，阿方代表为外交部副国务秘书何塞·鲁达。

阿方在谈判中表示：阿根廷政府准备承认中华人民共和国政府为合法政府，但考虑到当时的形势，阿根廷还不能很快行动，在有些问题上希望中国谅解阿根廷的处境。何塞·鲁达所说的形势是指第26届联大即将举行，对此届联大能否恢复中国的合法席位阿方没有把握。

谈判进行到一半，即1971年10月，第26届联大以压倒多数表决通过了恢复中国在联合国的合法席位。阿根廷在美国的压力下投票支持了美国的"重要提案"，而对主张恢复中国合法席位的"两阿"提案投了弃权票。

新中国在国际上的节节胜利使得阿根廷不能不认真重新估计形势。不久，何塞·鲁达副国务秘书又约见罗马尼亚驻阿根廷大使，请求罗政府协助阿方在布加勒斯特继续同中国谈判两国关系正常化问题，并解释说，阿根廷在联大表决有关中国代表权问题时之所以投弃权票是因为受到国内和美国的强大压力，阿根廷不得已而采取了妥协立场，但阿根廷并未放弃其关于中国的唯一代表权问题的观点，阿根廷政府对联大表决结果和中国进入联合国表示满意和欢迎。

为了进一步打开同拉美诸国的关系，中方同意继续进行谈判。

1972年新春伊始，中国迎来了外交上又一个明媚的春天。"小球转动了大球"，尼克松即将访华，世界格局在变化……何塞·鲁达在同张海峰大使再次举行的谈判中主动提出了建交公报草案，在随后的三轮谈判中，双方就公报草案进行了补充和修改，并达成了协议。此时的拉努塞总统大大松了口气，他亲自打电话指示阿根廷外交部，立即向中方提出建议，两国建交公报务必在2月19日尼克松访华之前公布，因为他不愿意造成中阿建交是受尼克松访华影响的印象。于是双方确定建交公报于16日签字，19日同时发表。

公报内容主要有三点：1. 阿根廷共和国政府承认中华人民共和国政府为中国的唯一合法政府。中国政府重申：台湾是中华人民共和国领土不可分割的一部分。阿根廷政府注意到中国政府的这一立场。2. 中华人民共和国承认阿根廷共和国对邻接其海岸的200海里范围以内的海域的管辖权。3. 两国政府同意采取积极措施以发展两国间的贸易关系。

对中阿建交后的台湾问题，阿方在谈判中作了澄清：阿根廷将立即照会台湾“大使”，通知阿根廷已承认中华人民共和国政府为中国唯一合法政府，并要求台湾使馆人员在尽可能短的时间内撤离阿根廷，阿根廷也将撤回驻台北使馆人员；阿根廷同台湾的贸易和邮电关系是民间非官方关系。何塞·鲁达还作了口头保证：自建交之日起，阿根廷将同台湾断绝“外交关系”，同台湾将不保持官方和半官方的关系。

阿根廷外交部在发表建交公报时，还单方面发表了一个新闻公报，对罗马尼亚政府在中阿双方接触谈判过程中所给予的合作和便利表示感谢，并就中阿建交公报中的措词进行了解释。

关于台湾问题，新闻公报指出，中方从一开始即表示台湾是中国领土不可分割的一部分。阿方认为这是中国的内部事务，因此阿根廷政府不宜对中国有关台湾的立场发表意见。只是注意到中方的这一立场，并认为这一问题应在内部解决。同时还声明，中阿双方达成建交协议并不意味着断绝同台湾的全部往来。阿方同台湾继续保持贸易关系和邮电通讯往来，阿根廷政府视台湾的普通护照为身份证。阿根廷公民去台湾亦无阻碍，但应说明的是阿根廷政府承认中华人民共和国政府是中国唯一的合法政府。

新闻公报还指出，阿方提出应把外交关系正常化和贸易关系的正常化放在同等重要的位置上，这是阿方的一个创举。新闻公报指出，两国间的贸易关系虽有所发展，但没有达到一个适当水平，缺乏经常的交流。中方表示愿意改变现状，并认为外交关系的正常化是对贸易关系正常化的促进。双方达成共识，把该内容写入建交公报，这在中国同别国所签建交公报中还是第一次。

冲破藩篱　开花结果

中阿建交谈判历时半年，最后开花结果。两个相距最远的国家之间的邦交关系，终于跨越高山重洋的地理阻隔，冲破妨碍彼此交往的意识形态藩篱，向前迈出了重要一步。中国政府对与阿根廷的建交及双边关系的发展非常重视，很快便决定委派经验丰富、曾在其他一些国家参与过我国大使馆建馆工作的杨正凡参赞为驻阿根廷使馆首任临时代办，并要求他择机前往建立大使馆。杨代办率领的建馆班子8月17日抵达布宜诺斯艾利斯后，经过短暂但紧张有序的筹备，于9月1日正式宣布中国大使馆的开设。同年9月16日，中国首任驻阿大使郑为之到达布市，26日向拉努塞总统递交了国书；翌年1月8日，阿根廷的首任驻华大使布雷德利向朱德委员长呈递了国书，从而完成了两国建交的全部程序，实现了双方早已存有的通过关系正常化推动友好合作全面、深入发展的共同夙愿。

阿根廷军政要员对中阿建交普遍给予积极评价，认为两国建交对拉丁美洲有重大意义，对两国人民有利。军方高级官员还表示愿意发展两国军队间的关系。阿根廷多位部长出席了当年郑为之大使举行的国庆招待会。阿根廷报刊亦不断刊登中阿关系发展的消息和访华人士的文章，掀起了一股前所未有的“中国热”，用阿《先驱报》的话说：“阿根廷也参加了美国同中国的蜜月。”两国建交后，由于双方的重视和不断努力，双边关系得到了稳定、顺利、积极、持续的发展。在新的历史时期里，双方关系又得到了进一步深化。

首先，两国间多方面、多层次、多渠道的互访接连不断。80年代以后，胡锦涛主席、江泽民主席、李鹏委员长等多位党和国家领导人访问过阿根廷，省部级访阿代表团数量之多则数不胜数。自1980年以来，历届阿根廷总统也都曾来华进行过国事访问。近30年间，阿根廷政府、议会、党派、军队以及其他领域的代表团组或个人纷至沓来，难以数计。正是这种高层领导人的频繁交往和多层次、高密度的互访，推动了两国战略伙伴关系在21世纪初的建立和双方多渠道合作的显著发展。

其次，两国间的经贸关系保持了较快的发展势头。随着我国改革开放的扩大和深入，中国和阿根廷逐渐成为相互间的重要贸易伙伴。2007年，两国的贸易额超过99亿美元，双方的经济合作项目超过400个。到2007年我国在阿根廷的投资存量接近1.4亿美元。与此同时，我国企业在阿根廷累计签订的承包工程、劳务合作等合同金额约有4.5亿美元。阿根廷在华投资项目有380余个，合同金额近5亿美元。此外，早在2004年11月阿根廷政府就宣布承认我国的市场经济地位。

第三，多边领域有着良好的合作。在中国争取加入世贸组织、申办2008年北京奥运会、2010年上海世博会及人权等问题上，阿根廷都给予了积极支持。中方则一贯支持阿根廷对马尔维纳斯群岛的主权要求。对台湾问题，阿根廷始终坚持台湾是中国领土不可分割的一部分的立场，未与台湾发展任何形式的官方关系，反对台湾“参与”任何只有主权国家才能参加的国际组织。

综上所述，中国与阿根廷的友好合作不仅涵盖面广，具体内容多，而且成果丰硕。展望未来，我对中阿关系的前景充满信心。

（2008年7月写于和谐雅园，被收入即将由上海辞书出版社出版的《新中国建交谈判实录》一书）

报道托里霍斯将军辞世消息的追忆

1979年11月中旬至1983年12月底，我曾被新华社借派到巴拿马分社担任记者。其间，有机会多次与当时的巴拿马国家领导人、政府首脑、国民警卫队司令奥马尔·托里霍斯将军谋面，还成为第一个报道托里霍斯因飞机失事去世的外国记者。对此，我至今记忆犹新。

托里霍斯将军是1981年7月31日辞世的，今年是他逝世的20周年。

托里霍斯生于1929年，1968年率领国民警卫队军官发动政变，成立军事委员会，开始执掌位于连接中、南美洲要道之处的巴拿马的军政大权。1969年，托里霍斯得以晋升为少将，1972年又在全国民众代表大会上被选为政府首脑和革命最高领导人。尽

作者夫妇1982年摄于巴拿马城街头，身后是象征该国人民在托里霍斯将军领导下开展争取民族独立斗争的壁画。

管他拥有国家元首、政府首脑、国民警卫队司令（巴拿马无军队）等头衔，但人们都习惯地称呼他“将军”。由于他长期坚持与美国进行斗争，并最终迫使美国总统卡特与之签署新的巴拿马运河条约，取消了美国永久占领运河区的特权，规定将运河的主权和管理权于1999年12月31日全部归还给巴拿马，因而享誉世界，更被巴拿马人民视为民族英雄。

在我的印象中，托里霍斯将军对华很友好，因为在我与他的直接交往中就有过一些很生动的例子足可说明他的这种友好态度。譬如：1980年底，他应我的邀请并经我的安排，轻车简从地参观了我国贸促会在巴拿马城举办的经贸展览会，并在会场会见展团负责人。谈话中，托里霍斯将军不仅深切感谢毛泽东主席和中国政府对巴拿马人民斗争的支持，盛赞了新中国所取得的伟大成就及中国人民的优秀传统和品德，还深情地回顾了巴中两国的友谊及中国劳工对巴拿马跨洋运河、铁路建设所作的重大贡献和牺牲。他说，死于挖掘运河的中国劳工究竟有多少，恐怕谁也说不清，但有关巴拿马铁路的每一根枕木都等于一位中国人的尸骨之说应该是事实。托里霍斯将军还告诉展团的负责人说，他曾给国民警卫队的军官们下过命令，如果在街上看见警察与中国侨民发生冲突，可以先把中国人放走，然后再审问警察，因为十之八九的冲突起因是警察。再比如，1981年6月初，也就在托里霍斯将军遇难前一个多月，我曾有幸作为翻译陪同时任我国常驻联合国副代表、后来的外交部副部长周南，乘坐托里霍斯将军的专机，去他位于巴拿马城以西60余公里处的法拉利翁的别墅拜访他。托里霍斯以一身运动装热情地接待了我们，还几次挽留我们延长谈话。

其间，甚至下令让周南同志要乘坐的美航班机推迟起飞时间，以等待我们的谈话结束。谈完话后，他还安排了一架直升机把周南和我径直送到等在巴拿马城国际机场的班机旁。在那次谈话中，托里霍斯将军再次明确表示了对中华人民共和国的友好感情，还说已决定要组团访华，以与中国政府商谈建立外交关系事宜，因为“不同伟大的中华人民共和国建交是巴拿马的耻辱”。非常遗憾的是，他未几即遇难去世，使得他的此项意愿和安排未能实现。为此，巴拿马各界在分析造成他的死因时，旅居巴拿马的华侨中曾有是台湾方面策划的阴谋之说。固然，托里霍斯将军的亲属多把他的死因归咎于美国反对巴美关于新运河条约的势力。

1981年7月31日上午，托里霍斯将军又一次乘坐那架周南同志和我一个多月前曾经坐过的飞机外出视察。飞机飞出后不久，就因发生爆炸而坠毁，机上6人无一生还。大约上午10时左右，我的一位华侨朋友急匆匆地给我打来电话说，据他的一位接近上层的友人透露，托里霍斯可能已经发生不测，建议我予以注意。经过初步了解后，我当即向新华社发出了第一条消息，报告托里

巴拿马民族英雄托里霍斯纪念堂，右为作者的夫人徐丽丽，照片由作者拍摄。

霍斯将军可能因坠机身亡。随后，在不到两个小时的时间里，我先后向新华社编发了4条有关托里霍斯去世的快讯，巴拿马官方的正式确认是其中的最后一条。据事后了解，我是首位报道有关此事的外国记者，有些同行还开玩笑地问我怎么会有如此机密又快捷的渠道。

对于托里霍斯将军的死，许多国家的政要都表示了沉痛的哀悼。据说，南斯拉夫总统铁托在深感痛惜的同时，还不无伤感地“批评”托里霍斯为什么不听他的关于在国内视察要少坐飞机的劝告。

就个人而言，我对托里霍斯将军之死也是深感可惜的，因为除去他对中国的友好感情外，他和我还建立了一定的私人友情。我到巴拿马后，通过作为记者的采访，加上朋友的介绍，在不太长的时间里，曾有机会与他多次见面，同他交谈。他不仅知道我是中国记者，还记得我的名字。在一次于巴拿马城远郊举行的集会上，他允许我站在麦克风旁记录他的讲话，时间达半个多小时之久。当日和其后几天，巴拿马4家电视台多次反复播放了那次集会的录像，使许多首都甚至外地的人都“认识”了我这个中国记者，外出时常常被不认识的人问及与之相关或不相关的事情，包括各类的中国情况，从而为我提供了诸多对外宣传的好机会。据我所知，在当时众多常驻巴拿马的外国记者中，能有如此殊荣的并不多。

谨以此篇短文纪念这位在巴拿马、拉丁美洲乃至全世界都颇享盛誉的一代拉美政坛知名人物，同时祝愿中巴两国人民的传统友谊能有新的发展和进步。

（2001年7月写于北京，曾被《世界博览》刊用）

阿根廷色彩感怀

1997年至2000年期间，我曾有幸代表我们国家在阿根廷工作达3年之久，有机会到过这个国家的全部24个省、市，总的行程超过10万公里。虽然每次外出都是为了工作，且时间短暂，有些地方甚至仅点卯而过，但在来去匆匆之中，仍得以从空中、陆地、河面、海上领略了她的可餐秀色和多姿多态的色彩世界。虽然时间已经过去将近10年，但这个国家一望无际的潘帕斯平原，辽阔无垠的巴塔戈尼亚高原，重重叠叠数千公里的安第斯山脉，浩瀚的大西洋水域……到处如诗如画，色彩之绚丽、斑斓，变幻之多端、奇妙，至今依然历历在目，让我怀念，让我羡慕，让我感慨万千。

阿根廷拥有近280万平方公里的陆地面积，人口仅约4000万。在这个地广人稀的国度，无论你走到哪里，随处都可以看到五彩缤纷的世界和或敞露、或掩藏于山林间的各种财富。赞叹这个国家得天独厚的自然条件，埋怨上帝的不公平，几乎是每个外国人的共同感受。难怪许多阿根廷人都不无骄傲地说，上帝在为地球上的各国分配资源的时候，过分地厚爱了这个南美国家，给了它许多令世界上众多国家都垂涎、嫉妒的财富。不过，他们往往也会幽默地补充一句：上帝同时也造就了喜欢不劳而获的阿根廷人。依我看，前一半是千真万确的，后一半却并非如此。

色彩是财富的象征。阿根廷人对上帝的赞颂和感激，反映出他们对资源之丰的满足和骄傲。郁郁葱葱的山峦之中，埋藏的是应有尽有的金属和非金属矿，且储量之大令人咋舌。据说，阿根廷拥有的世界上主要金属矿物的储量均在前十位之列，相当一些重要矿物的藏量还在前五位以内。在西部、北部的一些省份，如果你驱车穿行其群山，沿路两侧的山岭或纵或横地展现在你的眼前，呈现出的红、绿、黄、紫等金属特色的色彩会令你眼花缭乱，似乎伸手可采。由于阿根廷的地面资源很多，使用又便利，因而长期来对地下资源极少动用，也知之甚少，仅在20世纪90年代才倾注了较大精力予以探查，但直到2000年年底，也就是我离开阿根廷的那一年，也仅仅探勘了不到16%的领土。与对待金属矿藏不同的是，石油和天然气都得到了较早的开发和利用。北部几个省和南部巴塔戈尼亚地带的大量油、气，除供应本国外，还源源不断地输往乌拉圭、巴西、智利等邻国，我国也是其石油的买主之一，并正在探索与之合作开采的可能性。用石油和天然气发出的电力，通过巍然挺拔、气势磅礴的条条高压电路输送到几个邻近国家，成了近邻们廉价的动力来源之一。从北到南长近2000公里、宽达数百公里的潘帕斯草原上的牧草长年绿浪滚滚，数不清的牛羊日夜隐居其间，或站或卧，过着无人打扰的

阿根廷是个农牧业非常发达的国家，全国人均年产2.5吨粮食，有3头猪、牛、羊。图为作者夫妇在阿根廷牧区参观。

安静生活，只是其生命相当短暂，因为为了保持其肉质鲜嫩，阿根廷人不让它们活得太久，平均寿命只有2.5岁。一眼望不到尽头的小麦、大豆、玉米、高粱，以及点缀其间的油菜花、向日葵和各种热带、亚热带果树，组成多彩、丰饶的田园风光，一年四季随时可见。得益于适宜的气候和充足的雨水，在相距甚近的地域，还可以同时看到同一种作物从播种、发芽、生长到收获的不同阶段。在阿根廷境内蜿蜒2000多公里的巴拉那河，看不见对岸的拉普拉塔河，宽达3公里多、令人叹为观止的伊瓜苏大瀑布，数不清的其他大小河流，还有散布在全境的众多湖泊，连同难以数计、终年白雪皑皑的山峰，绵延数百平方公里的神奇冰川，以蓝、绿、白、黄等色彩点缀着阿根廷的地貌，形成天然画面，令人深感其美，也给人们的生产和生活增添色彩：蓝色的大西洋撞击着长达几千公里的阿根廷海岸线，包围着这个靠近南极国家的东部和南部，给她以与世界联系的海上通道，更给了她丰富的渔业资源。

色彩是劳动的成果。尽管一些阿根廷人认为本国人以懒散为长，而且是上帝的“刻意”安排，但还是应该承认，阿根廷人民是勤劳、勇敢的。如果说，自然界有其功劳，给了阿根廷以如画的色彩，但没有劳动的颜色和人们通过艰苦创造增添的颜色，毕竟有着明显的差异。这是显而易见的。在阿根廷境内，无论是在平原还是在山区，无论是在河畔还是在海岸，苍翠欲滴的片片丛林，五颜六色的庄稼、草场，生命气息浓烈的座座大小城镇，连接其间的公路网、铁路网，无不是人们辛劳的成果。遍及阿根廷全国的多色之姿，以及由每年6000多万吨自产小麦、大豆、玉米、稻谷、高粱换进换出的“粮仓”，每年人均消费70多公斤（最多时曾达240公斤）后尚有30多万吨供出口的优质牛肉累积而成的“肉库”，几亿公升各种档次红、白葡萄酒盛装的“酒窖”

在阿根廷，作者夫妇也经常寻找机会深入到普通百姓的家中了解社情和民情。图为他们在一位阿根廷普通牧场主的远郊别墅里休息。

（阿根廷人人均年消费40多公升葡萄酒），更是劳动的实实在在体现。这些由人通过劳动创造出来的时代色彩，与自然界形成的美丽景色相映相辉，浑然一体，给人以享受，给人以遐思。

色彩是生命的象征。人类有生命，自然界亦有生命。人类生命和自然界生命的相依，反映出来的是色彩的组合和利用，深藏的是历史发展的推动力。没有生命的色彩再绚丽，也是死气沉沉；没有色彩的生命再长久，也是一片暗淡。观赏阿根廷全境，使人深深感到，色彩给生命以顽强，生命则为色彩抹出了适宜的浓淡，形成醉人的斑斓画卷。无论是在阿根廷的首都布宜诺斯艾利斯，还是在从南到北、从东到西的大小城镇，甚至在散居的村落、农户，遍布着修成地毯状的如茵绿草。生机盎然的草绿，映衬着许许多多、大小不等公园中的奇花异草，让人感到的是和谐，是神怡。人们愉快地生活在充满芳香的色彩中，或伴随着足球在奔跑，或在烧烤牛羊肉的淡淡炊烟中传播友情，共享天伦之乐，领略色彩的乐趣和情趣，更从色彩中得到生命的延续和内容。阿根廷全国人均78岁的寿命，无垠洁净的色彩也应有很大的功绩。

阿根廷的丰富色彩让外国人垂青和感叹，也给外国人带来了挑战和机遇。阿根廷的人口是由多民族组成的，但真正的原著民数目极寡，人口构成的很大比例是外来民族。我在阿根廷第三大城市罗萨里奥访问时，该市市长曾告诉我，在这个居住着不到120万人口的中等城市里，有来自至少47个国家的侨民。目前，在阿根廷的居民中，除约在15世纪末期来到这里的西班牙人留下的后裔外，来自意大利的有160万，德国的有100万，叙利亚、黎巴嫩等中东国家的有240万，亚美尼亚、克罗地亚等东欧国家的210万。在阿根廷居住的犹太人的数目仅次于以色列本土和美国，列第三位。据阿根廷移民局的负责人1999年告诉我，中国人来到这里的不多，大约只有4万人，其中来自大陆和台湾岛的约各占一半。最近我则听说，阿根廷的中国人已经超过10万。如果这个统计数字是准确的，那么我国人移居阿根廷的增长速度是比较快的。令人感到奇怪的是，除非洲国家的外交官外，在这个国家看不到黑人。大量外国人的到来，不仅增加了阿根廷的人口和民族数目，更带来了知识、技术、资金，还包括设备和经验。难怪在“二战”期间，阿根廷的经济总量曾有过位居世界第六位的辉煌历史。如今，阿根廷依然是深受外国投资者青睐的场所，更是许多国家的阔佬、明星争相购置地产、兴建别墅的理想之地。不少欧美、亚、非国家的驻阿使节退休后也留居于此，过着悠然自得的晚年生活。究其缘由，适宜的居住环境，斑斓、悦目的色彩，至少是部分引人的基本成分。一些西欧企业家曾对我说，类似阿根廷这样的国家，在世界上几乎可以说是绝无仅有。也许，这也是阿根廷的多彩多姿的一种写照。

秃笔拙思，实在描绘不出阿根廷多彩的深秀和诱人之度。但愿它长久璀璨于世界，点缀于人间。

（2000年春节草写于布宜诺斯艾利斯，2001年5月改于北京，曾被《世界博览》《新广角》等刊物选用）

阿根廷烤肉

今年11月，在北京东郊京顺公路与来广营东路交叉的地方，新开了一家“阿根廷烤肉餐厅”。餐厅老板张少亭先生是我在阿根廷工作期间结识的一位朋友，曾在餐厅的设计和建设过程中多次向我谈到过他的设想和计划。餐厅开业后呈现在眼前的挺拔的阿根廷独立纪念碑、阿根廷式的建筑风格、厅内回响的美妙动人的阿根廷探戈舞曲和其他阿根廷音乐，特别是奉献给客人的阿根廷式烤肉和这个南美国家的另外一些特色餐饮，真的把我又带回到南美洲南端的美丽国度阿根廷。

这里，我想特别谈谈风靡西半球的阿根廷烤肉。我说“风靡”，是因为在拉美各国以及美、加，甚至在欧洲的许多国家，人们都能看到挂着阿根廷烤肉招牌的烤肉馆。

在阿根廷，无论是在城市还是在乡村，你经常可以听到这样一种不无骄傲含义的说法：阿根廷的菜谱很简单，从共和国总统到普通百姓请客只有一道菜，就是烤肉。

当然，阿根廷的菜谱并非仅有一道菜，各种菜肴还是很多的，许多地方的饭菜也都味道鲜美，颇具特色。但是，阿根廷的烤肉确是一绝，不仅阿根廷人非常喜欢，在整个世界也很有名气。20世纪末，阿根廷全国人均每年消耗120多公斤牛肉，在拉美各国以及北美、西欧许多国家都开设有专营阿根廷烤肉的饭馆，可见美味的阿根廷烤肉吸引人之多、之广。

说到阿根廷烤肉，就不能不提到阿根廷的农牧业及相关的产业。人称阿根廷是世界的"粮仓、肉库、酒窖"，应该说是有道理的，因为仅有3500余万人口的阿根廷，每年为世界贡献6000多万吨谷物，向各国出口30余万吨优质牛肉和数量可观的红白葡萄酒。这些还不包括阿根廷人自己人均每年吃掉的百余公斤牛肉和喝掉的近40公升葡萄酒。就畜牧业而言，在辽阔无垠的潘帕斯大草原上，你可能驱车数十公里而见不到一个人，但令人心旷神怡的天然草场和悠然自得的牛群却随处可见，很容易让人想到阿根廷所产牛肉的数量之丰和肉质之美。

阿根廷的烤肉大致有两种方法：横烤法和竖烤法；使用的燃料基本上也是两种：木头和煤炭。横烤法，即将肉平放在铁箅子上面，下面用木头或炭火慢烤；竖烤法，即将大块肉挂在铁钎上，按一定距离插在火堆旁，肉的另一面再用铁皮挡住，以使铁皮反射的热量从后面对肉进行烘烤。这种烤法多用木头特别是树根作为燃料，但竖烤用的更多的是大块的木头，尤以果木树根为佳。

阿根廷人吃烤肉讲究的是"原汁原味"，也就是用最新鲜的牛肉（多为屠宰不久、未经冷冻的肉），烤的时候不对肉进行腌制，也不放除盐以外的其他调料。在餐桌上，往往会摆有用洋葱、西红柿、香菜的细末（有的地方还添加有稍带辣味的青椒末）加上橄榄油调制成的"奇米丘里"，以供人们根据自己的口味取用。

阿根廷烤肉中档次最高、烤制方式也最为复杂的是烘烤带皮带毛的全牛。通常的做法是：半夜时分将牛宰杀，从牛的腹部中间剖开但不分开，去掉内脏并洗净后平铺在用铁丝做成的大铁床上，然后放在炭火旁慢慢烘烤，一般需要烤10—12个小时。由于牛的体积大，重量也大，炭火旁总会架设有简便的起重设备，以便在烘烤过程中随时调整肉和火之间的距离和方位。在烤的过程中，要不时地往肉上撒盐，以使咸味能够渗透进肉里面。据友人介绍，烤带皮带毛的牛肉需要有高超的技术，一般人很难将肉烤得如此香嫩、松软、均匀。我曾经见到过一个不吃牛羊肉的国家高层领导人，在阿根廷舍弃了专门为他烹制的菜肴，而全餐只要了烤带皮带毛的牛肉，由此可见这道菜吸引人的程度。

阿根廷烤肉不仅香嫩、爽口，还有肉质松软、易于消化的特点。但是，人们为了更好地享受牛肉的美味和加速肉的消化，每吃烤肉，必以红葡萄酒和带“汽”（即含有二氧化碳）的矿泉水相伴。因此，阿根廷盛产的各种档次的葡萄美酒尽管历史悠久、质量甚好、色泽上好、味道颇佳，但多被国人所消费，而在国外的知名度却不很高。庆幸的是，在北京东郊的这家阿根廷烤肉餐厅，可以品尝到多款阿根廷各种档次的红、白葡萄酒，特别是久负盛名的菲利佩·罗帝尼牌的酒类。

（2004年12月写于北京）

也谈“外交请客”

日前，同一批老朋友小聚时，谈起对外宴请中的种种经验、故事，甚至笑话，笑语连连，十分有趣。听后，勾起了参与议论的兴趣，也想把我在对外宴请中的一些认识、体会简单地谈一谈，不过，把口说变成笔谈。

请客吃饭，是古今中外普遍使用的待客手段，外交上更是不可或缺的交际方式。我在几个国家担任使节期间，也常通过请客吃饭的方法开展对外交往，联络和加深与驻在国各方面人士的感情，并有一些粗浅领悟。

中餐，是世界上知名度很高、非常受欢迎的美食，很多国家的人都把它列为世界三大餐之首，继之是法国餐和墨西哥餐（也有其他的说法，例如将墨西哥餐换成阿拉伯餐等）。随着华人在全世界的"弥漫"（我用"弥漫"一词，因为华人在海外几乎无处不在，就像气体般地扩散、弥漫、深入），中餐也遍及全球的各个角落，且数目惊人。但是，出于谋生的需要，许多华人做的中餐多已掺杂进当地的饮食成分或口味，不那么正宗、纯正。我们使领馆的中餐则是在海外少有的正宗中餐，无论是其传统、程式，还是其色、香、味都更具吸引力。不过，我感到，在对外交往中把中餐的艺术性和魅力真正用好却并非易事。我曾经力图在这方面作些努力，但似乎总难于功成圆满。

一、菜肴的安排和利用

吃饭，当然要有菜肴。一顿饭的菜肴配置不应是随心所欲的，需要根据所请的对象和可能的情况认真考虑和安排。一般来说，请客的菜肴并不是非高档不可，普通的食品也能做出让客人赞叹的宴席，让品尝者难以忘怀，关键在于对食品的配搭、利用和介绍。厨师的厨艺、器皿的使用等，则与食品起着相辅相成的重要作用。有人说，一个成功的宴会，厨师应该有一半的功劳，我很赞成这个说法。

1. 了解客人的喜好

请客也要搞调研，特别是要尽可能了解准备邀请的要客的饮食习惯和爱好，并力争在餐食安排中予以显示。一般而言，可以将客人喜爱的食物用中餐中名菜的烹饪方式来进行制作，既满足了客人的喜好，又起到了宣传和拉近感情的作用。我在不同国家、不同时期宴请过十来位总统，每次我都千方百计地去进行必要和可能的了解并予以落实，都取得了很好的效果。

2.不用同一个菜谱招待同一个客人

宴请，决不能用雷同的菜单，尤其不要用自己的喜好来确定菜肴。用千篇一律的菜谱对待同一个或同一批客人，很容易引起客人的不快，甚至反感，不仅会使客人失去兴趣，也会大大缩减工作的成效。对于首次邀请的客人，我一般根据驻在国的普遍习惯、可以购置或找到的食物、客人的宗教信仰等情况，与厨师进行协商，排出荤素、颜色搭配的菜单。同时，要注意观察客人的喜好，记录下客人，包括陪同客人在饭桌上的特殊情况，也就是他们的反应、接受程度、评论等，连同菜单一并留档，以备再次宴请时参用。对于一些客人的食品禁忌，更要在留档中特别标明，并在再次宴请时告诉他已经没有他不能吃的菜肴。这样做，往往会让客人非常感动，取得事半功倍的效果。

3.从美食意义上介绍

告诉客人每道菜的名称、出处、特点、典故和烹饪方式，以引起客人的兴趣。每个人都会有好奇心，有兴趣或者愿意了解不知道的事情。对于食品的猎奇心，更是非常普遍和普通的现象。每次请客，我不仅参与菜单的制定，还了解每一道菜的出处、历史、做法、特点和典故等，以便逐一向客人介绍和讲解。对于像卡斯特罗主席这样偏爱中餐的人，我的准备当然更显必要，因为他对每道菜都会刨根问底，包括细节。有些外国客人在参加我的宴请多年后还对我说，他们参加过各式各样的宴会，但我对菜肴的介绍以及如何品味中餐汤、菜的方法，包括在什么样的温度下品尝最好等，都给他们留下了深刻的印象，难以忘怀。

4.用家乡情感染客人

每个人都热爱自己的家乡，也尊敬热爱家乡的其他人。用来自自己家乡的餐饮、产品招待客人，往往能够引起许多共鸣和尊敬，也容易让双方的感情更加贴近。我的家乡出产的美酒“今世缘”、“双沟”、“洋河”等，是我在每个使馆必备的物品。我记得，一个国家的外贸部长有事要找我时，在电话里会以一句“我们什么时候喝几杯‘洋河’”来开始，显得非常亲切。

二、酒水的作用和控制

酒是饮品，也是工具。在国外，也如同在我们国内一样，酒也能起“钥匙”的作用。宴请桌上，酒水固然不可缺少，但使用中宜注意中西文化的不同特点，做到既符合礼仪，又尽兴、适度。我意识到，周恩来总理关于外交官饮酒的规定是非常有道理和重要的，必须遵照执行。

1.**按照中式习惯使用酒水和酒器**。请客本身就是对华夏文明的宣传和宣扬，是对中国习俗的一种介绍，容易为客人接受，还会让客人有宾至如归的亲切感。所以，合适的中国式宴会用品的配置往往能够激起客人的浓厚兴致，有助于愉快氛围的形成。

2.**尽量使用本国酒品，尤以主人故乡所产更佳**。中国的白酒类产品多种多样，可谓名目繁多。但是，对于大多数外国人而言，它们之间的差别并不明显。所以，除去那些对中国白酒有所了解和偏爱某种白酒者外，并不一定非茅台、五粮液不可，亦可选用其他品牌的酒类，尤其是来自请客者故乡的产品。

根据对方的特点，选用驻在国的酒品，特别是中高档品牌的酒类，有时也能产生较好的效果，但在正式、高级别的宴请中，还是少用为好。

3.**要让客人尽兴，也要善于控制局面，避免让客人失态**。中外饮酒文化不同，但用酒佐餐是共同的做法。外国人不大劝酒，但喜欢喝酒的人不少。在宴会桌上，宜注意观察客人对酒的反应。对于那些钟情于杜康者，可以想办法让他们尽兴，通过满足他们的喜好而留下好感和好心情，但同时必须注意掌控局面，做到适可而止，因为任何一个人失态，会令双方都感到尴尬。不过，控制要“内紧外松”，不动声色，尽量不要让客人察觉，以免引起客人的误会、不快。

4.本人在可能情况下的陪同有助于感情的升华。很多认识我的人知道我也可以喝点酒。的确，虽然我并不特别喜欢酒，更不酗酒，但我在请客时能够根据场面需要或多或少地陪同主宾饮酒，从而起到过意想不到的效果。在古巴和阿根廷，我都曾发现一些重要的官员比较善饮，我就有意识地引导并陪同他们，使他们感到特别高兴。久而久之，他们与我成为很好的朋友，经常主动提出相互举办聚会的建议，还帮我扩大聚会的范围，使我的朋友圈子越聚越大。我和古巴主要领导人劳尔·卡斯特罗之间亲密关系的形成和保持，也同我每次都能陪同他尽兴有些关联，因为他曾经明确、坦诚地告诉我，同我一道喝酒更有知己感。“酒逢知己千杯少，话不投机半句多”反映的可能就是这样的真切友情。当然，真的不能喝酒却“勉为其难”是不可取的，也不宜这样做。

三、宴会气氛的重要性

请客不是仅仅为了吃饭，主要是要广交朋友，深化感情，因此，创造良好、愉快、轻松的宴会气氛，应该是请客的重中之重。

没有气氛的宴会不会给人留下好的印象，也很难产生什么积极的影响。轻松、愉快气氛的形成需要双方的互动，但主要靠主人的引导。

欢快的氛围可以通过对餐饮的介绍获得，也可用一些双方感兴趣的中国或驻在国的话题引发。利用在场人员某些让人愉快的特点进行发挥，也是创造轻松、愉快气氛的一种方法和手段。宴会桌上的幽默常是制造良好氛围的必用方式，但饭桌上的幽默一定要适当，不失大雅应是基本准则。低俗的幽默虽然也能引发笑声，但最终会失去客人的尊重。

如果不是预先商量好的正式谈话，宴会过程中不宜做笔录，以免让客人有不舒服的感觉，言语不畅。

四、谈话内容的设计和时机的掌握

毋庸讳言，在国外请客总有一定的目的，而不会单纯为了找几个人一起吃顿饭。对于要达到目的进行的谈话，需要有认真的设计，并能注意掌握切入的适当时机和方式。除非是特殊需要并预先同对方打过招呼的，一般不宜单刀直入地进入主题，以免对方因无备而不快。如果气氛不合适，话不投机，或对方碍于某些原因而有回避的迹象，则宁愿放弃原先的计划和目的，务要避免"霸王硬上弓"和"穷追到底"。计划和目的落空的事情经常会发生，但可以再想办法去弥补，"霸王硬上弓"和"穷追不舍"形成的后果恐怕就难以挽回了。

请客体现的是一个"诚"字。有了实实在在的真诚，有了认认真真的准备，有了大大方方的谈吐，就有可能感动对方，让客人与主人一起创造轻松、愉快的宴会气氛，让朋友和"要人"心悦诚服地甘当"回头客"，实现请客的愿望与目的。

退休无事，不甘寂寞，乱想瞎议，请勿见怪。

（2010年1月31日写于闲暇中）

外交与幽默

——退休后的杂议

外交是严肃的，但并非是枯燥无味的。在外交活动特别是在宴请招待场合中，巧妙运用适当的、与气氛协调的、内容健康的幽默，或较好地配合、响应对方的幽默式表现，不仅对外交工作无害，有时还是十分必要的，甚至可以对外交任务的完成和外交官良好形象的塑造起到事半功倍的作用。一场充满欢声笑语的外交活动与一场死气沉沉的外交活动之间的差异，两者所能产生的不同效果，都是显而易见的。所以，在对外交人员的培养和提醒中，不应忽视对外交活动中运用幽默语言和方式的提倡，同时努力加强对外交与幽默关系的理性研究。

国家主席江泽民在1993年11月访问古巴期间，曾向我国驻古使馆人员就对卡斯特罗主席的印象作过“立场坚定、熟悉情况、反应灵敏、讲话幽默”的四句话、十六个字的评语，其中之一强调的就是卡斯特罗“讲话幽默”。这个事例说明幽默在相互交往中的重要性，也表明我们的领导同志对幽默的重视。

幽默是一种艺术，它体现的是使用者的政治和政策水平、教育文化素养、待人接物能力、自信自控程度等。

幽默不是一般意义上的“俏皮话”，而是有趣、有意义、符合场合和身份的话语及谈吐方式。在外交活动中注意寻机使用幽默手段，不是要故摆噱头，只是为了烘托气氛以使谈话显得轻松愉快、更具成效。恰当幽默的运用，还可以赢得尊敬、友情和信任。

幽默是必要的，让谈话给人以幽默感也是可以实现的，但要做到这一点，特别是要使幽默达到预期的效果和目的，则必须要具备有一定的知识基础和文学造诣，要有利用环境和随机应变的能力，还要有谈话前针对谈话对象身份、品味、特点的必要准备。

首先，幽默要建立在广博的学识基础上。天文地理、历史典故、国际形势、人物特点、文字变异、现场环境、友人关系，等等，都可以用幽默的方式来表达，但对要使用的素材应有准确的了解和理解，以便在使用时显得既自然和符合道理、逻辑、氛围，又给人以含有深长意味的感觉，达到对外活动的深层次目的。在我参加过的外事活动中，聆听到的此类范例很多，使我感受良多，受益匪浅。

其次，幽默的话语、故事和周围环境的幽默运用，务要与谈话的对象及谈话的内容、气氛相协调，这样才能产生良好的效果。否则，只能适得其反，被人耻笑，被人看不起。

再次，要在外交场合里表现出幽默感，使用的幽默话题、内容既要能让人感到轻松、切题，又必须典雅、健康。使用粗俗的话语虽然有时也能引人发笑，但绝不可能起到积极的作用。我曾经在一些外交场合听到我们的同志用低级趣味甚至不堪入耳的话语来逗人发笑，还美其名曰“幽默”，其实是对幽默的误解和亵渎，结果只能是自贬形象，还可能造成对国家外交事业的损害。

最后，要有幽默的意识和准备，但幽默言辞不可能也没有必要体现在外交活动的全过程，只能在进程中必要抑或关键的时候相机利用合时宜的笑话、简短的逗笑故事、友好和不伤大雅的现场条件，来幽默地烘托或改变气氛，以使谈话得以更好地进行或更加深入。牵强附会地使用幽默手段，或不合时宜地过多、过滥地运用幽默的话语，即使其内容都属高雅、健康，也会使谈话显得不严肃，还会使幽默失去其原本具有的魅力和想要达到的效应。

幽默不仅应是对外交往中的“自主”行为，也要考虑用幽默来对应谈话对方的幽默。外国人谈话往往也愿意使用幽默的言辞和方式，但如果得不到响应，或被响应的“驴头不对马嘴”，那他会感到难堪，感到下不了台，从而导致尴尬、不愉快场面的出现，影响到对外活动的效果。

综合而言，我认为，要想把对外活动搞得有声有色，给人以较深刻的印象，产生良好的效果，幽默是必不可少的，也是可以做到的，但并非是轻而易举就能做得很好的，需要的是认真的学习和充分的准备。

但愿我们的外交官能在对外活动中更多、更好、更成熟地运用幽默的手段。

（2001年5月28日写于北京）

外交活动中的宣传

——退休后的杂议

宣传是外交的重要基本任务之一，大概是自有外交以来就存在的事实。不管是何种社会制度国家的外交官，也都把宣传作为日常工作来做，且毫不懈怠。

我国外交部对驻外使领馆的宣传工作历来有很高、很严格的要求，绝大多数驻外机构在这方面确实也取得了很多、很好的成绩和经验，但如何把宣传工作做得更加有声有色、卓有成效，还很值得深入探讨与研究。

所谓对外宣传，就是要利用机会，采取适当方式，把我国的历史和现状告诉外国人，把我国的政策和对未来的构想告诉外国人，把我国人民希望同其他国家人民和平共处、共同发展的愿望和决心告诉外国人。说起来，并没有什么玄妙之处。当然，说来容易，做起来，特别是做好它，也并非易事，需要下很大的工夫。

我在外交部工作的近40年里，无论是在国内还是在国外，无论是作为一般工作人员还是作为不同级别的领导，都始终坚持把对外宣传当做首要任务之一，利用一切可能的机会去做，反复地去做，采取多种方法去做，还要求甚至“强迫”其他人也去做，收获在其中，也乐在其中。在我离开巴拿马、厄瓜多尔、古巴、阿根廷等国多年以后，还有不少这些国家的政界、新闻界的人士在打听我的去处，回忆起从我这里了解到的中国情况和对中国的理解；阿根廷各界则普遍评说，是我通过3年多的不懈努力，改变了这个国家对中国的不利舆论，推动了阿中关系的进一步发展。我国外交部新闻司也认为我在驻阿根廷使馆期间主持的对外宣传很有成效，指示使馆就此积累经验。

我的体会是，做好外交活动中宣传工作的基础在于高度重视、随时留意、注意方式、研究对象、努力学习等方面，关键则在于要锲而不舍地去实干。

仅仅具有在外交活动中做宣传工作的意识和责任感是远远不够的，还必须有对马列主义的坚定立场和强烈的爱国主义感情，有对党和政府政策路线的正确理解，有对国情中各种基本情况的充分掌握及对宣传对象的有针对性分析。也就是说，要“有心、用心、耐心、细心、诚心”地去对待宣传工作。有认识，有决心，又有方法，才能在对外活动中做好宣传工作。只要把握住了宣传工作的这些基础和要害，宣传也就能够开展得经常，开展得顺畅，开展得有效。

对于对外宣传，各级外交人员要有随时随地作好介绍、答问、释疑的准备，还要善于抓住一切可以利用的机会，主动“出击”。但无论是被动时还是主动时，都要避免强加于人，以求增加信任度；切记要实事求是，既要谈成绩，也要触及不足和尚存在的问题，争取给对方以实实在在的感觉，以求增加可信度；要以言简意赅的方式开头，避免长篇大论。在应求作阐述时，可做详细介绍，以求增加实用度。不利用机会进行宣传是失职行为，不计方式的灌输式宣传则难以取得实际效果，两者都是不可取的。

抓住“三体”（政体、群体、媒体），不拘人数，是进行宣传和取得成功的重要手段。政界人物、各类团体和文字、声音、形象媒体等虽然于我作用不同，但都是我们宣传的主要对象，务要通过各种不同的方式将他们紧紧抓住。不要以在场人数的多寡来确定我们宣传的态度和兴趣，即便只有一个人想听，也要认真地、不厌其烦地予以介绍、讲解、阐述。

国外对我国普遍缺少了解，但各种不同的人对于我国的兴趣和希望了解的内容差异甚大，因而宣传前要弄清对象，确定的宣传内容要因人而异，不能千篇一律，以使对方听得进、理解准、记得住。一般来说，对于政界要人，宜多介绍和阐述我国政府的政策及关于国际形势、重大国际问题的看法；对于群体，可从介绍基本国情入手，由浅入深地引导他们了解和认识我国的历史、地理、民族、社会、制度和发展等的情况与特点。向团体性的人员进行宣传时，不一定非念稿不可，采取有准备的“即席发言”与现场对话相结合的方式，回答他们的问题，更容易增进讲者与听者之间的情感，也更容易产生积极的反响和共鸣；对于媒体，则要想方设法让其在基本理解的基础上增加涉华的报道，为我们进行宣传，以达到扩大我国影响的目的。对于新闻界，无论是其领导层还是普通记者，宜单独、分别开展工作，以收实效。除非有特定的题目和需要，驻外使领馆不宜采用记者招待会的方式进行宣传活动，因为不易被媒体采用。当然，无论对哪一种人，有问必答、有答必善，应是基本要求。以馆长的名义及时向政界要人、新闻媒体散发我国政府的正式文件、外交部发言人的讲话、主要媒体的重要文章等，较易得到对方的重视，也应是对外宣传的基本内容及经常采用的方式之一。对诚心求知、愿意听者，宜以系统的方式，用基本概况和具体数字助其了解；对貌似知情、实则无知者，则宜取高屋建瓴之势，不动声色地予以震慑，但可点到为止，力避与之纠缠。

在我即将结束在阿根廷任职时，阿根廷外交部的许多官员都认为，是我的工作扩大了阿根廷人对中国的了解和认识，阿根廷时任驻华大使巴特费尔德甚至说是我的不懈宣传改变了中国在阿根廷人头脑中的形象，我应该为此感到骄傲。当然，我没有做到他们评价的那种程度，阿根廷人对中国了解和认识上的提高也绝不是我个人的功劳。

我的实践证明，只要我们认真地、实事求是地、坚持不懈地去把宣传工作融于一切对外活动中，就会有助于我国影响的扩大和国际地位的提高，就会为承担的外交任务添加浓重的色彩，取得明显的成绩。

（2001年6月写于北京）

感悟外交文学

——退休后的杂议

在一些文章中，我看到“外交文学”的提法。

的确，外交是政治，外交也是文学。

外交是政府行为，但也自成一种体系，形成一个行业，因此有它自己的专业表达方式和用语，且要求甚高。我想，外交被认为文学缘自于此。

搞好外交需要多方面的因素，文学基础和造诣应该是，也必然是其中之一。

说外交是文学，而且是很为独特的文学，是因为无论是文字外交，还是口头外交，都需要有在扎实的文字和文学基础上的特殊运用，还因其表叙方式又多不同于一般的文学体裁和形式，因而外交文书和语言应在众多的文学形式中占有一席之地，成为具有本身鲜明特点的文学形式。

就外交文学而言，有许多值得深入研究之处。

我在几个驻外使馆工作期间，经常与同事们探讨外交文学，并要求大家用文学的语言和思维来做外交工作。

根据我的粗浅感受，外交文学，也就是外交文件或口头表述的外交信息和内容，应具备的基本要素是：

准确性。外交是最大的政治，涉及的是国与国的关系，容不得半点虚假和虚构。如果从外交角度提供的情况或信息不准确，或者使用的文字不能一目了然，就可能导致决策层误判误断，引出国际笑话乃至国家间的麻烦、纠纷。外交文书，包括照会、信函、声明、公报、讲话等都需要字斟句酌，就连同义词都并非可以随便替用，原因就在这里。同样的道理也体现在口头交涉和谈判之中。追求完美的准确，是外交文学的首要目标和任务。

严肃性。外交是严肃的。外交文件不允许夸张，不需要小说体的拉扯和铺垫，更不能有猜测和想象。即便要对情势作带有前瞻性的分析和预测，也要在事实的基础上，用马列主义的历史、唯物、辩证观点严肃进行，慎之又慎。外交文件不是故装严厉，但应寻求达到让其对象读后能明白事理和是非，令之肃然起敬、心悦诚服，直至产生震撼的效果。

简洁性。无论是对内使用的材料，还是用于对外的文件，外交文学需要坚守的重要特点之一是简单、明了，不能拖泥带水。也就是说，外交文学要争取做到通篇文章高度精练，给人以缺一字嫌不足、多一字疑累赘的感觉。

可读性。外交文件虽然是非常严肃的，但并不应是枯燥无味的，也应具有较高的可读性，以给它的阅读和研究对象一种美感，抑或妙不胜收的文学享受。因此，外交文件在保证准确、严肃的基础上，还应力求具有较高的文学色彩和文学价值。

当然，要使一份外交文件给人以说理性强、文字质量和水平较高的感觉，还需要其他许多因素，但我认为上述四个方面的要求是最为主要的。

我在撰写或修改报告、照会、讲稿、函电中，最为注意的也是这四个方面。由于始终坚持这样做，收到的效果和反响基本上是好的，积极的。

谨以这些点滴感悟，寄语认识和不认识的外交界同行，作为共勉。谬误之处，还望得到有意探讨外交文学的人士不吝点拨、赐教。

（2001年5月写于北京）

第三篇　社会事

社会是由人组成的。作为社会的一员，我们应该使自己健康、文明、有用，以便整个社会健康、文明、进步。

醒世恒言

——重温周恩来格言“要得到人家尊重，首先要尊重人家”有感

今天是周恩来同志离开我们34周年的日子。往事如烟。然而，周恩来总理的音容笑貌依然长在，他的精神和榜样也依然在鼓励和激励着无数外交战线的人们。每每看到他的肖像，每每听到有人提到他，每每想到与他的多次见面，我都会热泪盈眶，心潮长时间难以平息。

多年前，买到一本伟人格言*，里面收集有周恩来同志说过的一句话，“要得到人家尊重，首先要尊重人家”，印象极为深刻。当时我想，能够把周恩来同志的这句话收进伟人格言集，反映出编者的水平、意识、意境和感情，也说明周恩来同志这句话的深意、魅力和生命力。

多少年来，我一直认为周恩来总理的这句话是富含真理、令人亲切和易于执行的教导，经常会在脑海里自动出现。退休后打开这本格言集，仍然能够感受到它的力量和激励。我越来越体会到，周恩来“要得到人家尊重，首先要尊重人家”这个格言，将

* 中共中央文献研究室编《毛泽东、周恩来、刘少奇、朱德、邓小平、陈云格言》，上海人民出版社、中央文献出版社1997年版。

永远是醒世恒言。

所谓“格言”，是指那些富含劝导、教育、引导人们正确行事的短语，言简意赅，让人感到重要、亲切，也让人感到易于实践。

尊重，是要重视对方的权益、信仰、立场、财产、人格；在国家间，则是要看重对方的主权、领土、历史、制度、宗教、风俗习惯。

尊重，就是随时随地把自己放在与对方平等的地位上，不要居高临下，不要有霸主气息，不要盛气凌人。尊重，还应尽量避免给别人添加无谓的麻烦。

尊重，是一个人的主动行为，不是屈从，不是卑躬屈膝。

“要得到人家尊重，首先要尊重人家”是一种哲理。做人要有基础，做人要有基本的礼貌。尊重与被尊重是礼仪的基础，并由此形成、发展到礼仪的方方面面。常言道，“礼尚往来”，或者“来而不往非礼也”，尊重了别人，自然会得到回应和回报。这个格言，饱含了人生的基本哲理。

“要得到人家尊重，首先要尊重人家”是一种对等。尊重要有对象，并根据对象的不同态度而掌握不同的分寸或方式。为了赢得尊重，有时候也需要斗争。在向对方表示了有理的尊重以后，如果对方依然蛮不讲理，就宜用斗争的方式去让对方明白道理。所谓“不打不相识”、“先礼后兵”，道理就在这里。

“要得到人家尊重，首先要尊重人家”是一种理解。在人际（国际关系，实际上也是由人与人之间的交往组成的人际关系）交往中，有时候需要从正面、积极的意义上去分析、判断、猜测对方的本意，而力避仅从表面上去看待和回应对方的表述或表象。有了正确的理解，有了对对方困难的体谅，许多事情的顺利解决就有了良好的基础。对于对方的误解，则宜以尊重、理解、宽容和换位思考的方式去释怀，而不能轻蔑地以误对误，使误会愈深，增加化解的难度。

“要得到人家尊重，首先要尊重人家”是一种风格。我想说的“风格”，包含有两层意思，一是高风亮节地待人，属于一种崇高的风尚；二是在自己长期工作中形成的体例和习惯，是一种行事榜样。在这两层意思上，周恩来同志都是难以逾越的典范，让后人望尘莫及。

“要得到人家尊重，首先要尊重人家”是一种总结。纵观历史，无论是中国的，还是世界的，几乎所有的矛盾、冲突乃至战争，无不是由一方对另一方基本权益的不尊重引起的。总结历史，是为了正确地面向未来。周恩来劝告人们以尊重起步，去争取对方的尊重，正是为了避免矛盾，减少冲突，把战争化解在起始阶段。用尊重换来的尊重，才是真实的、有牢固基础的和恒久的尊重。应该说，由周恩来总理参与创建、如今已经得到大多数国家承认的“和平共处五项原则”，就是这种总结的结晶。

“要得到人家尊重，首先要尊重人家”是一种学习。要尊重对方，需要全面地了解对方；要赢得对方的尊重，需要使对方感到你代表的方面以及你本人有让对方值得尊重之处。政策、知识、谈吐、为人，都需要学习，而且需要认真、深入的学习。

理论需要实践。周恩来同志提出了被后人奉为格言的理论，也以自己一生的行动实践了这个理论，为后人树立了光辉的典范。如今，我国在世界上的地位越来越高，被各国尊重的程度也越来越高，使得海内外的华人无不感到骄傲。“吃水不忘掘井人”，我们不能忘记新中国外交的奠基人周恩来。

就我个人的经历而言，我一直把周恩来总理的教导牢记在心，并力争能够取得实际成果，以慰我心目中这位最伟大的凡人。

一位使节同驻在国元首之间尊重与被尊重的故事，应该能够验证周恩来格言的真理性。我曾经于1993年至1995年期间担任过我国驻古巴大使，与该国元首、人称世界级的领袖人物卡斯特罗主席过从甚密，友情深厚。卡斯特罗主席不仅于我在古巴工作期间亲自给过我许多特殊的关照，使我执行使命方便明显，还在我离开古巴后的十多年间经常委托访华的古方人员向我转达问候，了解我的动向，直至今日。探究一位世界显赫的领导人如此尊重一位外国使节的缘由，我认为这与我始终注意按照周恩来总理的教导行事有着直接的关系。我在与卡斯特罗主席的多次交往中，注意尊重古巴的选择，注意尊重卡斯特罗的为人，理解古巴的困难，详尽、真实地向他介绍我国的方针、政策和各种对外关系而力避强加于人，赢得了他本人以及古巴高层领导人的好感和恒久的敬重。

阿根廷以其“浪漫、傲慢、散漫”著称拉美和世界，被人广泛称为“三慢一块”的国度（“一快”是说其国人开车特快，酿成的交通事故也特别多）。由于经济基础雄厚，发展水平较高，人民生活优裕，阿根廷人多瞧不起外人，历史上甚至曾经有过不让外交官以外的黑人入境的规定。20世纪90年代后期，阿根廷的一位总统曾经公开宣布其国家不属发展中行列，而是发达国家。他的说法虽遭到其国人的非议，但能够在很大程度上体现该国“三慢”的特点。在阿根廷的3年时间里，我不是以傲慢对傲慢，而是以谦恭而不失尊严的态度，广泛接触各方面的人士，实事求是地介绍我们国家的历史和现实发展情况，争取对方的认识和理解。我的做法和态度终于取得了明显的成效，各方面对于我们的国家以及我本人的尊重有了显著的改观。阿根廷政府和各界对我国的了解增多了，希望访问我国的人士增多了，媒体对于我国的正面报道增多了，我在首都内外、公私部门的进出方便多了。当时的阿根廷外交部礼宾司长被普遍认为是“凡人不理、很难说话和打交道的人”，我决心去攻克他，因为工作上有这样的需要。我没有采取请客、送礼的一般做法，因为我意识到这对他可能不会产生效果，而是以尊重的态度，利用各种机会，相机行事地、客观地向他介绍情况，积极理解和配合他的工作，最终赢得了他的尊重。他不仅常常不需我们费口舌地满足我们在礼宾方面的需要，还经常主动向我通报信息，提出有价值的建议。他领导的礼宾司还誉我为“驻阿使团第一人”。我和他之间建立起来的亲切关系，被曾经是他的顶头上司、阿根廷当时的驻华大使看成是一个“奇迹”。

我把这些列为尊重与被尊重的事例，大概不应该算是牵强附会。

我在古巴和尼加拉瓜等国也有过一些经过斗争赢得别人尊重的实例，这里不想细叙；因为无意用这样一些小故事耽误大家的时间。

体会不深，实践也很不够，抛砖引玉吧！

在他离开我们的又一个忌日，谨以此文怀念一生崇敬的周恩来总理。

（2010年1月8日写于海南三亚）

这样的仪式应该每年举行

——观天安门广场“十一”献花篮仪式有感

2010年10月1日，是国庆61周年的日子。当天上午，看到中央电视台直播中央领导同志向天安门广场英雄纪念碑敬献花篮的场面，不由得心潮澎湃，热泪盈眶。立即想到，这样的仪式应当每年举行，以缅怀先烈，激励现代人，推进人民的事业不断前行。

中国作为国家已经屹立在世界上几千年。她有山有水，有棱有角。出生在她的棱角之内的所有人，都自然而然地属于她的公民范围，有义务有责任去保卫她的每一个棱角，去建设她的每一寸土地。这是天经地义的事情，无须争辩，也不可推脱。但是，如何让每一个出生在这块土地上的人始终保有这样的信念和决心，却需要各方面的努力工作。

盘点几千年的发展变化，如今的中华人民共和国虽然依然有其内忧外患，但无疑是中国历史上最为发达、最为强盛、最为稳定，也最为和谐的时期，现代的中国人不能不为此感到骄傲和自豪。共和国的诞生是无数先烈用鲜血和生命换来的，共和国的发展壮大是更多的英雄模范用汗水和毕生的精力铸就的。永远记住他们，用他们的牺牲和奉献精神激励我们和我们的后人，应该是我们应尽的义务和日常工作。人们常说，“吃水不忘掘井人”、“忘记历史就等于背叛”，这些话反映的是事实和真理。曾几何时，这些话的背后含义已经被一些人所淡忘，或者为一些年轻人所不理解。更有甚者，有的人为一己私利或私念，贬低开拓者，侮辱英雄，攻击社会，反对政府，忘记了国家带给他们的利益和好处。殊不知，没有国家，没有在世界上顶天立地的祖国，哪有个人的地位，甚至立足之地？用一定的仪式和其他形式唤起他们的记忆和良知，实在大有必要。

每个人都必定有祖国，如同每个人必定有父母一样。儿不嫌母丑，人不嫌国穷。爱国是每个公民的责任和义务，让其公民爱国也是每个国家教育的主要内容和内涵。这是世界上所有国家的共识和共同点。在国外工作期间，每次应邀参加大型活动和公众集会时，都要同当地的人员一起参与高唱国歌的仪式，还经常看到许多其他形式的爱国主义教育，很有一些感慨和遗憾，因为自然而然地就会想到我们国家在这方面的不足和欠缺。我记得，在很长一段时间里，我国对于国旗和国歌的教育重视得非常不够，外国朋友还曾批评过我们在这方面存在的问题。后来，看到我国开始在天安门广场举行升旗仪式，且次数在逐步增加直至每天都有，其他地方特别是中小学校也相继安排了升降旗活动，集会上的国歌则从“演奏”变为“高唱”，高兴和满足心情随之逐步提升，体会到爱国主义教育在我国渐渐受到重视和应有的普及。这次看到天安门广场的敬献花篮仪式，震撼之余，感觉到的则是心理上的更大满足和兴奋。唱国歌、升国旗、向人民英雄纪念碑敬献花篮虽然只是一种形式，但作为爱国主义教育而言，确实应该是不可或缺的形式，应该给予越来越大的重视。

献花篮，唱国歌，仪式并不复杂，所需花费不多，但隆重庄严，意义重大，确有必要每年安排一次。10月1日，是安排此项活动的当然的选择。我相信，我的呼吁会是很多人的共识。不过，我说的这些业已成了“马后炮”。

（2010年国庆写于和谐雅园）

让淮安更好地走向世界

——祝贺《中国淮安》画册出版

由淮安市领导，包括一些民主党派成员在内的各界人士及有关方面参与策划、整理、制作的精美画册《中国淮安》问世了。这是一件值得为之庆贺和喝彩的大事。作为长期工作和生活在外地的淮安人，特别是那些旅居在海外的淮安人，更会为这本画册的出版感到由衷的高兴和喜悦。

淮安市是原来就有的一个县级管理机构，但和现在的淮安市并非是一回事。现在的淮安市是原来的淮阴市改名而来的，管辖的范围更广，行政级别也比原来要高。原来的淮阴市已被撤销，而由其管辖的淮安市和淮阴县现在则被分别更名为楚州区和淮阴区，归属新建的淮安市领导。

无论是淮阴，还是淮安，都是我国的历史名城，还由于她们地处苏北要冲，曾是历代兵家的必争之地。汉代的军事战略家韩信、中国名著《西游记》的作者吴承恩、宋代随同夫君一道抗击外族入侵的巾帼英雄梁红玉、清末抵抗外来侵略的民族英雄关天培，等等，都曾为淮阴和淮安声誉和地位的提高作出过杰出的贡献。当代中国深受世人爱戴的伟大的革命家、政治家、军事家、外交家周恩来更将淮安的名字带向了全世界，使淮安成为无数海内外人士景仰之地、向往之乡（对此，我在40余年的外交生涯中有许多亲身的经历和深切的体会）。我为我出生在这样的地方感到骄傲。

淮安地杰人灵，物产丰富，洪泽湖横盘其间，古运河穿越全境，是远近闻名的鱼米之乡。但是，由于历史和自然的原因，淮安市的人民却历代生活在贫困之中。1948年淮安人民掌握自己的命运后虽有了质的变化，然而因屡受灾害的牵连和交通不便等不利因素的制约，经济发展的步伐始终并不太大，人民生活水平的提高也不太快。是党的改革开放政策，给淮安开启了真正的发展大门，使她在20世纪的后20年里发生了日新月异的变化，更加充实地展现出了她绰约风姿和壮丽面貌，也让她在为国家的崛起和民族的振兴伟大事业中不断作出新的贡献。

沐浴和哺育于东方文明和中国共产党教育的淮安人民，受周恩来的直接影响和长期熏陶，热切关注人类的和平、发展，诚心诚意地希望加强与各国人民的友谊、交流、合作和理解。《中国淮安》的出版，就体现了他们的这种强烈愿望。这本画册带给世界的不仅仅是他们的成就、憧憬和心声，还送去了情意、信息和期盼。当然，他们能够奉献的远不止是真诚的意愿和奔放的热情，还会有与海内外和各行各业开展各种合作的良好环境、优越条件和扎实作风。我深信，《中国淮安》画册必将受到广泛的欢迎，也必将引起热烈的反响，从而为世人更多了解淮安、让淮安更好地走向世界，增添蕴力和活力。

在为《中国淮安》画册的出版振臂高呼和以淮安人的名义感谢出版社大力支持的同时，我期待着早日看到淮安与世界的关系不断得到深化和强化。

（2003年元旦写于北京，系应《淮安画册》编辑部之求写的序言，见2003年版《淮安画册》）

我的谢忱与祝愿

日前，也就是新世纪刚开始不久的今年3月，我有机会重返将要欢度百年华诞的江苏省淮阴中学。看到阔别40余年后母校翻天覆地的变化，与时任校长张元贵、前任校长王学儒等校领导和老校友谈及往昔旧事，心潮澎湃，感慨万千，留下“忆往昔，历历在目；看今朝，深沉教诲”的感想，也诚谢母校给我的培养教育之恩。

中学，是教育承上启下的阶段，对一个人的成长至关重要。淮阴中学近百年来浇灌出来的桃李满天下，在各行各业中开花结果，很多人成绩斐然，为数更众者在他们从事的事业中起着担纲的角色，为国家和民族的振兴发挥着积极、喜人的作用。他们的成功应与他们在中学阶段所打下的基础密不可分。这是淮阴中学毕业生对母校的回报，也是淮阴中学对国家的贡献。淮阴中学的名声在全国不断传播和上扬，主要原因应在这里。

任何成功和成就的取得都离不开人，淮阴中学的成名也自然源于此。淮阴中学地处苏北腹地，办学条件并不甚好。近一个多世纪以来，苏北既是知名的贫困之乡，又曾是反复的战乱之地。在这样的“鸡窝”里生长出令人瞩目和向往的“金凤凰”，没有一代又一代人的执著、奋斗、献身，无论如何是不可能的。所以，淮阴中学的成就和成名，首先应归功于近百年来以毕生精力和才智施教于年轻求学者的众多老师，当然还有她的领导者和组织者。

淮阴中学在我的心中有着重要地位，因为那是给我以学识基础和不断成长力量的首要地方。多年来，我念念不忘淮阴中学，想着她给我的知识和做人的基础，想着如何为她争光添辉。

我是于1952年至1958年期间就读淮阴中学的，也就是说，我在淮阴中学完成了初二到高三的学业，度过整整5年时光。高中毕业那年，我从淮阴中学考进北京外国语学院*，步入又一个求学阶段。1963年，我在北外毕业后被选入外交部，开始了我服务祖国外交事业的历程。近40年中，我当过外国驻华使馆的翻译，担任过外交部的处长、参赞、副司长等职务，出任过共和国驻厄瓜多尔、古巴、阿根廷等国的特命全权大使，还当过新华社驻外记者、世界知识出版社社长。其间，在国内，我有幸多次参加过刘少奇、朱德、周恩来、邓小平、江泽民、李先念、杨尚昆、李鹏、朱镕基、李瑞环等党和国家领导人会见外宾的活动；在国外，我有机会分别在墨西哥、巴拿马、尼加拉瓜、厄瓜多尔、古巴、阿根廷等国常驻，累计时间超过15年，同6个国家的十数位总统打过交道，与其中的古巴主席卡斯特罗、巴拿马领导人托里

---

* 即今天的北京外国语大学。

霍斯、尼加拉瓜总统奥尔特加、厄瓜多尔总统博尔哈和杜兰—巴连、阿根廷总统梅内姆和德拉鲁阿等拉美国家的领导人成了过从甚密的朋友，还得到过厄瓜多尔、古巴、阿根廷等国政府的勋章、奖章。可以说，在每个岗位上，我都以我的为人、学识基础和勤奋，赢得了上级和同事们的肯定与赞扬。

与同辈人相比，我的服务范围确是多、阅历算是广的，运气则应是好的。几十年的奔波没有给我创造什么金钱和物质财富，但我的精神财富却是少有的丰裕。回首往事，我感到高兴，感到充足。

我始终说，我能为国家效力并小有成功的真正起点是在淮阴中学，因为实实在在地讲，我得到的鼓励和赏识的扎实基础源自这所学校。我出生在交通闭塞、生活条件很苦、文化层次较低的淮阴农村，又从幼年起就饱受抗日战争和解放战争造成的颠沛流离之苦，直至1948年底满10岁时方得以上学。小学阶段虽升得较快（从一年级到三年级只用了半年时间），但因时间短，转学又多（四年级到六年级曾分别就读于淮阴的郁梨园、人和、王营等小学），基础知识很薄，知识面也很窄。因此，是在淮阴中学的5年，使我有机会在众多的老师哺教下得到弥补和进步，更培养了我对外语的兴趣。如今，淮阴已经发生了翻天覆地的变化，淮阴中学的面貌亦已与我就读时完全两样，我记忆中的楼房院落均已不复存在，但历史是不应该，也不能忘却的。

时间在前进，世纪刚更迭。淮阴中学即将走完首个百年，这是她的师生应该热烈庆贺的。第一个百年间，淮阴中学逐步成长，淮阴中学不断扩大，淮阴中学的名声也随着其教学质量的提高和毕业生的广泛散布而越来越大、越来越响。现在，淮阴中学以这样的情景和面貌进入新的世纪，也迎来建校的百年纪念，预示着她将有着更加辉煌的未来，必将创造出更加骄人的新成就。

我真诚祝愿母校在新的百年中为国家培育出更多、更优秀的各类建设人才，为中华民族的继续腾飞和更加光彩地屹立于世界民族之林作出更大、更杰出的贡献。

（2001年3月写于北京，曾被当年的《淮海晚报》刊用）

感悟淮阴中学100周年校庆

我虽然离开淮安、回到北京已经好几天了，但是依然日夜沉浸在淮阴中学100周年校庆的情感之中。那师生们的铿锵话语和将历史、憧憬和艺术完美结合的演出，难得相聚的老校友们的愉快重逢和怀旧性的相互笑骂，各级党政和教育部门领导同志的谆谆教诲和殷切期盼，以及淮阴中学在短时间内奇迹般崛起的新校园和巨大变化等许多令人激动的场面，无不时时映现在眼前，萦绕在耳际，令我亢奋，令我沉醉，令我心潮澎湃。

说真的，庆祝母校百年华诞的活动尽管只有两天，但给我的感悟甚多，使我受益颇丰。

校庆是一次成就的检阅　在历史的长河中，100年是短暂的。但是，这短短的100年，却使淮阴中学有机会取得令人瞩目的成就，铸造了耀眼的辉煌；在生命的道路上，100年又是长长的。这长长的100年，让人看到和领悟到的是，淮中的历代教职员工如何以艰苦卓绝、坚韧不拔的崇高精神和思想境界，培育、浇注着国家的栋梁和未来。4万多名从这里走出去的年轻人撒向祖国各地，遍及各行各业，在各自的岗位上，为中国的革命和建设事业作出了杰出的贡献。翻阅校史，我们看到的是历史的承认和推崇，是人民的认可和赞赏。在检阅这些成就的时候，谁能不感到骄傲？谁又能不为之动容！

校庆是一项庄严的承诺　淮阴中学的师生们深深地懂得，成就只代表过去，辉煌已成为历史，未来需要艰苦的创造。过去100年的辉煌给予淮中的是更高的起点，给现在的老师和领导提出的是更新、更为苛刻的要求。从校庆的主题和主旨中，人们可以看到，面对新的起点、新的要求，新世纪的第一代老师和领导作出了庄严的承诺：同心同德，只争朝夕，继往开来，开拓创新，拼搏争先，与时俱进，谱写更加辉煌的篇章。我相信，在任重道远的前进征途中，淮阴中学完全有能力实现自己的诺言，把学校办成具有国际视野的、现代化、高质量、有特色的国家级中学，在新的百年续写华章。

校庆是一种起步的激励　无论是对老师和在校的学生，还是对已经离校的历届校友，校庆都是一种重新起步的激励。“进德修业，弘毅笃行”，需要的是坚毅，是启发；是信心，是激励。立意清晰、含义深刻的校庆活动想奉献给所有参与者的正是这种激励。从对现场的观察中，我看到了与会者的正确领悟，也意识到了大家准备将之化成强大动力的决心，从而深信他们也会和我一样，将会继续求真向善，不断超越自我，为争取在学习、工作中的更大成功去持续不断地努力。

校庆是一回感情的交融　那几天，在淮阴中学的新址、旧址，在淮阴中学的接待场所，特别是在举行校庆活动的淮安体育馆，人们不仅看到了热闹的场面和欢乐的气氛，更能触摸到笼罩各个角落的融洽情感。按照逻辑学的概念，感情是无法触摸的。但是，淮中师生之间的感情，历届校友之间的感情，校外代表和淮阴中学之间的感情，还有难以描述的种种其他感情，都是那样的诚挚、真切，似乎就清清楚楚、明明白白地摆在眼前，让人觉得伸手可触，也让人不知不觉地融会其中。这种完全自发产生、让人深沉遐思的感情，是对淮中教与学的表彰，是对真挚人情的认同；体现的是校友的回报，是社会的承认。

渐渐远去的是淮中的首个百年，让人遐想的是如何收获第二个百年。

毋庸置疑，淮中的新百年一定将更加美好，更为灿烂。

（2002年10月写于北京，曾被《淮海晚报》刊用）

“轨道”议

“没有规矩，不成方圆”，至少是中华文明几千年的总结。

宇宙中，大小星球各行其路，速度快慢不等，但互不相撞，保持着天体的秩序，这是它们有自己的轨道，亿万年不变；

地球周围，诸多的人造航天器形状、大小、重量不一，或快或慢地完成着自己的使命，很少互相干扰，这是人类预先为其设置了轨道，并始终保持其正常。

地球上，飞机、火车、汽车，无不按照自己应循的路径运行，避免了相互碰撞，实际上也是走在有形或无形的轨道上，并且互相尊重。

无论是天体中固有的，还是人们后天制造的，所有物件都必须要有自己的轨迹，不能偏离。偏离了，就有消失的危险，还会给宇宙和社会造成危害。

在人们的行为范围里，以规矩，持方圆，就是轨道的延伸。在人的社会里，为了维持秩序和推进发展，人们根据自己积累的经验教训，制定了许多规矩。规劝人们按照一定轨道行事的成语“循规蹈矩”，应该就是这样来的，是人们在互相规劝，互相监督。

但是，宇宙中的物体也好，社会里的人群也好，都有想不遵循应有的轨道者，结果是毁坏了轨道，打乱了秩序，制造者也自寻了死路，身败名裂，遗臭万年。

我们的党为了规范其成员的行为，保证用生命、鲜血和千辛万苦打下的江山，保持党的传统和风范，不仅制定了政策、章程，还制定了许多各种各样的规章制度。党的政策、章程和制度，就是党员应该自觉沿袭的“轨道”，不应有任何偏离。

然而，老百姓深恶痛绝的腐败问题和党的组织不断强化的反腐斗争说明，我们党内出现的偏离轨道的成员在大量增多，偏离的程度也越来越大。总体而言，所谓“上有政策，下有对策”的公开偏轨现象呈现越来越泛滥的景象，令人担忧。面对这种局面，我们的许多领导人都感到中国共产党及其创建的中华人民共和国已经到了“亡党亡国”的危险程度，表明了严重的关注。

关注是必要的，适时的，问题是如何恢复到应有的态势，保持党的正常、正确的轨道。

作为偏轨者，不要把越轨的一时成功当做侥幸，“轨迹”毕竟是会被发觉的，因偏离轨道一时满足的窃窃自喜后必是终生后悔。

规矩是领导层和传统创立，靠纪律和舆论执行，但领导层的自律和表率是关键。应该看到并承认，“下梁歪”多产生自“上梁不正”。越轨行为的群体化和久治不愈，与高层领导的好坏榜样关系重大。我们党的纪律条文够多够细的了，各级纪委的工作也够辛苦的了，但成效似乎并不明显，这种现实的长期存在可能和许多高层领导人物和纪委自身的范例不无关系。自己制定的轨道自己不去遵循，轨道能起作用吗？这样的人物不要很多，有少量几个就足以毁掉整个系统，进而毁掉全党。党的组织系统、党校系统、宣传系统如何在正轨行动中发挥积极、主导的作用，恐怕是需要大加研究的。一些党校培养出来的人越轨更大胆，一些组织部门成了越轨的源头和窝点，一些宣传部门因掩盖越轨者被网民追得狼狈不堪，不能不让党员寒心，也不能不令人深思。流传的顺口溜把党校说成是“一批腐败分子在深造”的地方，至少反映出广大百姓的困惑和不满情绪。

不要掩饰、掩盖、保护越轨者的轨迹，而要把它置于大家能够看到的位置。要将越轨者，特别是高层人物的越轨行为公之于众，不能只报一个数字或只戴一个笼统的帽子。把披露越轨者罪行的通报印成“机密”甚至“绝密”文件，其本身就是在保护越轨行为。揭露他们的越轨细节不应该算是不保护“隐私”，因为它属于“隐公”。史实和神话故事（当然是人创造的）都表明，“龙子龙孙”并不都是其创业父辈的好子孙，其中败掉江山和基业的大有人在。他们中的一些人依仗权势，摇旗鼓噪，结党营私，或被不法分子利用，破坏党的威望。掩盖他们的劣迹，无异于与虎谋皮，于正轨努力绝对无益。把全国人民普遍关心的重大案件，包括那些牵扯到显赫人物、被人们说得有鼻子有眼的传言解说清楚，是有是无（根据我们亲身接触到的事实来判断，应该全非子虚乌有），是大是小（至少恶劣影响程度是非常巨大的），可能是正轨动作的必要行动。越是把大家蒙在鼓里，越是会让越轨的行为得到保护、滋长和蔓延，人们对越轨的不满和猜测也就会越来越多，中国共产党和老百姓的关系就会越来越远。与其让后人清算，不如当代人自己清算，以正史并取实效。保卫党，保卫党的执政地位，远比保卫个别人的名声和形象更重要！中国共产党不会忘记任何为她建立过功勋的成员，但也不应该容忍任何人玷污她的形象和威望。以为党做过某些有益工作作为借口来逃避党纪制裁，不能算作真正的共产党人，应该除之。总之，对越轨行为的掩饰，只能是越抹越黑，越抹越让党的形象在老百姓的心目中暗淡。

有维护轨道的决心总是好事，会让人感到鼓舞。让人们看到轨道正常运行起来，才是目的，也是所有人的责任。

“阶段性成果”是一种无可奈何的说法（请恕我的大不敬），也是一种信心不足的表现，只能让老百姓苦笑，失去对整治轨道的信心。老百姓希望看到的是，在为确保轨道正常运行的斗争中，要痛下杀手，出重拳，出组合拳，出速度快的连续拳，决不留情！

关心轨道，爱护轨道，维护轨道，是希望与轨道同行人们的强烈要求。我自己认为，我是这样的人之一，因为我坚信党的宗旨，关心党的基业，坚守党的轨道。不过，在维护党的轨道的斗争中，一个70多岁老党员的能力实在太微不足道。

我知道，我讲这样不痛不痒的话已经显得非常的苍白，搞纪检的人肯定不会赞同，甚至会批评我，尽管不至于要治我罪，但一个老共产党人能做的也许仅此而已。“牢骚太盛防肠断”，我们当然不想总是发牢骚。

几年前，当我听到有人说“现在的共产党还不如当年的国民党”时，我还真想同他吵架，但面对各种严重的越轨现象，又确实感到底气不足。我对恢复我们党的应有轨道失去信心了吗？至少到目前还没有！说实在的，十几年了，我不断地这样自问自答，现在依然是如此，只不过底气好像越来越不足了。据我了解和观察，持我这样关切又无可奈何态度的老党员为数不少。如果真的到了连我们这样的老人都没有了信心，底气全然消失，情况就将截然不同，党的轨道就可能就真的不轨了。

不要让我们维护党的正确轨道的底气全部消失。我们一起期待吧！

（2010年1月听了关于中纪委会议的报道以后写于三亚）

"沙子精神"赞

退休以后，变成了"候鸟"，以北京的"老巢"为中心，冬向南，夏向北，倒也惬意、舒服。

这种候鸟式的生活，使我连续多年有可能在海南岛三亚附近的海边流连，观察海水，观察沙子，从而产生了许多联想和感叹，特别是对细小的沙子。这几天，我又在与沙子、海水为伍了。

我们国家发展很快，全国各地到处都有日新月异的变化。但是，我年复一年地来到同一个海滩，看到的变化却很小，每年的状况都依然如故，似乎没有任何差异:海水还是那么多，沙子还是那么小，海滩的大小、现状也没有点滴变化。这让我想到，地球上有海水和沙子以来，几千万甚至上亿年，大概就一直是这个样。海水洗刷着沙子，沙子挡着海水外溢。虽然每天海水都把沙子冲来冲去，但沙子依然故我，坚守在故土。人常说，故土难离。意思是说，人对自己的家乡寄有深厚的感情，舍不得也不愿意离开它。在我看来，沙子坚守故土的精神是最强的。沙子的这种眷恋故土的深情，让海水和海中生物也常受感动。海水愿意以排排细浪温柔地把它们送回岸边，海中的贝类、珊瑚，还有各种各样的小石块，也很乐意陪同沙子返回故土。为了答谢这些客人的盛情，沙子则多把它们安排在自己身上最显眼的位置，以便海水能够随时再把它们带回海里。如果不是因为沙子有如此强烈的故土精神，而随着力量远比它大很多的海水远去，大自然就不会是今天这个样子了，人们也就不用到处去找海滩了，因为由沙子造就的海滩该早就荡然无存了。你们说，不是这样的吗?

海水每天都用劲地冲刷着沙子，常常把沙子冲得上下翻腾、连滚带爬。但是，沙子却从来不生气，在翻滚中很快就又沉到海水下面，而不会随着海水远遁。如果要称赞某个人或者某个物件的不随波逐流精神，我看沙子最应受到称赞。在人的世界里，不顾原则，不讲信义，见风使舵、随波逐流者大有人在。他们往往以某个头面人物的错误意见为主见，抱团结党，沆瀣一气，致使许多正确的政策不能得到很好执行，该能办好的事情也常被这类人弄得困难重重，阻力很大。小小的沙子则不同。它们在被海水卷起时，会大家一起顽强地用力往下沉，而无一粒沙子跟着海水跑。即便有的沙粒被海水带出去稍远一段距离，也会想方设法尽快沉下来，再跟随海浪回到岸边，在另一堆沙子里坚守自己的护岸岗位。看着，想着，我往往会为它们的职业操守和敬业精神所感动。

一粒沙子很少能被人注意，只有成堆、成片的沙子在一起时，才能被人重视，被人喜爱，沙子也才能发挥作用。所以，沙子的相互依存性极强。它们永远毫无间隔地拥挤在一起，中间没有任何空隙，是真正的“零距离”。如果说团结一致，如果说互相依存，沙子应该永远是第一。今天，全世界都在谈论各国间相互依存关系的重要性和必要性，但人类间的相互依存永远是有条件的，是相对的，有的还是强者不讲道理地硬要弱者接受的，而不可能像沙子那样，形成无条件的、自觉自愿的、永恒的相互依存关系，因为人类与沙子有着不同的目的和目标。我多么希望，为了有一个大家共享欢乐的世界，全人类都能像沙子一样，毫无间隔地紧密团结在一起。

如此细小的沙子，却那么有韧性，那么热爱自己的家乡，那么互相团结，实实在在应该受到称赞。我虽然一点儿不会游泳，但沙子，还有海水，却那么强烈地吸引着我！

无疑，沙子的精神应该远不止这些。我的这些联想都只是表面化的，是从沙子的表象中得来的。我知道，对于沙子的评论多种多样，而且似乎批评得更多。但是，我觉得我却已经从细小的沙子中得到了以往没有的领悟，还有思想境界上的升华。

（2009年12月31日写于海南三亚，曾被外交部的《老干部园地》刊用）

“大食团”带来的无限乐趣

很多人常说，过好退休生活需要有几个老友。经历了一段时间的个人体验，证实这个说法确实不无道理。

在我们这个年龄段谈论退休生活，至少是已经过了“耳顺”、接近“古稀”之年，自然和青年人不同，甚至与壮年人也有差异。年龄相仿的老人聚在一起，话题相近，兴趣相投，快乐更易共染。

也许正是出于这样的原因，过去认识但接触不是很多的几个退休老人聚到了一起，组成了一个不大不小的“团体”，而且商定要在相隔不很长时间里举行轮流坐庄式的聚会。通过协商，团体成员毫不遮掩地一致决定将自己的组织取名“大食团”。不过，我们的团体没有在民政部注册（人家也肯定不会受理我们的注册申请）。

我说我们的团体不大不小，因为共有6对夫妇，12个人，应该是既不甚多，也不甚少。我们这6对分别是：原来负责东北亚地区事务的张庭延和夫人谭静、搞东南亚事务的李家忠和夫人张墨锡、搞过南亚和边界事务的刘新生和夫人潘正秀、负责过干部工作的陈久长和夫人陈镇坤、长期以信使身份跑世界的宁兆喜和夫人张兵，以及我这个一直沾边拉丁美洲的人和我的夫人徐丽丽。我们原先都住在一个楼里，进出多能见面，聚会也容易组织。后来虽然部分成员搬离了那里，但团体形式却没有受到影响，依然保留了每3个月聚会一次的传统。从一定意义上说，大家的感情确实是很深了。考虑到吃饭时的桌面安排问题，我们不打算在近期内扩大范围，以免出现因为需要分桌次而造成的地位不平等局面。

“大食团”，顾名思义，是以食为先。也就是说，每次团体活动，必定要有吃食。不过，请各位注意，我们把团体取名“大食团”，不是说我们的基本着眼点就是吃喝，更不是要寻找山珍海味。我国有一句成语，叫“民以食为天”，意思是人不吃饭不行。另外，几个人聚在一起聊天，时间长了，自然也必须吃饭，故将“食”算作聚会的主要基础，也作为一个基本内容，希望和期待的是自然、放松、快乐、随意。

“大食团”奉行的一条带根本性的原则是，吃食安排由轮到

“大食团”全家福

坐庄的人按照心愿和可能自行做主，不铺张，不浪费，简单实惠，但要注意的是每个成员必须都能够到场，因为“一个都不能少”是最基本的要求。

我们6家有一个共同点，就是由于各种不同的原因，子女基本都不住在身边，基本上是“空巢老人”，常常形单影只。找几个老朋友说说聊聊，属于人之常情。所以，每次聚会，有了可以说笑的机会，当然快乐不已，而且回味无穷。也因为这个缘由，我们从来不避讳称我们是一个“小团体”的成员。

我们聚在一起，更多的目的是为了谈心，交流体会，也说说我们自己的家长里短。也就是说，聚在一起谈天说地，把夫妻间在家里未说完的话拿到比较大一点的范围里讲讲，相互开开心，顺顺气。不过，我们很注意的一点是，从来不在一起骂街。在任何一个国度或者社会里，每个人都会对一些事情有所不满，也有些人在一起不干别的，就是骂街，发泄不满或私愤。我们倒觉得，“牢骚太盛防肠断”，骂街太多了于身体无益，对别的方面也不见得有什么好处。朋友间的健康说笑，既能增进友情，也有益于自己。当然，聊天中难免会对一些社会不良现象提出批评，但沿用一句外交辞令，那都是“建设性的”，只不过由于“大食团”没有建立简报制度，也没有设立发言人，上级和外界无法了解就是了。

除去聚会、谈天，我们的成员间还有其他多种形式的互相关心和互相帮助。接长不短的电话交谈，电脑上邮件往来，常是我们交流的形式。如果有成员较长时间外出，住在附近的其他成员就会自动代理他的家务和杂事，相互之间还会开玩笑说“大使降级当上了代办”！可见，大家的关系真的是相得益彰，其乐融融。

说来也巧，我们团体的成员还都是外交笔会的会员。聚在一起的话题之一往往是关于笔会的新闻，或者是自己又有了些什么样的新作品或新构思。人老了，工作压力少了，可以多一点时间考虑写点东西，何况我们这些人多半与笔杆子打过多年交道，还都有一些文字作品问世。虽然“大食团”的成立与笔会和写作都没有任何关系，但可以说，在写作方面互相启发、切磋、通报、提醒，在成员间确实已属司空见惯的事情。不知这是不是叫做“人以群分”、“惺惺相惜”？如果说可以算，我觉得也还不错。

我要为我们的“大食团”喝彩，并要为使它能够长期生存下去尽到我的一份力量。虽然它的名字听起来不那么高雅，但健康、向上；不俗套，体现的是互相关心、互相帮助；不颓废，不激愤；带来的是乐趣，释去的是精神压力；对团员的身心有好处，对任何其他人或方面都没有负面作用。至于开销，由于并非是高消费，则是在我们的退休工资里能够轻易解决的。你们说，有百利而无一害的事情，我以及我们何乐而不为！

（2010年10月写于“大食团”的一次聚会之后）

同几个海归青年的谈话

日前，邂逅了几位从海外学成归国的年轻人，谈到了一些与找工作、社会和家庭有关系的问题，问及我的看法。虽然不是很熟悉，同其中的部分人还是初次相见，但我还是直截了当地谈了我对这些问题的看法和理解。对之，他们似乎颇为赞同，还对我的坦诚表示感谢。现在，我把那次谈话内容原原本本地记录在这里。

你们想问我的认识和想法，我可以这样告诉你们：

第一，对自己负责。很多人都谈责任问题，谈对国家负责，对社会负责，对家庭负责。依我看，我们首先要对自己负责，因为只有做到了对自己负责，才能有对国家、社会、家庭负责的问题。自己都对不起自己，还能对得起谁？我说对自己负责，不是说遇到什么事情都只想着自己，而是要把自己放在国家、社会、家庭这个整体里去想，去负责任地进行思考与行动，在这中间，首先要做到对自己负责。

第二，先要有立足点。你们刚从国外归来，首先要为自己找一个立足的地方。世界上的任何一个大公司，包括最大的跨国公司，都是从小作坊开始的。一个人没有起点，什么事情都无从谈起。现在允许跳槽，还鼓励跳槽，但也得有个起步的地方，才能根据个人的优势考虑跳槽的问题。跳槽前，需要慎重选择和多方考虑，然后再作出决定，以免决定是有了，但却没有方向，或者找不到方向，而自己却处在无所依托的境地。

第三，创造和利用自己的长处。国家欢迎从海外归来的人才，但竞争性很强。找到一个理想的工作并不容易，除非有超过别人的明显优势和特别本事。你们应该千方百计突出你们的优势，让人家看到你们确实有真才实学。另外，还要让人家感觉到你们是愿意脚踏实地做事的，使得人家能够对你们放心。还有，千万不要自以为是，应该谦虚、认真学习，争取尽快适应工作需要和环境。

第四，不要自以为是。现在有些年轻人太自以为是，以为本领挺大，一开始工作就表现出什么都会的样子，但实际上却完全不是那么回事，拿出来的东西自己觉得水平很高，但却让人哭笑不得。我是外交部的退休公务员，我知道在外交部的年轻干部中，就有一部分属于这种情况。我不是贬低他们，也不是瞧不起他们，因为做任何事情都会有一个开头难的问题。相信你们会意识到，学校学的东西与实际是有差别的；国外学的东西拿到我们国内来，也不是马上就能用得上的。总之，自以为是是要不得的，我看你们也需要注意这样的问题。

第五，刚才有人说要丢掉幻想。在我看来，每个人都会有幻想，社会发展也需要有幻想。幻想并不是坏事，你们也可以幻想，但不能停留在幻想上，还是要像我刚才说的，务必要脚踏实地，要将幻想变成实际。你们在国外学习时，肯定幻想过回国后要如何如何，准备要大干一场。回国后，也许遇到的现实和各种机遇、条件与在国外想象的差距太大，甚至有天壤之别的感觉。如果真的有这样的感觉，建议你们赶快从幻想中走出来，用现实的态度对待你们思考中的问题。

第六，坚持不说谎、不说假话，不同社会上的坏现象同流合污。无可否认，现在社会上假话、谎话非常盛行，而且可能一时半会改变不了。建议各位要看到这个现实，但务必不要跟随。说假话、谎话，可以欺骗人一时，得逞于一事，但最终必然自己倒霉。

第七，注重家庭，但不依赖家庭。网上流传一句说法，叫“只能陪伴你一程”，明确地说陪同任何人都只是人生中的一程。我很赞同这个说法。无论是家人，是朋友，我们都不可能从生到死都始终陪同，包括父母、夫妻也是一样，所能陪同的都只能是一程而已。家庭是根基，是庇护所，必须要关注，要爱护。现在要敬养老人，将来要关爱子女，这个意识一定要有。但是，不能事事都去依赖家庭，不能光靠家庭长时间养活，也不能光靠家庭决定工作和婚姻。遇到事情，可以同家人商量，但是要学会“大主意自己拿”，因为那毕竟都是你自己的事，关乎你自己的一生。

我们是初次相遇，对你们的具体情况一点都不了解。再说，我也没有什么准备，只是随便谈谈，属于即兴所感，说的只是个人的一些认识和体会，不一定正确，对你们也不一定有用，权作参考吧。

第三篇　社会事

本着对自己负责，也对别人负责的精神，我把我说过的话记录在案（个别词句可能有些出入）。

（2010年国庆假日期间书录）

反对“三俗”要从领导做起

进入2010年以来，一些领导同志和相关权威部门的负责人相继发表讲话，号召或者呼吁反对“庸俗、低俗、媚俗”（也称“三俗”）。消息传来，很感振奋，不由得想说几句。

我很赞成一些领导同志的提法，就是“三俗”这个社会毒瘤已经到了一种非常严重的程度，需要各个方面一起动手，追根寻源，大张旗鼓地进行诊治，以求国家的发展和社会机体的健康。确实“三俗”已经到了非大张旗鼓地反对不行的地步了。不反，人们的思想将进一步混乱；不反，道德传统将更加倒退；不反，社会前行将严重受阻；不反，铺张浪费的恶性膨胀将被后人清算。总之，不反对“三俗”真的不行。

也许我说得不对，但我始终有这样一种感觉，“三俗”的存在根深蒂固，影响甚广，既带有封建色彩，也包含资本主义成分，可能还有人的本性特征。随着经济的发展和物欲主义的不断泛滥，加之道德的渐行渐远，“三俗”风气逐渐笼罩于社会，占据一些人的头脑，左右部分人的行动，形成了今天的症状，让人头痛不已，意识到非下大决心根治不可。“亡羊补牢”，虽说“反对三俗”提得晚了点，诊治的措施也远嫌不够，但毕竟开始有人在管了。但愿主管“医生”的决心能大，措施能够坚决，“用药”不仅对症，而且剂量之大能够明显、迅速产生效果。

“反对三俗”，当然需要理清它的成因和危害，需要制定出必要和可行的措施。一些领导同志在谈到“三俗”的危害性和“反对三俗”的必要性时，分析了产生“三俗”的历史、社会和外来原因，确实不无道理。不过，依我看来，还应当增加一个原因，而且让我觉得还是非常重要的一个原因，那就是领导因素。

我说“反对三俗”要取得成功的一个重要方面是领导因素，并非只是一般意义上的领导责任问题，而因为领导实际上是“三俗”存在和滋生的成因之一，有着直接的因果关系。我在国内外见过各种各样的大小领导，我自己也曾经当过有人“前呼后拥”的领导，知道“三俗”与领导这种“过从甚密”的关系和关联。无论是在我们中国，还是在世界的其他地方，都有许许多多事实可以说明，很多好事与领导有关，大量坏事的根子也在领导。我相信，大多数人都不会认为我这样讲是信口开河，胡说八道。

如果领导见到属于“三俗”的东西不予接受，甚至立即予以指出并严厉批评，使其没有对象，没有市场，许多不正常的东西自然就会逐渐消失，更成不了气候。反之，如果领导对别人为自己抬轿子，花费巨资做让自己喜欢而实际上却完全没有必要的事情，大兴土木地制造令自己欢愉但完全是多余的气氛而不去制止，欣然接受，或者至少没有厌恶感，那么，“三俗”就必然抬头并迅速扩散。大家都知道的情况是，有轿子，是因为有人喜欢坐轿子；笑话中的黄段子或者影视剧中的“色内容”横行肆虐，是因为肯定得到了相关领导人的默许和纵容；不切实际的过分排场的大小表现太多，是因为相当多的领导人欣然受之，有的领导还非此不可。谁都知道，“三俗”，特别是其中的媚俗，大部分都是面向或者说完全是为了领导的。对此，领导绝对不能麻木不仁。

诚然，现在已经远非是通过搞运动来反对某种问题或者弊端的年代，整治“三俗”也一样。但是，我不认为领导没有或者拿不出治理“三俗”的有效办法。社会主义国家的一个大的优越性就在于能够集中精力办成大事，关键在于领导的决心、统筹和行动。在整治“三俗”问题上，同样应该如此。如果只是为了做做样子，把“反三俗”停留在号召和呼吁上，那就只能到此为止，“三俗”则会更加盛行，更加肆无忌惮。

在思考和写作这篇短文的过程中，曾同一些同事和朋友谈起基本想法。有人说我这样分析“三俗”是在“打领导的板子”，而“打领导的板子是有罪的”。对此，我却很不以为然。首先，我这样做并没有“打”任何人，只是在提出看法和建议。其次，我们的党和领导人一直在鼓励党员和公民说真话，鼓励“知无不言、言无不尽”。作为一个党的成员，有义务、有责任说出自己的心里话。最后，下“打领导的板子是有罪”的结论本身就是“三俗”的反映，是想利用维护领导权威作为借口来向领导献媚。当然，这样提醒我的人怀有的是好意，可能是心有余悸，或是也带有对领导的某种批评。

我希望没有领导职务或责任的人大胆动手，与领导一起努力，以实际行动共同反对“三俗”，并争取尽快反出成效。

（2010年国庆期间写于和谐雅园）

动员各方力量，加快把北京建设成为国际大都市的步伐

——关于建设国际大都市的几点意见

在北京市最近的一些文件和市委、市政府领导同志的讲话中，经常可以看到、听到关于打造国际大都市的提法。对此，我感到非常高兴，因为它说明北京要将自己提高到一个新的层次、新的水平的决心。

作为伟大的中华人民共和国的首都，无论是在国内，还是在国外，北京都享有很高的声誉，是个值得北京人和全体中国人骄傲的城市。随着中国改革开放的扩大和深入，古都北京日新月异的变化更令世人刮目相看。尽管来自世界不同角落的吹毛求疵式的评论乃至恶意诽谤性的话语仍时进耳际，但对北京的友好、正面的评论也见诸于越来越多的外国报刊和其他媒体，且评价越来越高。希望到北京来看一看、走一走的外国政要、商贾和普通百姓越来越多，流连忘返的程度也越来越高。

的确，与世界上的许多大都市相比，北京有悠久的历史，有如画的景色，有较高的文化层次，有较为完整的经济体系。北京现代化硬件建设的规划、设计、速度、气势也不仅不落后，而在不少方面还远走在许多大城市的前面。总体而言，北京有许多值得人们欣赏、向往之处。

但是，北京现在还很难将自己列入全面意义上的国际大都市的行列。因此，努力将北京建设成为名副其实的国际大都市不仅是北京市的需要，国家的需要，也是时代赋予北京的任务和责任。

为了打造国际大都市，北京的建设、管理、环保、人文、交通，还有人员的基本文明素质，都还应该大力强化，而且从办好2008年奥运会考虑，需要动员各方面的力量，抓紧时间和时机，投入更大的精力和物力，努力加快改进的步伐，力争用较短的进程和较快的速度，使北京进入全面意义上的国际大都市的行列。

我虽然在北京生活了40余年，也到过不少国际知名的都市和城市，但了解的情况并不多，对城市建设尤其是国际大都市的建设更没有进行过深刻的思考，因而不想也无法全面阐述对建设大都市的看法和意见，只想从一般的概念上谈几点粗浅但坦诚的个人想象和看法。

一、加强交流，从深层次理解大都市建设的内涵。规模大、人口多、楼宇林立、街道宽阔，都是每个大都市所必不可少的，但并非是衡量国际大都市的主要标准。有鲜明的特色、合理的布局、居住环境好、经济发展有档次、消费水平适中，加上有条有理、令人赏心悦目的管理和较高程度的文明，有能够引起世界各国人们的注意力和向往的魅力，才是一个大都市吸引人的重要因素。如何通过进一步的交往和交流，吸收其他大都市的经验和长处，抓住大都市建设深层次的内涵并努力将之结合进本市发展和生活的各个方面，同时让自身的特点被广泛地了解和承认，应该是市政府近期对外交往任务中的一个重要方面。

二、务真求实，不盲目追求表面的东西，不搞形式主义，不搞“花架子”，力争本质上的变化。所谓的国际大都市，并没有一个统一的衡量标准。一个国际大都市的形成，只不过是由于它的历史、现状、规模、建设、管理和文明等诸多方面的优势被世界所广泛承认，有着较高的国际知名度，并被许多人所向往而已。每个国家，每个城市，都应该拥有自己的特色和个性。与别人雷同或类似，很难会引起外界的注意和兴趣。发展，首要是要围绕自身的特色和个性来进行，来扩展和延伸。在北京寻求成为国际化大都市的进程中，需要定准自己的特色和个性，充分认识和理解国际大都市应有的客观内在标准，争取本质上的变化和进步。盲目的求大、求全，结果只能是给后人添加难以化解的累赘；“化妆”式的打扮，表面化的装饰，只能获得适得其反的效果，这两者花费的都是不必要的精力和钱财。炫耀也只能让人失去信任感，使人敬而远之。

语言是国际交往中的重要工具，也是提高服务质量、给外国朋友以更多亲近感的一种重要手段。学习外国语言应该大力提倡，还宜设立鼓励、奖励的措施。但是，世界上很少有大都市将学习其他国家的语言列入对其市民的基本要求范围，更没有人将之作为硬性任务来规定完成。因此，将各行各业的人员掌握外语列入市政府在实施建设国际大都市战略工作突出重点的必要性值得商榷。我想说的意思是，市政府无须在这方面花费过大的精力。

三、在“软件”上下工夫，多方改进服务。许多人，包括一些到过北京的外国友好人士都认为，北京的“硬件”建设很令人敬佩，但很多方面的“软件”建设却很难让人恭维。这些评价是有其道理的。据我的观察和了解，许多商店、饭馆、旅店等服务机构和一些政府部门的服务意识严重淡薄，服务质量普遍较差，就是鲜明的例证。这是北京发展三产的“软肋”，也是北京距离国际大都市一般标准的最大差距之一。如何在改进服务方面多下工夫，以求在较短的时间里取得明显的改进，应是市政府和各个单位领导的当务之急。

当然，北京的“软件”问题不仅存在于服务方面，在许多公共场所、机关内部、市政管理、交通设施、金融服务、行为举止等大大小小方面，也都还存在大量的“软件”跟不上的问题，同样需要下大力气去治理、整顿、创新。

四、用“三个代表”为指导方针和动力，把文明建设作为根本，抓紧、抓好一个城市的建设离不开硬件部分，例如房屋、道路、公园、绿地……但是，居住其间者的文明建设是一个城市建设的另外一个离不开的侧面，也许还是更为重要的侧面。

在北京，文明程度虽然有了明显的提高，但人们不文明的现象依然屡屡可见，这与中国作为世界文明古国的声名和地位很不相称。对北京市民和外地来京人员加强文明教育，提高他们的文明程度和素质，是北京市政府的重要和刻不容缓的任务之一。在深入开展学习江泽民总书记关于“三个代表”的思想和内涵中，宜要求人们特别是各级领导干部注意结合建设国际大都市事业的实际需要，并将这种学习变成为强大的建设动力。

五、强化管理意识，用带有细微性、前瞻性的管理引导北京向国际大都市迈进。城市的建设、发展和进步是和管理同步前进的，没有管理，当然不行。但是，仅有形式上的管理，文件上的管理，或者是“管”而“不理”，同样不行。只收管理费而不进行真正意义上的管理，则更不行，因为它对管理的破坏作用更大。

北京建设无障碍通道的决策和实施是好的，走在了许多城市的前面。然而，由于宣传不够，管理不够，大部分通道形同虚设，甚至可以说比没有还要糟糕。由于管理不到位，全市大街小巷的相当部分人行道被汽车、商家占用，成了一种独特的城市不良现象。类似的情况不能等到需要使用时才去管理。设法让一些必要的社会公德成为人们的良好习惯，应该是管理的宗旨和目标。坦率地说，与许多国内外大城市相比较，北京的管理意识、理念和力度都明显存在差距。据我观察到的现象，管理意识淡薄，管理方法欠缺，管理深度不够，管理上的细微性和前瞻性不足，仍然是北京需要解决的课题。管理，不是限制人们合理合法、文明有序的行为，而是要推动这种行为的持续和扩大。管理，也不是事事都要表面化，而是要通过事实给人以存在有效管理的印象和结论。因此，细微、科学、广泛、深入和持之以恒的管理，是建设国际大都市事业中所必不可少的内容。

六、动员社会力量，实现高标准的精神文明建设要求。建设国际大都市是政府的事情，也是全市人民和所有居住者的事情，因而必须在市政府的统一领导和规划下，动员全社会的力量，尤其是广大的青少年，以活泼生动的方式利用各种媒体和载体，让全体人员自觉并坚持参与，才能取得显著成效，也才能使成效保持长久并不断有所进步。

在争取将北京建设成为活力强劲的国际大都市的进程中，还需要努力注意了解、认识、排除一些必然的困难和干扰。由于中国的社会制度和发展势头，来自国际反华势力的政治性干扰将是不可避免的。对此，我们既然不得不面对，就是要早有预见，认真防范，及时用我们推动世界朝着和平、友谊和进步发展的既定政策和实际行动，因势利导地化干扰为积极因素，加快北京走向国际大都市的步伐。

以上意见，仅供参考。

市政府专家顾问团成员徐贻聪

2002年8月6日

（本文刊载于北京市专家顾问团办公室“专家顾问团简报”2002年9月22日出版的第17期，总第190期）

将提高服务质量纳入城市建设近期研究课题

——写给北京国际城市发展研究院的建议

也许，我与城市建设这个题目真的有点缘分，因为近两年有幸连续被邀请出席北京关于世界城市建设的论坛，十多年前还曾有机会同当时的北京市主管城市建设的领导一起谈论过首都是否应该加强公园和雕塑建设的问题并提出些许建议，受到过他们的青睐和重视。不过，我是城市建设方面的地道外行，无论是听会，还是参与议论，都仅仅是作为一个城市居民参加一点意见而已。

从大的范围上说，人类生活只有两部分：城市生活和乡村生活。作为引领人类发展和进步的城市生活受到全世界的广泛关注和高度重视，是情理之中的事情，也是人类寻求发展和进步事业中必然的事情。人们应该花费大的精力，投入大的注意力，去研究城市的建设和完善，并努力去加以实施。城市不仅要规划，要建设，更要让其适宜生活，给人以自然的精神享受。

在我看来，世界级的城市也并非只是比较谁的面积大，谁的楼层高，谁的街道整齐，而应该包含更多的内容。也就是说，城市不但要有“硬件”，还要有“软件”。城市没有“硬件”，也就是没有城市的主体，城市本身无从谈起；城市没有“软件”，也就是没有城市的精神，城市同样无从谈起。城市的外观，也就是它的“硬件”，会给人以印象，甚至是评价城市的基础，但更加深刻地影响人们的却应该是其内涵，是其精神，也就是说，是它的“软件”。

每个城市都要有将自身的“硬件”特点和自身的“软件”特点完美结合形成的、有别于其他城市的特点，这个特点越显著、越鲜明越好。有了别具一格的特色，就有了跻身国际大都市的基本条件。

由于工作的关系，我曾经有机会到过世界上不少的知名大城市：在墨西哥城住过两年，游览过半个圣保罗，多次去过纽约、巴黎、马德里、悉尼等属于庞大级的城市，其他的都市和城市则更多了。说实在的，这些城市留给我的景观印象不是特别多，也不十分深刻，相反，我记忆较多、印象较深的却是它们的待客之道，当然有好坏之分。

北京，今天的北京，已经具有世界大都市的许多特点和条件，这让许多国人深感骄傲。曾经被世界上许多媒体大书特书的“奥运微笑”，也在一定程度上提升了北京的文明和知名度。

如今，第三产业，也就是服务行业，已经构成国民经济的重要组成部分，并且在国民经济总产值中占有的比重越来越大。照理，服务应该受到更大的重视、更多的研究和更广泛的关注，服务的质量和内涵也应不断有明显的改进和提高。

但是，我要斗胆地说一句很不客气的个人看法：在特别强调发展第三产业的今天，北京基本上没有规范、像样的服务，包括那些完全属于服务行业的部门和单位。无论是商业服务还是文化服务，无论是餐饮服务还是公交服务，无论是物质服务还是精神服务，无论是政府服务还是民营服务，都非常不到位。在人民大会堂，在钓鱼台，在五星级酒店，在大型商场，在金融机关，在政府的服务部门，用一般的标准去观察、衡量，不符合服务原则和要求的问题比比皆是，随处可见，且见怪不怪，司空见惯。我还到过我国的绝大多数省会城市和其他大城市，看到的服务情况和水平也基本差不多，也就是说，都存在着诸多问题，不尽如人意。

既然看重服务在国民经济发展中的重要作用，那就应该下大决心全面提高它的质量，这是非常浅显的道理。然而，多年不变的状况使人感到，服务质量问题至今并没有得到有关系统、部门应有的关注。

服务是多方位的。服务是伴随其部门任务而形成的工作内容，包括技术、表达、时间、程度等多方面的内容。服务不仅仅是掌握某个行业待客的基本技巧，更应该要学会并理解该行业的历史、特色、内涵等全方位的内容及其相互关系。每一个服务人员都应该懂技术，懂文明，懂礼貌，懂其所承担工作的各种精神要素。每一行都会有自己的绝技，但绝技只是可以并应该提倡的熟练、高超的技术，不能代替全部服务，也不能用之来遮掩服务中的不足和瑕疵。

服务是一种科学。现在，各方面都在提倡和强调科学发展观，这是非常必要和及时的。服务也是一种科学，而且需要用科学发展观不断去推动和促进。各种不同行业的服务，都有其自身的科学性，都有其方式和内涵，并非只是把事情办了，把饭菜摆放到桌上，将客人载送到目的地那样简单。以就餐为例：餐具的摆放，冷热菜的配送，酒水的增添，都应有严格的讲究，应该有按照科学、文明、美食和传统相结合的服务程式，让就餐者享受到文明和美食的快乐，而不能将冷热菜品一股脑儿地同时摆放到桌上就算完成了服务，因为严格地说，那样做仅仅是完成了一个商业手段。

服务不需要低三下四。服务单位应该按照其性质为其客人提供相应、必要、周到的服务，这是古今中外的约定，当然也是社会和经济发展的方式。服务需要有诚意，要让对象有愉快的感觉，但其服务人员与被服务者之间存在的是一种平等的关系。低三下四不是服务的本身要求，只是服务单位为追求商业目的而采用的一种招揽、取悦被服务者的方式，不应该在正常的服务中使用。下跪式服务不是现代人类文明特别是社会主义文明中应有的形式，会让服务对象的主体感到不舒服，甚至恶心，绝对不应使用，更不能普及。

服务排斥不文明。服务应该有较高的素质和文化素养，不文明的举止不仅不能被允许，而且应该受到正常服务的排斥和抵制。曾经出现过的用裸体女性作为菜台冒充服务内容受到广泛的抵制和批评，说明人们不欢迎不文明的服务。因此，在强调改进服务、提高服务质量的时候，务必以文明为先，以真诚为要。

注重外表和内涵并重的培养和训练。不少服务行业和单位都有培养和训练人员的做法，但基本上都还仅仅是技术性的，很少有服务人员懂得基本技术以外的服务要求，更不知道他所做的服务工作与其行业之间的内在关联。只知其表，不知其内，这是许多服务不到位的关键所在。培训，要将商业和文明相结合，要将“外”和“内”相结合，要将“貌”和“神”相结合，才能培养出符合要求的服务人员。只注重商业，只注重“形式”，只注重“表象”，是难以培训出好的、合格的服务人员的。实际上，有了文明，有了“内”，有了“神”，商业目的才能更好实现，“外”和“貌”才能得心应手。

提倡“及时、到位、准确、传神”的服务。根据我的观察和了解，每一种服务都讲究及时、到位，讲究准确、无误，讲究意境、传神，只是在实际中做得很不够。其实，掌握这样一些服务基本功，达到每一种事务的理想境界，并非是什么难事，只要稍加注意，稍加培养，稍加提醒就能做到。所以，我认为，我们的有关部门，每一个服务单位，都应该提倡“及时、到位、准确、传神”的服务原则，并以此来要求、培养、考核所有服务人员。真的这样做了，我们的服务质量就一定会有大幅度的提高和改进，我们的城市建设也一定会更上一层楼，北京则将更具国际大都市的风采和魅力。

服务是历来就有的工作，但要提高其应有的水平却不容易，可能这也属于“积重难返”。从现实需要看，要建设符合社会主义制度的服务体系和标准，不仅各个服务部门和单位应该提高意识和认识，努力改进，还需要我们的研究单位进行科学、深入、实在、可行的研究，甚至需要立法机构通过立法来加以提倡、规范和保障。如果能从社会发展和经济发展的需要来考虑提高服务质量的必要性和紧迫性，并将这样的事情列入城市建设的当务之急去想、去做，则就更好了。

我希望，城市发展研究院能够将服务质量提高的问题也纳入其议事日程和研究内容，并在倡导、普及、监督等方面起到中流砥柱的中坚作用。

（2010年3月写于北京）

关于“专家”的杂议和呼吁

我对专家历来怀有真诚的崇敬，而且从开始上学时就梦想能够成为某个方面的专家。

在我们国家，当然世界上的其他国家也一样，确确实实涌现过并且还在源源不断地出现大量的专家，为各自国家的发展作着重大的贡献。各类专家也以他们的成就、学识、经验赢得了广泛的敬重和信任。我向他们表示我的敬意。

但是，从一段时间以来，我对“专家”这个词语的使用产生了很多的怀疑，感觉到“专家”一词大大被亵渎、被贬低和被庸俗化了。在社会上，甚至在学术部门，“专家”常常被用作骗人的幌子或者花招，这不能不引起各方应有的关注。

有些厂家或媒体，为了商业利益，利用人们对专家的信任和崇敬，利用专家的名义，或者以虚假的“专家”肯定或推荐他们的某些产品、评论，欺骗使用者和听众读者，误导市场，误导舆论。被识破后，既损害了专家的名誉，到头来也让自己身败名裂。

有些专家为了学术争端的需要，对于一些尚在研究或考察中的课题，随意发表未经证实的结论，还以“专家”的论证自诩，随意胡吹乱擂，让人误以为真实、可靠，结果却远非如此，也让人感到专家的被贬低，使专家的光辉越来越淡化。有些专家将一己之见当做传世经典，硬要别人信服，结果形成围绕同一个人或同一件事情，却会有多种全然不同甚至截然相悖的劝告或要求服从的“专家意见”，导致别人无所适从，不知信谁。有的全国知名大医院的主任级医师充当昂贵进口产品的“推销员”，甚至以不用某某牌子的产品就不亲自做手术相威胁，迫使病人就范。这类情况的反复出现，同样让人自然对“专家”产生不信任感，甚至反感。

有些专家和名人，为了一些蝇头小利出卖自己，把未经证实有效，甚至明知无效或无用的东西追捧成圣品，在骗人一时后被告上法庭。他们毁了自己，也毁坏了专家的整体声誉。

面对种种有损专家威望、颜面和声誉的社会举止，作为社会的普通一员，我真诚希望和呼吁，专家们要以自己的行动，保住“专家”的相对纯洁性，不要为自己和后代专家制造麻烦。试想，如果大多数人对专家失去了信任感，那么专家还能起到多大作用呢？他们还能有号召力吗？谨慎一点，谦虚一点，用事实和成功说话，使人们真诚信服，这才是真的科学态度，才能被人们看做真的专家，得到人们的尊敬和爱戴。现在大家都在强调科学发展观，对待科学，对待专家，也应该讲究科学，讲究真实。同时，我也希望厂家、媒体，不要为了推销自己的产品、结论，假借“专家”的名义妄做宣传。在世界上，损人多半利不了己，到头来只能是“搬起石头砸自己的脚”，并且害了自己的子孙后代。

我相信，企图以“专家”名义行骗的人事后自己也会汗颜，也会后悔，因为一时的沾沾自喜得来的只能是无穷的后患。

为了科学，为了事业，为了人类的未来，让我们行动起来，拨乱反正，使“专家”一词的使用回归到正常的意义上去！

我知道，我的呼吁非常微弱、苍白，也难以起到什么作用，权作一个普通百姓的表白吧。

（2010年3月7日写于北京）

“责任媒体”应该大力提倡和加强

近来看到一连串关于加强“责任媒体”的报道，还有些关于召开强化“责任媒体”论坛的消息，感到非常欣慰。作为一个曾经做过新闻记者和书刊出版社社长的人，我很想就此发表一点个人的看法。

从上初中开始，也就是新中国刚刚诞生的20世纪50年代初，我就逐渐养成了阅读报刊的习惯，并对报刊上的消息深信不疑，认为它们说的都是事实，都是真话。后来开始工作，担负的责任越来越大，对报刊更产生了一定的依赖性，每天都必定要仔细阅读报刊。在国外工作的十数年间，则千方百计地寻找中国的电台，以及后来的电视，以期及时听到、看到、找到来自祖国的消息、评论，作为对外开展工作的依据，增强工作的信心。在那个年代，如果有人说中国报刊特别是中央级别媒体的坏话，我会立即与之理论，有时还会同对方争得面红耳赤。未曾想，后来发生的许多事情让我逐渐陷入了尴尬之地，因为有些媒体，包括某些重要的文字和音像新闻媒介报出虚假消息，做出很不负责任的评论。开始时只是有点儿怀疑、迷茫，后来出现的不真实消息和报道越来越多，让我从不解到气愤，进而到对一些媒体失去信任和信心。与周围的同志谈起这样的事情，得到的确实也都是同样的感觉，不由得产生出阵阵悲哀和隐痛。

媒体是喉舌，是工具，是舆论的集中体现，代表的是方向，教人的是思想和方法。它对社会的发展起着引导、监督、推动的作用。但是，如果掌握不好，它也会破坏、涣散、麻痹社会的健康神经，让社会倒退。媒体肩负的责任是重大的，影响是深远的，这应该是所有从事媒体工作的人的基本共识。从开始办黑板报、壁报时起，我就是这样看待报刊的，也这样要求我的同伴。

自己当了记者和出版社负责人后，则更是事事求真，从不马虎。

然而，这些年来发生的许多事情却让我不得不认为，如今的媒体已不再让人可以轻易相信，更难以让人把它当做真理的化身和代言人。看到或听到一条消息，往往首先需要自己揣度一下它的可信度。即便如此，有时还是不免上当，被虚假的东西所蒙蔽。的确，一些媒体为了追求金钱和私利，明目张胆地违背党和政府的政策、法规，违背媒体的道德、操守，编造和传播虚假消息，大肆宣扬国家明令不能传播的广告，将一些明明是不正确的小道消息当做准确的事实去误导民众。更有甚者，有些媒体，或者已成为公众人物的某些记者、主持人，利用自己的身份和影响，在未经调查和核实的情况下，为一些社会骗子充当推介人，助纣为虐，为虎作伥，坑害群众。还有一些媒体工作者以媒体为手段，威胁、逼迫被报道者拿出钱财，使媒体严重变色变形。出现的错误被人揭露以后，不是大胆地更正，公开地改过，而是遮遮掩掩，甚至继续说谎、狡辩。诚然，报刊需要活泼，需要引人入胜，但无论如何都要实事求是。曾几何时，打假要打到媒体的头上！这样一些丑事连续发生的结果，只能是让媒体失去对象和影响力，相关的人被人唾骂，被人深恶痛绝。还有一个直接的反应就是报刊发行量的大幅下滑，因为人们难以相信它了，订阅报刊还有何用！

“负起历史的责任”，不让媒体被金钱和倒行逆施的权势左右，恐怕应该是今天的媒体必须面对的课题。作为曾经是媒体一员的我，说出这样的话感到有点儿惭愧，因为本来就是媒体的一个最基本的信条和准则却遭到践踏，遭到背弃。不过，当我看到关于媒体自己在组织“责任媒体论坛”的消息时，我又感到了些许宽慰，因为这说明媒体已经意识到了问题的严重性和解决它的刻不容缓。当然，是否能从根本上解决问题，还给媒体以本来的品质和面目，还得用一句老话：需要拭目以待。

“做对得起历史的新闻工作者”，这曾是我过去从办黑板报到当社长时给自己提出的要求和口号，如今则想把它送给还在工作的和未来的媒体同事，作为提醒，因为我认为这个并非是我发明的要求或者标准是正确的，也是必须去实践和做到的。如果每个媒体工作者都做到了对得起历史，媒体的责任就能得到充分的体现和发挥，媒体的对象也就能得到应有的享受，媒体的本来品格和应有的被信任度也自然就会回归。

媒体自己提倡“责任”当然是好事，且带有从“根”治起的性质，应该为之鼓掌、鼓气。但是，媒体的主管部门、社会舆论是不是也要负起一定的“责任”呢？我看不仅应该，而且必不可少。媒体公信度的大幅下降，其主管部门有监督不严之嫌。媒体承认尽责不够，则应在一定程度上归功于社会舆论的不断提醒和批评。如今要使媒体的公信度回归，则需要所有方面，无论是有过的还是有功的，共同去不懈努力。舍此，媒体公信度的回归还只能是一句空话。

作为媒体的一个老对象，也作为媒体的曾经一员，我期待着“责任媒体”的不断被强化，并希望事实能让我对媒体公信力的回归和提升越来越充满信心。坦率地说，目前虽然有些欣慰感，但信心还不是很足。

“你算老几？敢说这样的话！”我的家人问我。的确，我算不上老几。但作为一个普通公民，在一个有着言论自由的国度里，说几句简单、明了的心里话，还是被允许的，何况我说的应该属于好话之列。至于我说的话能否被人听到，能否起到什么作用，我就不得而知了。这是我的自我辩白。

（2010年国庆前夕写于和谐雅园）

大力拓展公共外交　共同提升国家形象

——写给北京外国语大学“公共外交国际论坛”

这两年来，“公共外交”被广泛提及，成为非常时尚的一个新名词。同时，我国一些相关的政府部门相继成立了与公共外交有关的专门办事机构，旨在推进公共外交的深入发展。我认为此事非同小可，具有特殊且重大的现实和社会意义。当然，它的历史作用也将非常深远。

所谓“公共外交”，其实并非是新生事物。在许多国家，公共外交早已存在，并且受到广泛的重视。公共外交所包含的内容，各国对它的理解，却有所不同，各方参与的程度也都很不一样。但是，有一点可以肯定，就是各国对于它的重视程度都在明显提高，它所显示出的生命力也愈来愈强大，愈来愈鲜活。

外交早有其历史，起到的重要作用自不需多言。外交的方式很多，现在常被提到的“元首外交”、“政府外交”、“政党外交”，还有“奥运外交”、“世博外交”以及“乒乓外交”、“熊猫外交”，等等，只不过是外交中常见形式中的一部分。无疑，随着我国外交工作的不断推进，尤其是公共外交的深化和与时俱进，外交的形式和内涵都将时时会有适合时代要求的创新和变革。

人们常常认为外交很神秘。其实，在我看来，外交并非是只有少数人才能参与的神秘事情。“外交”，顾名思义，是一个国家在国际上参与的双边的或者多边的活动，是为国家利益与其他国家开展的工作。在强调相互依存的当今世界，外交越来越被重视，范围也越来越广。外交要做的事情，就其实质而言，与国内的部门之间、地方之间、单位之间的工作内容和方式都大体类似，只不过工作的对象是外国政府及其人员而已。当然，由于涉及对外，代表的是国家，体现的是主权，外交中所要求的政策、方式、礼仪、用词等，需要更加注意掌握准确性和尺度，因为它处处体现的是一个国家和人民的尊严和权益。

“公共外交”，应该指的是大家参与的、带有社会性质的外交。也就是说，全体公民都可以通过自身的行动为国家的利益去做一些力所能及的对外工作，例如正确地宣传国家的政策，实事求是地介绍国家的现实，努力帮助国家提高形象和威望。应该说，只要大家都有一颗热爱国家的心，把国家的主权、利益和声誉放在前面，这样的事情是每个人都完全可以参加并做到的。另外，在世界高度相互依存和传媒如此发达的今天，每个国家发生的重大和群体性事件都具有“涉外”性质，很快会在全世界范围内传播并被广泛地评论。如果当事人员能从“公共外交”的角度考虑和处理相关事件，其结果必定会对国家有益，对创造和谐世界有益。好事如此，不好的事情也如此。这就是说：身在国内，影响世界，以另一种形式参与了公共外交。

从不准与外国人随便说话到允许、鼓励公民参与外交，是中国社会发展的一大飞跃。中国在历史上长期闭关锁国，也就是说与其他国家很少“自主地”往来，与世隔绝。从传统舆论上讲，与外国人的交往也常被看成是与这个社会格格不入的怪事。在上个世纪的一段时间里，同外国人的任何接触，都可能被扣上“里通外国”的帽子。学外语的人同外国人聊天，甚至外交部的干部与外国人的个别会面，都曾经成为被某些部门调查的缘由。类似的事例并不鲜见，在许多地方都曾经真切地发生过。中国实行改革开放政策以来，情况出现了根本的变化。人们不再为同外国人见面、接触甚至往来而担心遇到麻烦。但是，被号召和鼓励参与外交，可能还是许多公民意料之外的事情。作为社会发展的一个大飞跃，让大家参与外交，无疑会使人们的精神受到极大的振奋，也使国家和社会的进步领受到新的、强大的推动力。

在我国，“公共外交”还是个新事物。虽然它从一开始就受到了高度重视，有了一个良好的开端，但它也会与任何其他的新生事物一样，需要有自己的发展进程。从政府角度上讲，还需要有保障公共外交顺利前进和深入开展的措施和环境。向广大公民宣传和强化参与外交的意识，鼓励大家以口头的和形象的方式积极参加到公共外交的行列中，为提升国家的形象和威望多做有益的事情，应该是当前首先要做的事情。同时，还应该研究如何引领公众认识和理解参与公共外交的意义，扩大公民参与公共外交的范围、形式和内容，防止一些不健康的想法和做法，以使这项具有重大社会意义的全国性举措拥有一条正确的道路。从公众而言，则需要逐步改变传统、观念和意识，把能够参与国家的公共外交作为自己义不容辞的责任和义务。这两方面中的任何一个方面，都不能一蹴而就，需要政府、团体和全社会共同作出长期、艰苦、不懈的努力。

我们要开展并扩大公共外交，还有两方面的事情必须要做。一是我国的外交人员应该更积极地参与驻在国的公共外交，主动争取在尽可能大的范围里去宣传自己，了解别人；二是以更加开放和诚恳的态度欢迎外国人参与我国的公共外交，让世界更直接、更好地了解和认识我们。尽管这两方面的事情将会极大地增加我们工作的难度和复杂性，但却是必不可少的。

公共外交是对全民进行爱国主义教育的过程，是提高公民整体素质的过程，是建立和谐社会和世界的过程，是共同提升国家形象的过程，需要公众一起来做。作为以培养外交人才为己任的高等学府和以外交为终身职业的人，应该责无旁贷地将此项事业纳入计划和日程。

特别强调的是，在拓展公共外交的事业中，作为“外交官摇篮”的我的母校北京外国语大学不仅会更有用武之地，继续发挥其所长和优势，巩固难以替代的地位和作用，而且会拥有更加广阔的跃升前景，为国家的外交事业作出更多、更大的贡献。我相信，北外会面对新的形势和要求，在课程设置、教学内容、对老师和学生的要求等方面，有新的格局、新的创新、新的内涵和新的面貌，也一定会创建出新的、更为辉煌的成就。

（2010年8月写于北京）

穿过的衣物也能参加"公共外交"

我有一件绣花衬衣，是国产的，类似于菲律宾、印度尼西亚等东南亚国家人们喜欢穿的那种，是我于20世纪80年代初时在巴拿马科隆自由贸易区买的中国出口产品。没有想到的是，这件跟随我将近30年、辗转过几个大洲、已经被淘汰又被讨要回来的衬衣却参加了"公共外交"，并且起到了一种特殊的作用。

类似的衬衣在我们国内并不很流行，但据说由于它美观大方、实用舒服，颜色和款式又多，选择余地较大，故而很受亚洲一些热带国家人们的喜爱，常被人们当做礼服使用。

其实，对于这类衬衣的喜爱和穿着传统，在北美洲的墨西哥、中美洲和加勒比各国，以及南美洲的哥伦比亚、委内瑞拉、厄瓜多尔等国也早有存在，并被普遍穿用。在墨西哥和中南美洲、加勒比的讲西班牙语国家，人们称这类衬衣为"瓜亚维拉"。据报载，20世纪70年代，墨西哥的在位总统埃切维利亚曾专门在国内号召并提倡人们以这类衬衣为普通礼服，他本人也经常穿着"瓜亚维拉"出席各类内外国事活动。我在古巴工作期间，该国外交部礼宾司长特别向我介绍说，由于古巴一年四季都比较炎热，加之在多年被封锁的情况下物资供应比较困难，"瓜亚维拉”，特别是白色长袖的那一种，被确定为常用礼服，有着与正式西服相同的地位，可以穿着参加正式宴会和礼仪活动。这些事例可以证明绣花衬衣在这些国家受到的重视程度。

我说这些的主要目的还不是想介绍“瓜亚维拉”的存在和一般使用，而是想把我的那件绣花衬衣参加“公共外交”的由来和经过告诉给各位，意在说明我们国家目前在提倡的“公共外交”并非是一件可望而不可即的事情。

我曾经在巴拿马、尼加拉瓜、古巴等热带国家常驻，总共约10年时间。由于这些国家常年炎热，绣花衬衣特别是古巴产的那种条纹式的长、短袖衬衣，是我经常用作外出的服饰，退休后也常在夏天穿着。2009年夏季的一天，我穿了一件从古巴带回来的“瓜亚维拉”去参加古巴驻华使馆举办的大型活动。有位古巴朋友大大赞扬了我一番，并告诉我：在古巴的中南部省份圣皮里图斯兴办了一座“瓜亚维拉”专题博物馆，收集并展出古巴以及世界其他国家出产的各色绣花衬衣。这个消息使我想起，我1993年至1995年在哈瓦那工作期间曾多次穿着“瓜亚维拉”出席各种活动，其中包括与卡斯特罗主席等古巴党和国家领导人的晤面。也许我能对这个博物馆作点贡献。如果我能够找到一张身着中国产的绣花衬衣与古巴领导人在一起的照片，谁又能说中古之间的友谊不是多方面、多层次的呢？同时，由于几天前刚刚参加了一个有关公共外交内容、方式和重要性的内部会议，我想这件事也许可以与公共外交联系到一起。翻找我在古巴的各种工作照片，果然找到了一张我着“瓜亚维拉”与卡氏三兄弟的合影，而且正是中国产的那一件。我马上把前几天刚处理掉的衣服索要了回来，非常高兴地给博物馆馆长写了一封信，说明了情况并附上了那张合影照，请古巴朋友连同那件洗熨干净的旧衬衣一并捎给了博物馆馆长。这件事不仅表达我这个曾经在古巴工作过的中国人对古巴的尊敬和友善，也能体现中国人民始终在关注着古巴，愿意为兄弟的古巴人民做些力所能及的事情。

令我十分高兴的是，我的衬衣、照片和信能够被送到圣皮里图斯的“瓜亚维拉博物馆”，馆长还在百忙中给我回了信，向我表示感谢，并附来当地媒体关于我向博物馆赠送瓜亚维拉的一则报道。古巴媒体赞扬了我对古巴人民的友好举动，认为我的捐赠充分体现了一个东方人对古巴人民的传统、梦想、喜好的理解和对大方、便捷的寻求。

“瓜亚维拉博物馆”馆长还向我通报说，他们已经征集到委内瑞拉总统查韦斯以及阿斯图里阿斯、纳达尔等七八位国际名人穿用过的绣花衬衣。我不想也不应该与那些国际要人或名人相提并论，但我敢肯定，我有一点是他们任何人都不会有的，那就是我穿着中国产的“瓜亚维拉”与卡氏三兄弟同时在一起的机遇。因为据说，出于保障领导人安全的考虑，在对外交往中卡氏三兄弟同时出现，只有在中国驻古使馆才有过，这体现的是古巴对中国或其使节的特殊信任和特别的友好感情。我对此深感骄傲。

（2010年6月20日写于和谐雅园）

教会孩子感恩

这些年来，不断听到来自不同方面的感叹和议论：现在的孩子怎么不知道感恩！如果认真观察，可以发现这确实是个比较严重的社会问题。

何谓感恩？就是在受到别人的恩惠后表示感谢，想方设法给予回报。就这么简单。

当然，不是所有的孩子都如此。但是，不少孩子，还包括相当比例的年轻人，真的不知道在得到别人的帮助后应该表示感谢，不懂得别人的辛苦。也就是说，不少孩子对于别人为他做的好事无动于衷，他认为他的享受天经地义。说得严重一点，这种状况的普遍存在，反映出的是道德的缺失，是传统文明的被丢弃。

感恩，历来是中华文明和世界文明的重要组成部分，受到非常广泛的重视。美国的感恩节虽然从开始时只具备局部性和宗教性，但如今已经演变成为全国性的节日。变成全国性节日后，尽管它的宗教性仍无改变，却已包含家庭和社会意义，让整个社会有了感恩的意识，有利于人与人之间相互和谐关系的建立和发展。所以，它的含义应该普及。

在我国，有关感恩的成语、谚语甚多，形象、深刻地体现我国道德文明的厚重和深入人心，诸如“恩重如山”、“感恩戴德”、“恩深义重”、“恩同再造”、“知恩图报”，以及“滴水之恩，当涌泉相报”，“食人一粒米，当还一担粮”等，都是在提醒人们应当感恩。

和谐家庭需要感恩，和谐社会更需要感恩。让感恩普遍化、社会化，是应该做到的，也是可以做到的。

不知感恩的人困难多，会使自己寸步难行，也难有大的作为。人生活在社会里，必然有人际关系，包括家庭成员之间的人际关系。人际关系所产生的效应就是人对人的帮助，从而形成别人的恩惠，包括父母的养育之恩、教育培养之恩和同学、同事的帮助之恩，国家和社会给我们的立足和发展之恩。承认这样的恩惠，感谢别人的帮助，就是感恩。相反，如果认为别人的帮助都是应该的，那么，久而久之，就会被别人慢慢疏远，成为孤家寡人。“在家靠父母，出外靠朋友”，道理和哲理都很深邃。一个人没有了朋友，学业和事业的境况就可想而知了。另外，我还觉得，恩惠并不是只有大人给孩子，上级给下级；孩子有可能给大人以恩惠，下级也能带给上级以恩惠；大人和孩子之间，长辈和晚辈之间，上级和下级之间，同样应该相互感恩。有时候，在别人提出可以帮忙而自己并无需要时，也要对对方的好意表示感谢，并应明确、友好地告诉对方不必了。这虽属另一层意思，但同样应被列入感恩的范畴。

如今的社会虽然有诸多让人不甚满意的方方面面，但总体是好的，而且在不断进步。在我们与社会之间，应该也有个感恩的问题，或者说我们如何更好地回报、服务于社会的问题。但是，这个命题比较大，也比较复杂，我不想在这里一并议论。

孩子不懂得感恩，是由多方面的原因造成的，但主要不在孩子本身。如果要说主要原因的话，我认为，这个原因首先在于家庭。“子不教，父之过”，古训还是有其道理的。现在的家庭多只有一个孩子，家长生怕亏欠孩子，尽量想让孩子无忧无虑，一切处于优越状态，因而极少提醒和要求孩子感恩，故而使一些孩子自小就缺少这样的意识和举止，自然就逐渐形成了思维里的一种缺失，形成了社会文明中的一种缺失。其实，学会感恩并不难。只要我们家长们对感恩的重要性和必要性有明确的认识和经常有表示感恩的意识，并在日常生活中坚持感恩的行为，同时提醒和引导孩子也这样做，孩子完全能够从小就形成感恩的意识，养成感恩的习惯，感恩就会蔚然成风。以家庭为主，幼儿园和学校及社会各界等多方齐动员，共同有意识地抓紧并认真抓好对孩子的感恩教育，还为时不晚。

感恩的方式很多，无外乎是“声感”和“身感”，即言辞和行动两类。或者更明确地讲，就是说和做。对别人的帮助和给予由衷地说声“谢谢”，并把它铭记在心；主动做些力所能及的事情，回报受到的帮助，或者推而广之地去帮助其他人，都是感恩，并不难做到。从家庭意义上说，人们常说的“忠”和“孝”，就包含在感恩范围内，因为"忠"就是为国家和社会尽力，"孝"就是尊老教幼，是感恩的具体化。能够真正地做到"忠"和"孝"，就真正地做到了感恩，也会懂得感恩的内涵和真谛。

当然，无论是我们自己，还是教育孩子，都要强调恩不图报的思想。就是说，帮助别人做点事，无论是大事小事，目的不在于希冀别人的报偿，而在于助人为乐。看到别人有困难，主动伸出手去，帮助一下。别人感恩了，属正常社会风气，大家共同欢乐，以"不必客气"告终；别人没有感恩，也不要介意，更不要耿耿于怀。在我们现在这个社会，有恩图报的思想似乎太过沉重，否则腐败现象也不至于如此弥漫。

我们家是个和睦的家庭，处处笼罩有感恩的气氛，也随处可见恩不图报的景象。我对父母如此，孩子们对我如此，因为我们都知道，彼此间的恩惠很多、很大，应该给对方以回报和弥补；但同时也知道，不应该要别人的报答。我关于感恩两个方面的认识和理解，主要都是从家庭里得来的。诚然，在社会上也经常从旁受益。比如，除在国内，我在许多国家行走中都目睹过他国家长对孩子的感恩教育，颇有些感触和感慨。

感恩是文明传统，是家庭里的传家宝，但需要不断注入新内容，不断采用新方法。有一句老话新说，叫"与时俱进"，用在感恩教育上也很适宜，因为现在教育孩子学会感恩，从内容和方式都会与传统难有一致，需要随着社会的发展与进步不断进行关注和研究。但是，我始终觉得，有一点是永远不会变的，那就是教育者本人的示范。

（2009年重阳节写于和谐雅园）

“只准赢，不准输”的死命令是一种领导霸权

一段时间以来，在一些体育比赛以前常听到某些领导的训言：只准赢，不准输。听了以后总感到毛骨悚然，甚至全身起鸡皮疙瘩。

有要求，有希望，是好事，是必要的。在每做一件事情前，领导对下属进行动员，争取好的成绩和成效，也是应该有的态度和做法。但不顾一切地下死命令，会让人生畏，会让人心理出现逆反，其结果往往只会适得其反。

死命令违背逻辑。世界上没有想打败仗的将军，“胜败乃兵家常事”，打仗（比赛也如同打仗）的胜负取决于多种因素，并非只靠意愿和决心。战事的失利，多数情况下并非是失败方的将士不努力，也不是他们没有取胜的愿望和决心，往往是由于客观原因造成的，诸如对手过于强大，自身水平和能力的限制，加之天时、地利、人和方面的因素，等等。以弱胜强的例子虽然也是有的，但靠的多不是上级的死命令。远的不说，在中国共产党领导的革命战争和抗美援朝战争中，我们再英明的将领也有过失败的战例。抗战中平型关大捷震惊世界，意义无与伦比，但战前没有任何领导人下过“只准赢”的死命令。对于胜负，应该有一个正常、合理的态度。当然，不能轻易言败，更不应该未战先降。

死命令不合情理。当前，中国的任何运动项目都无必胜的把握，教练员的水平也亟待提高，运动场上又会有各种千变万化、难以想象和预料的情况。面对这样的现实，下“只准赢，不准输”的命令，等于把运动员、教练员逼上绝路。“怕输”，可能会成为运动员的一种无形负担，一种精神枷锁，让他们心态不稳，头脑不清，导致事与愿违。得到“只准赢”命令的运动队失败的事

例绝不是个别的，有时还是强队输给弱队。就是水平绝对高的队伍，也有失手的时候。美国篮球的“梦之队”，应该是当今世界上的篮球巅峰，但不是有时也会输给别的球队吗！“欲速者，则不达”，道理即如此。

死命令是霸权思维。领导人下达必胜的命令也许出于好意，是为了给国家、给本单位争取荣誉，是为了给运动员、教练员鼓劲，但实际上反映的是对下属的霸权思维，是本人不顾实际的功利主义表现。想办法让运动员在平和的心态下发挥全部聪明才智，以保障正常乃至超水平地施展技能，争取战胜各种不利因素以期取得最好的成绩，是领导者应该有的思想、心态和方略，无可厚非。但如果仅为了领导者个人的脸面或者“业绩”，不考虑对手的水平，不顾场地环境，采取绝对的做法，下一道死的命令，那就是一种无视客观和现实的盲目做法。在任何时候，对待任何事情，绝对化都是于事无补的。

我当过国家公务员，而且属于人称的所谓“高级”范围，我还当过记者，当过出版商。这些经历，让我对上下级的关系问题有一点自己的体会。当然，给下级布置任务，指挥和监督下级完成任务，没有一个必须见输赢的问题，完成得好坏只是程度上的差异，不会产生“胜者王侯败者寇”的感觉。但是，比赛和完成工作任务两者事理相通，基本道理还是应该一致的。从我个人的认识上说，做一个好的领导者，尽管各人的风格不一样，但争取在事业中取得成功，应该做到以下几个基本点：

1.帮助下属分析、研究情况，知己知彼，作好准备。“预则立，不预则废”。如果把做工作当成打仗，当成比赛，那么，在每项工作任务，特别是较为重大的任务之前，领导者应该与执行人一起对任务进行认真、细致、周详的分析，不仅做到知己知彼，还要有分阶段、分步骤的具体安排和对策，确保有顺利完成的基础。

对下属做切合实际的鼓动和鼓励，长他们的志气。“气可鼓，不可泄”。鼓动和鼓励，也就是鼓劲和鼓气，是必需要做的，要使下级热气高昂，放下所有包袱和杂念，全身心地投入到任务的完成中去。任何让他们徒增心理负担和压力的做法都是要不得的。

2.理解、体贴下属的困难，不要盛气凌人。创造团体里的团结气氛，使得每个成员都有主人的感觉，都有和谐一体的感觉，尽可能地把自己的力量放到整体里去，是取得胜利不可缺少的因素。任务完成前，要帮助下属预计可能会遇到的困难，并帮助他们找到对付困难的方法；任务完成后，则要同他们一起寻找取胜或失败的经验、教训，总结原因，并使他们心服口服。

3.仗打败了，比赛输了，领导者不能只是以冷脸子相对，不能只是一味地批评和责骂。责骂形成的不可能是正确的压力，只能造成下属泄气，为以后的再败埋下祸根。我还以为，面对失败，领导者自己更应该带头查找原因，总结教训，承担责任，以分散下属的压力。平和、正常的表态，合理、亲切的关心，必然会有助水平的提高和经验的成熟，以后的胜率自然也会增大。

这是我从工作中得来的认识和体会。井底之蛙，难以看到广阔的天；一孔之见，无法避免偏执之嫌。在“百家争鸣”中，如果我的个人所见能被算作一家之言，我就感到由衷的高兴了。

还想附带说两句：一是观众也应该正确看待我国的各项运动，看待各种国内和国际的比赛。给他们以鼓励，以体谅，即便是对水平稍强的项目，如乒乓、女排、羽毛球等，也宜如此。该赢的输了，当然要批评，但也不能只是骂人，不能采用一棍子打死的做法，而是要以关心、帮助、建议的理性行为给他们以创造佳绩的机会。看到自己喜爱或支持的球队输了，就不分青红皂白地狂呼“教练员下课”，或者大打出手，显然只能被看做是缺少理性的表现，因为很多内在的原因你并不一定了解；二是媒体的记者们掌握的是社会和舆论导向，更应该实事求是地报道和分析比赛，不要用一种中国运动员不应该输也不能输的笔触和心态去对社会上的不正常想法推波助澜，而应该用客观、公正的态度对待赛事，引导社会，引导舆论，为中国的各项运动营造自然、健康的心理和社会环境。

（2010年8月写在中国队参加澳门、香港站世界女排大奖赛的日子里）

恶搞古典文学是一种文化堕落

不知从什么时候开始，社会上出现了一种恶搞古典文学作品的奇怪现象:使用古典文学原著的名字，但将古典名著的原意歪曲得不成样子，还添加进许多不堪入目的场景和镜头，让人啼笑皆非，恶心难受。更有甚者，这种令正常人产生呕吐感的怪胎还得以蔓延，渐渐成为一种风气，一种“时尚”，进而被某些商业奴隶的文字、声音和视觉媒体所推崇，变成了它们手中的“摇钱树”，用来欺骗读者和公众，误导年轻人和儿童。此类事情一出后，立即遭到公众的迎头痛击，但却并未马上消失。

在我国历史上，特别是在文学史上，有一批文化瑰宝，被广泛视为优秀的、典范性的文学作品，其中包括《三国演义》《西游记》《水浒传》《红楼梦》等。这些古典文学作品的思想性、文学性、艺术性都早已深入人心，受到世代人的真心爱戴。它们的存在，是不争的事实；它们的形象，已经融化在人们的心目中；

它们的影响，任何人都无法抹杀。用恶搞的方式来糟蹋它们，其最终结果只能是把恶搞者自己变成为一堆臭狗屎。他们想栽种的“摇钱树”也很快就会倒掉，被人所不齿。

对于各种文学作品，包括古典文学名著，人们有权按照自己的理解进行研究、评论、批评、引申。此类事情历代都有，成品或半成品成千上万，大家并不感到奇怪。反之，普遍认为对于文学的评论还远远不够，需要更多的提倡和鼓励。当然，无论是评论，还是引申，都只是一家之言，产生的只是启发和帮助他人理解和想象的作用。我相信，现代人，还有后人，都会继续做下去，相关管理和职能部门也会采取措施予以推动和促进，使文学批评不断得到健康的发展。

各类文学作品，古代的也好，现代的也好，凡是署名的，都犹如一片国土，作者拥有绝对的主权，他人不得随意侵犯。未经作者同意，对作品的任何改动、添加，都属于侵权行为，等于是冒犯了他国的主权，应该负法律责任。即便是作者早已作古，又无维护其权益的直系亲属存在，后人也不能肆意为之，而对之应有最起码的尊重。

古典文学并非不能被利用来创新，以推进现代文学和文化的发展。但是，要使用某篇古典文学的原名来演绎，就应该按照作品的原意来展开，而不能虚构情节，更不能断章取义，歪曲原意。否则，最好不要使用原名来进行炒作，更不能在原名下进行欺骗。我想讲的这层意思也包括用真人真名来宣传和演绎的新作品。以增加现代人的看点作为理由，对古典文学作品进行无中生有的胡编乱造，或为现代真人找一些让其家人都无法接受的情节，都是万万不可取的，因为这种做法无论如何都不能叫做创新，只能是歪曲、丑化。

我始终以为，按照现代人的思维和价值观有意歪曲古典文学，用商业目的将之庸俗化，是对古典文学的亵渎和犯罪。类似的糟蹋古典文学行为，是文化堕落的表现，理应受到批评和唾弃。

在历史上，文学也和其他学科一样，有自己的发展史和发展阶段，有时出现高潮，有时也呈现低潮。但是，人们总是在千方百计地推动它向更高的水平和层次递进。然而，不知是我孤陋寡闻，还是历史上本来就未曾出现过，我却从未发现在以往的朝代中有人故意糟蹋祖先优秀作品的记载，更未闻有过这样不健康风气的存在。所以，我认为，在我们生活的时代出现的用奇怪的方式演绎古典文学作品来为某些人的商业目的服务的现象，反映的是文化上的堕落，是对自己国家文化瑰宝的践踏。拿来主义行为简便，无须费多大精力，但属于智力低下的举止，是堕落的表现。虽然只是这个历史时代的普通人，我对此类做法仍有一种羞愧感。

我还认为，把古典文学庸俗化也是一种精神倒退。我们的时代在前进，在许多方面都大大地超过了以往的任何年代。但是，在生活条件非常优越的今天，有不少人的精神却在倒退。他们忘却了历史，忘却了传统，忘却了道德，忘却了文明，只想寻求经济利益，寻求一时的感官刺激。在这些人的眼里，只要能够赚钱，什么都可以出卖，连他们的父母和妻儿都被放在了赚钱的资本里，何况古典文学。对于这类人，绝不能让他们占据市场的一席之地。

类似的事情被群起攻之，说明它不得人心，说明多数人希望保护历史，保护国家的宝贵文学遗产，希望尊重他人的主权和权益。我用极为普通的话语和最为浅显的道理参与对此类文化堕落现象的讨论和批评，是想既为批评的意见增加绵薄之力，也诚望文化主管部门认真进行干预，不让这种歪风继续败坏我们对优良文化传统的传承和发展。我的声音太过轻微，可能不会被人听到，管事的人更不太可能予以注意，但我确信我表达的应该是大部分公众严肃、正义的呼声。

（2010年5月写于和谐雅园）

“二奶”大学生不应继续留在学校

最近，从媒体中看到关于“二奶”大学生是否应该被大学开除的争论。作为曾经上过大学的我，很想表达一点个人的看法。

概括而言，我的意见是，一经证实的“二奶”，应该毫不留情地马上予以开除，理由有三：

“二奶”是犯罪行为，不该予以保护。做别人的“二奶”，虽然本人不一定是重婚，但至少使另一方处于重婚状态，属于犯罪的范围，从法律上是不能被允许的。既然进入了这样的行列，大学当然不能容忍。

“二奶”有违社会伦理，本不应该受到保护。就社会伦理而言，“二奶”显然在破坏别人的家庭，制造了社会矛盾和不安因素，不利于和谐社会的建立和保持，有悖于大学教育的宗旨，大学也不应该容忍。

“二奶”属“三俗”（即庸俗、低俗、媚俗等社会恶劣现象）范围，必须予以打击。当今社会，还包括党政部门，面临的一大重要任务是反对腐败，树立正气。“二奶”、“三奶”和卖淫嫖娼等社会丑恶现象的出现，是腐败蔓延和忘却优良传统的派生物，是少数人对法律的挑战，应该予以打击。新近提倡和开展的“反对三俗”斗争，含有清除“二奶”以及嫖赌毒等方面的内容。大学容忍“二奶”的存在，是公然与“反对三俗”进行对抗，同样有悖于大学的宗旨和任务。

还有，大学是“塑造灵魂”的场所，培养出来的是应该具有高尚灵魂的人。很难想象，一个心甘情愿充当别人“二奶”的人，还有什么灵魂可言！出校后的价值又在哪里！

人人有受教育的权利，大学有为国家培养人才的责任。但是，一个学生成为别人的“二奶”，无论是何境遇，都等于是自暴自弃，是将自己置于正常权利之外，置于被培养的范围之外，失去了被保护的正当理由。对于她们，法律当然不能保护。另外，这类学生继续留校也是对学校风气和纪律的破坏，负面作用和效应不应该被低估。越早清除，所起的正面效果会越大、越好。

既然形成争论，当然就意味着有人对将“二奶”从大学除名持有不同意见，或者希望保留她们的学籍。有争论是好事。正确的道理在争论中会越来越清楚，越来越被更多的人所认识和理解。

在我看来，为“二奶”留校说情，至少是思维混乱的表现，是对法律和社会正义的挑战，也是对党和政府为反对腐败开展斗争的藐视。我这样说，讲的是简单的道理，不是在扣帽子，更不是在吓唬人。再说了，我也没有权力给别人扣帽子，扣了帽子也不会起任何作用。也许，说情者中还有另外一种人，或是“二奶族”本人，或是与“二奶”有千丝万缕联系者。我以为，对于这类人的意见，则以不予理会为好，因为正如鲁迅先生评论某些人时说过的那样，她（他）们中有许多人是“既想当婊子，又想立牌坊”，占尽所有便宜，就是不想要道德，不想要传统，不想要法律，不想要党纪。

拒绝“二奶”，提倡高尚，是大学的责任，是社会的责任，绝不是什么小事。面对“二奶”问题，学校要大胆，公众要正义，法律才能伸张，社会进步才有希望和保障。

我相信，有中央高层领导关于反对“三俗”的号召，有文化主管部门准备站在反对“三俗”斗争前列的许诺，有坚持大学教育宗旨和以“塑造灵魂”为目的的办学机构的正气，涉及“二奶”大学生的问题一定能够得到很好的解决，不会留有后患。

（2010年8月15日写于和谐雅园）

我的山东情结

——写给《山东外事》

日前，我随同外交部老干局组织的参观团到山东省的青岛、潍坊、泰安、曲阜、济南等地作过7天的旅行。这是我在不到一年时间里的第二次山东之行，因为去年6月底我也曾去过山东，所走的路线大体相同，只不过时间比这一次稍短。我对山东省怀有的特殊情愫和难解情结从解放战争时期就开始了。

1946年和1948年，还在幼年时代，我就曾随着解放战争后撤和前进的步伐，两次徒步穿越过山东，其中第一次还在胶东地区住过几个月，然后从石岛登船去了辽宁的营口。那时候年岁尚小，又是兵荒马乱的年代，只依稀地记得不到10岁那年，有一天在名叫大沙河的干涸河畔行走时，如果不是当地人的大声呼叫，茫然无知的我差一点就被上游突然奔涌而来的洪水卷走。1958年我从江苏赴北京上大学途中，曾利用在济南换车的几个小时空档去大名湖里划过船，领略了“半城山水半城湖”的秀丽风光。1984年，应社会科学院拉美研究所的邀请，我有幸参加在烟台举行的中国拉丁美洲学会的成立大会，还有机会参观了烟台周围的一些县市。1996年7月，为了纪念曾在世界知识出版社工作过的何思源先生诞辰100周年，我作为世知社的时任社长，曾冒着酷暑，从北京驱车途经河北南部和山东西北部地区，抵达鲁西的菏泽并在那里小住过几日。几个月以后，也就是同一年年底大雪纷飞的季节里，我又因工作关系到过威海、荣成等地，还在刘公岛缅怀过英烈，从"天尽头"远眺过渤海。此外，由于出生在江苏的淮阴，就读大学和工作在北京，山东是我探家旅行往返的必经之地。累计起来，40多年间乘坐火车经过山东的次数应超过30次，从空中飞越山东的次数更是多于陆地。

综上所述，我可以骄傲地说，积多年在山东各地留下的足迹和所见所闻，我虽然不是山东人，但应该算得上是山东从20世纪40年代到21世纪初日新月异、蒸蒸向上、一步一个脚印发展变化的见证人。

的确，山东的发展是快的，变化是大的，这使山东在国内外普享盛誉。姑且不说新中国成立前后的翻天覆地般的变迁，改革开放以来山东经济的快速跃升就让人目不暇接，惊叹不已。在这些丰功伟绩中，自然记载着山东省外办的重要、巨大的贡献。

我与山东的千丝万缕关联及由此产生的特殊情怀，让我不断关注着她的方方面面，也让我在工作中会情不自禁地想到她，愿为她做些力所能及的事情。不过，寸草春晖，我所做的和我从山东学到和取得的相比较，实在是太少了点。在我为山东提供信息、为山东与外部合作牵线和为山东的对外交往搭桥的过程中，与我接触最多的自然是各级外办的同志。从他们那里，我感受到了精诚爱国的情怀，感受到了执著奉献的精神。这一切都曾给过我敬佩之感，更给过我激励之力。如今我已退休，但仍念念不忘山东，念念不忘山东外办的诸多朋友。我诚望山东发展得更快、更好、更美，祝愿山东省和市、县外办的同志们为全省的发展及全国的外事事业作出更多、更大的贡献。

山东的变化和发展也生动地体现出党的政策之英明，之得人心。谨以这篇短文献给伟大、光荣、正确的中国共产党建党80周年。

（2001年“七一”前夕写于北京）

我的崇明之思

日前，应几位朋友的盛情之邀，我和夫人得以首次登上祖国的第三大岛——崇明岛，并在岛上愉快地度过了数日。在那几天里，我们不仅领略了岛上的美丽风景和风清、水洁、土净的自然特色，更通过同包括县镇领导、企业工商界友人以及普通百姓在内的各界人士简短、无拘束的交谈，领悟到了她的历史进程、发展现状和无限美好的未来。可以说，我们对崇明的过去感到欣慰，更对她的未来充满希望。此行不虚！

我是苏北淮阴人，我的夫人是浙江人。我们的家乡距离崇明都不算很远。但是，可能主要是由于交通不便的原因，我们都从未登上过这个久闻其名的宝岛。我们一直在寻找着可能的机会造访崇明，因此在接到朋友们的邀请电话后，我们怀着紧迫、激动的心情，于今年8月下旬的一天晚上从北京南下，径直奔向向往已久的崇明岛。

多谢朋友们的精心安排和亲切陪同，在短短的几天中，我们以县城为起点，对崇明从西到东、从南到北作了一个“全境式”的环游，并特别去观看了岛上的几处世界少有的湿地、滩涂和别具一格的国家森林公园。虽然是“走马观花”，但对这个世界上最大的河口冲积岛屿有了较为直观、全面的认识。我们曾经有机会在国外参观过类似的地方，但崇明岛人对湿地、滩涂和森林的重视、利用，特别是对其未来的规划，给我们的印象确实要更加深刻得多。湿地、滩涂，都是人类保持生态平衡的重要因素，森林更历来被视为地球的肺叶。在过去的几百年中，崇明岛人充分利用环境，与天斗，与地斗，在困难的条件下不断取得成功，把一个河沙沉积的岛屿变成了一块物产丰富的宝地。如今的崇明岛人不仅在考虑如何继承先人的脚步，想得更多的是如何让许多外国人都感到岛屿能有持续不断的腾飞。在对待湿地、滩涂这样的问题上，还在改变着传统观念，非但要保住人类生存的这些必要的条件，而且要尽可能地扩大它们的面积，改善它们的面貌。从地理和地区意义上来说，不能不说这种对待和利用地理、地貌特征的新观念、新思考、新规划和新行动是为子孙后代着想的豪情壮举，让人遐思，让人振奋，值得叫好，值得赞赏。

是啊，随着改革开放大潮的风起云涌，各地方政府都在凭借着自己的条件和优势，充分利用少有的历史和周边机遇，不断发展壮大本地的经济，提高人民的生活水平。崇明也没有例外，它的发展变化同样是巨大的。从陪同我们访问的崇明旅外侨领的自谦话语中，我感受到了他对家乡巨变的喜悦之情。当然，我也感觉到，作为缺少矿物储藏和工业资源、又大受交通限制的岛屿，崇明的发展条件是差强人意的。面对这样的自然特点，聪明的崇明人从另一个角度思考加快发展速度的办法，从而得出了一个新颖、清晰、令人鼓舞的结论，即把加强第三产业作为自己的发展重点和方向。如果我是个崇明人，我也定会去对此项发展重点和方向郑重地投上支持的一票，因为我确信，这项计划的开始落实必将开启崇明的一个崭新时代，迅速地带给崇明难以比拟的更大变化。

短短几天的逗留，不可能让我对崇明有深刻、透彻的了解和感悟，我对崇明的认识和理解也只能是非常表面的、肤浅的。我想要做的仅仅是，以此笨笔拙文感谢让我有机会认识崇明岛的朋友，感谢使我对崇明岛的历史、现状和未来有所知晓的各位崇明县、镇的领导同志和企业界人士，也以它表达我对崇明人民未来的良好祝愿和真诚祝福。

（2003年8月31日写于北京，见同年9月17日的《崇明县报》）

为中古友谊喝彩　为中拉友好欢呼

——写在中古建交50周年暨中拉开启外交关系50周年之际

1960年9月28日，中华人民共和国与万里之外的古巴共和国正式建立外交关系，从而揭开了中国与拉美和加勒比国家外交关系的序幕。在此后的半个世纪里，中拉友谊得到不断巩固，日益深入人心；中拉合作得以不断扩大，走向全面发展。50年弹指一挥间，在历经国际风云变幻的种种考验后，今天的中拉关系正站在一个全新的历史起点上。作为中古乃至中拉关系发展的参与者和见证人，我不由感慨万千，回想起中古关系发展过程中的点点滴滴，其中许多情景仍历历在目，令人难以忘怀。

古巴拥有悠久的历史、多样的文化和旖旎的自然风光，有着“加勒比明珠”之美称。然而，这个面积仅11万平方公里、人口亦不过1100余万的岛国之所以闻名遐迩，是因为古巴政府和人民长期以来坚持原则、坚决捍卫自身独立和主权，克服种种困难，在社会主义建设道路上取得突出成就，赢得了广泛钦佩。

虽然两国相距遥远，但中国人民素来对古巴怀有特殊的感情。从中古两国建交当年起，我本人有幸以不同身份亲身见证了两国关系的发展。1960年，我与首度访华的切·格瓦拉在北京外国语学院的教室里对过话；1963年至1971年期间，我在古巴驻华

作者（右二）与古巴驻华大使佩雷拉（左三）及5位中国前驻古巴大使（左起：王治权、王晋、刘培根、汤永贵、李连甫）共同庆祝中古建交50周年。

使馆为周恩来、刘少奇、邓小平、陈毅、郭沫若等应邀前去做客的党和国家领导人担任过翻译，亲耳聆听了他们对两国关系的评价；1993年至1995年，我担任中国第10任驻古巴大使，有幸亲历了建交以来两国元首的首次互访（1993年11月江泽民主席访古和1995年年底卡斯特罗主席访华）。

长期的亲身经历既让我见证了两国领导人为推动中古双边关系所倾注的心血和中古人民对发展两国关系的热情，也让我看到了中古进一步拓宽友好合作的广阔空间。首先，两国关系有着良好的政治和民意基础。建交后，两国领导人都高度重视双边关系。从20世纪90年代初期以来，两国高层领导人密切互访，进一步增加了双方互信。两国人民交往已久，彼此友好，相互了解较深。其次，两国经济互补性较强，可合作领域多，潜力较大。

迄今，两国贸易额已接近30亿美元的水平（是我任大使期间的十多倍），合作领域已涉及勘探、采矿、机器制造、养殖种植、生物科学、医疗卫生等方面。最后，当前两国都在积极探索符合本国国情的发展模式，都致力于发展经济、改善民生，在治国理政、推动社会和谐发展、建设有各自特色的社会主义道路等方面，有着广泛共同语言。此外，两国同为发展中国家，在诸多国际和地区事务中持相同或相似立场，共同肩负着维护发展中国家权益、推动国际关系民主化的责任，从而丰富了新时期中古关系的内涵，拓展了中古合作的领域。

此后50年里，中国同拉丁美洲和加勒比国家间的友好合作关系经历了从局部到整体、从小规模到大规模、从低水平到高水平的发展历程，取得了累累硕果。

20世纪60年代，中拉关系尚处于起步阶段。在东西方两大阵营对峙的国际大背景下，古巴是中国在拉美和加勒比地区唯一的建交国，中拉交往以民间往来为主。即使这样，中国政府仍十分重视同拉美和加勒比的交往。毛泽东主席、周恩来总理多次会见拉美和加勒比国家政党、新闻、工会、妇女、文化代表团，向拉美和加勒比各界宣示了新中国奉行和平外交政策、愿同各国建立友好关系的立场主张。这一时期的对拉外交为新中国改善外部环境赢得了宝贵的同情和支持。70年代，世界格局发生重大变化，中国恢复在联合国的合法席位，中拉关系也迎来了第一个发展高潮。智利、墨西哥、阿根廷、委内瑞拉、巴西、特立尼达和多巴哥等11个拉美和加勒比国家先后同中国建立外交关系，大大拓展了中国在国际舞台上的活动空间，为中拉关系大发展打下了坚实基础。80年代和90年代，和平与发展成为时代主题，中国也迈上了改革开放的伟大征程。中拉关系进入蓄势待发的积累阶段，向更高层次和更宽领域加速推进。中拉政治、经贸、人文等各领域交流与合作日益密切，相互了解和友谊不断加深。

进入21世纪以来，中拉关系突飞猛进，迎来了历史性的新高潮。中拉高层往来频繁，胡锦涛主席已四次访问拉美，拉美和加勒比国家领导人也纷纷访华，双方政治互信不断加强，各领域合作全面深化，在国际事务中密切合作，共同维护发展中国家的权益。中拉关系发展呈现出全方位、多层次、宽领域的新局面。近10年来，中拉贸易额保持30%以上的年增长速度，今年有望突破1500亿美元，比2000年增长了10倍，是30年前的100多倍。中拉在投资、金融、基础设施建设等领域合作也取得长足进展。值得一提的是，在中拉务实合作全面发展的同时，中拉人民间的相互了解和友好情谊也在不断加深。我国举办北京奥运会、上海世博会等重大活动，拉美和加勒比人民给予了鼎力支持。我国四川汶川、青海玉树发生特大地震时，远隔重洋的拉美和加勒比人民表达了诚挚慰问并提供了真诚帮助。古巴还派出了医疗队伍参与救治我国灾民。与此同时，中国人民也关注着拉美和加勒比人民在国家建设和经济社会发展方面取得的巨大成就，并为拉美和加勒比国家经济社会发展以及应对自然灾害等提供了力所能及的支持。

2008年11月，中国政府制定并发布了首份《中国对拉丁美洲和加勒比政策文件》，进一步明确了对拉美政策目标和今后一个时期中拉各领域合作的指导原则，提出中国政府致力于同拉美和加勒比国家建立和发展平等互利、共同发展的全面合作伙伴关系，受到了拉美国家的积极响应。

今天，拉美和加勒比国家已经成为中国对外关系全局的重要组成部分，是我们在全面建设小康社会过程中的重要合作伙伴；另一方面，中国也日益成为拉美和加勒比国家实现可持续发展、探索和践行符合自身国情发展道路方面的重要合作对象。“相知无远近，万里尚为邻”。实践证明，中拉关系的发展符合双方人民的长远和根本利益，能够经受住时间、距离和国际风云变化的考验，必将迎来更加美好灿烂的明天！

（见《人民日报》2010年9月30日国际版）

一个见证人看中古友好合作关系

——写给《今日中国》

2010年9、10月间，中国和古巴以丰富多彩的方式庆祝了两国建交50周年。双方的高层领导分别参加了纪念活动，让两国人民的欢愉心情高潮迭起，再次体现了这种友谊的深度和厚度。

的确，中古两国人民的友谊源远流长，建交50年来更有了新的、坚实的发展和深化，值得很好庆祝。作为这50年两国关系发展的见证人之一，我为双方关系的历史和进步感到特别高兴。

古巴是整个西半球第一个与新中国建立外交关系的国家，建交方式则是世界上国与国之间建立外交关系中独一无二的（由国家领导人在百万人参加的群众大会上公开征求意见，得到肯定答复后再由双方代表谈判、签署协议并公布于众），故而意义非同凡响。

中古关系50年的见证人

我说我是中古两国从建交以来友好合作关系发展的见证人，是因为从1960年至今，我经历了两国关系发展的各个阶段：1960年，作为西班牙语系三年级的学生，我在北京外国语学院的教室里与两国建交后首度访华的古巴领导人格瓦拉进行过交谈，体验了建交的喜悦；1963年到1971年，我在古巴驻华使馆为他们的前几任使节担任翻译，参加过到该馆做客的周恩来、刘少奇、邓小平、陈毅、郭沫若等中国党和国家领导人与这些使节的谈话，聆听到双方对双边关系的介绍和评价，还有幸陪同再度访华的格瓦拉及众多古巴代表团的对华访问，也目睹了两国关系一度冷淡的变化；1971年到1973年，有机会多次受我国外交部的委托，参加古巴使馆馆长应邀对韶山、井冈山、延安等地的访问，见证了双方为改善关系作出的不懈努力；1974年到1991年，作为外交部直接主管与古巴关系不同级别的官员，几度参与了对古关系的各项工作，包括1990年初负责接待来访的古巴外长马埃米耶卡和同年6月陪同我国外长钱其琛对古巴的回访，经历了双方为进一步改善关系所作努力的全过程；1993年至1995年，更是有幸担任我国第十任驻古巴大使，参与了两国关系迅速升温和强化的各种工作，还享受到陪同两国元首对对方的首次访问（1993年11月我国国家主席江泽民访古和1995年底古巴国务委员会主席卡斯特罗访华）的殊荣。同时，我曾有机会在古巴领导人的关心和帮助下多次访问其全国15个省，到过169个市中的142个，领略到她的美丽，更亲身感受到了古巴人民的对华友好感情；进入21世纪以后，虽然已经退休，但不仅仍有机会参与一些双边合作项目的开展，还曾有机会3次到古巴旧地重游，观察她的发展变化，体会她的人民对华友谊的普及和深化。我相信，在我国与其他国家关系发展中类似我这样的见证人绝不多见。

对哈瓦那的美好回忆

我是中古关系的见证人，也是实践者，在担任驻古大使期间对这两重身份更有很多切身体会，回忆良多、美好。

1993年9月，我因为对高原反应比较强烈，接到通知，从海拔2800多米的基多直飞几乎处在海平面的哈瓦那，成为我国驻古巴的第十任大使，从而开始了我与这个国家无间隔的亲密接触。

当时的古巴，由于美国持续不断并在进一步强化的封锁，加上与之关系颇为密切的苏联的突然解体和东欧国家发生的剧变，处于他们自己称之为“特殊困难时期”。对我而言，这样的状况恰恰是个良好的工作机会。非常希望了解中国内外政策及其与世界关系的卡斯特罗主席，与我建立了可以称作为极为亲密的个人关系。在我于古巴工作的两年三个月的短暂时间里，卡斯特罗主席与我进行过不下10次的单独谈话，短的4个小时，最长的一次近8个小时。这样的频繁接触，不仅是我的荣幸和骄傲，更让我有了接近更多古巴领导人和了解各种情况的机会和条件。可以说，我在古巴通行无阻，心想事成，得以很好地完成了我的使命。其他的不说，除去江泽民主席的访问外，我还成功接待了李鹏、李瑞环、吴邦国等国家领导人的对古访问，多次接待省部级的代表团。为古巴高级别访华代表团送行的次数之多，使得哈瓦那国际机场的大多数工作人员都认识了我这位中国大使。具体事例告诉我，中古双方对双边友好关系是重视的，并且也都在以实际行动加以巩固和加深。

我对古巴的良久、亲切的忆念还包括我与劳尔.卡斯特罗副主席（如今的古巴国务委员会主席兼部长会议主席）的友情和“徐贻聪黄瓜”的诞生。在古巴，我也曾经有机会多次与劳尔会面、交谈并一起进餐。一次他去使馆做客，看到我为改善馆员生活在庭院里种的中国黄瓜，大感兴趣，还说从未吃过那么美味的黄瓜。我将一些黄瓜种子送给当时的古中友协会长、华裔将军邵黄，并指导他如何种植和培育，使这种非常普通的中国黄瓜在古巴成长、扩散。古巴国务委员会为表彰我对其农业和旅游业所作的贡献，专门作出决议，为我颁发了“徐贻聪黄瓜”证书，使我这个不是任何农业专家的人得到了一个特殊的国际荣誉，也成就了中古友谊的一段佳话。

我于1995年12月8日在广州白云机场向卡斯特罗主席告别，结束我在古巴的大使任职，从哈瓦那带回来的另一个深刻印象是双方都在用具体行动丰富两国关系的内涵。在那段时间里，两国的贸易在长期、持续发展的基础上不断扩大，不仅数量上升，品种和范围也有所扩大；两国的经济合作迈出了新的步伐，在哈瓦那的中国经贸部门的代表处日渐增多；两国在教育、文化、科技、医疗卫生、体育等方面的合作从项目到内容都明显增加。我虽然每天的工作时间都要超过14个小时，但却乐此不疲，经常处于非常亢奋的状态。

悠久的历史基础

在古巴首都哈瓦那的一条重要街道上，耸立着一座由黑色大理石建造的纪念碑，上书"没有一个古巴中国人是叛徒，没有一个古巴中国人是逃兵"。我曾代表中国政府和人民去那里献过花篮，因为它记载着中国旅古华人的丰功伟绩，记载着中古两国人民友谊的悠久历史。

早在170年前，首批成规模的中国人就被运送到古巴，参与古巴的经济发展，特别是甘蔗种植。在古巴争取独立的战争中，成营建制的华人部队因为勇敢善战而享誉整个古巴，令殖民主义者胆寒。如今，除在古巴1959年取得政权后留下来的华人华侨外，又有大批中国人移居到那里，成为这个国家经济建设的新生力量。在古巴长期生活的中国人，不仅带去了自己的力量和智慧，更带去了中国的文化和道德传统。所以，在古巴常可听到"中国是影响古巴文化三大外来因素之一"的说法，更有许多与中国有关的成语、谚语。中医、针灸和关于草药的利用，在古巴颇为盛行。在今天的古巴餐饮中，也能看到中国粤菜的明显影响并被古巴人民所承认，例如炒饭、烤乳猪等。

如果说，悠久的历史基础铸就了今天的中古友好关系和两国人民间的相互理解，大家肯定不会有任何反对的意见。

预期未来关系

历史是前人写的，我们需要继承。同时，我们也在写就我们的历史，并要为后人继续书写历史创造必要的条件。我想，在中古友谊上，我们也应当如此。

中国和古巴分别位处东西两个半球，国土面积和人口差异明显，没有任何历史恩怨和冲突，却有着很多共同点。事实已经证明，两国的理念相同，所选择的道路相似，在经济条件和发展规模上互补性很强。虽然相距遥远，但完全有必要，也有理由加强合作。如果说，双方在过去已经为各方面的合作奠定了坚实的基础，那么，意愿、经验、需要和可能，将为今后的合作开启更大的成功之门。

依我看，目前和今后很长的时间里，中古两国可以在政治上加强沟通，相互借鉴经验；在国际事务上互相切磋，增加相互理解和合作；在经贸上进一步利用存在的互补性，扩大贸易品种和贸易额，增加经济合作项目和范围。中方还可以考虑利用古巴在加勒比地区的地理优势和加强同中方合作的良好意愿，寻求双方或多方经济合作的新途径、新方式，以扩大对加勒比地区和中南美洲的进出口；在教育、文化、科技、体育方面，继续增强合作的意愿和行动，使之更多、更好地造福于两国人民。总之，我认为扩大合作的可能性是有的，余地是大的，前景是可喜的。

我对中古关系的未来50年走向始终抱着非常乐观的态度，并充满希望和信心。

（本文经《今日中国》编辑部译成西班牙文后刊载于该刊2010年第12期）

古巴的独立之父何塞·马蒂

15世纪末西班牙船队“发现”美洲大陆后，西班牙、葡萄牙等欧洲列强分别采取了多种手段，占领了从墨西哥到阿根廷的整个地区并对之进行了长达300余年的殖民统治。200多年前，拉美各国人民开展了如火如荼、波澜壮阔的争取独立的解放战争，涌现出一大批可歌可泣的民族英雄，诸如墨西哥的萨巴达、委内瑞拉的玻利瓦尔、阿根廷的圣马丁、智利的奥希金斯、古巴的马蒂，等等。今年以来，巴西、墨西哥、智利等国分别举行了丰富多彩的纪念活动，庆祝独立200周年，同时深切缅怀为独立而牺牲的众多先烈。

古巴的独立之父马蒂是一位类似于我国的孙中山先生那样的革命先驱和领袖人物，非常受古巴人民的敬仰和爱戴。在古巴的机关单位、工厂、学校，甚至在许许多多普通人家的庭院里，随处都能够看到马蒂的画像或者塑像，古巴共产党更将马蒂思想与马列主义并列，作为自己的指导思想，马蒂在当今古巴的政治地位和影响可见一斑。

马蒂于1853年出生在哈瓦那的一个贫穷的西班牙下级军官家庭，1895年5月在与西班牙军队的一次战斗中牺牲。还在中学读书时，马蒂受校长和老师的影响，立志为祖国的独立而奋斗。1868年的“十年战争”爆发后，马蒂撰文写诗，反对西班牙的统治。1869年在他自己创办的报纸《自由祖国》上，发表以古代非洲努比亚青年反抗侵略者的故事为题材的诗剧《阿布达拉》，表达了他的政治抱负。同年10月马蒂被捕并被判6年徒刑和苦役，后于1871年被放逐西班牙。在西班牙，马蒂先后进入马德里中央大学和萨拉戈萨大学学习法律，并在1874年获得法学博士学位。期间，马蒂撰写了《古巴的政治监狱》一书，揭露西班牙殖民者对古巴政治犯的虐待。在谋求西班牙共和政府承认古巴独立的希望破灭后，马蒂于1874年年底乘船回国，但西班牙殖民当局禁止他上岸，遂于1875年2月到了墨西哥。1877年马蒂曾一度回到古巴，但不久即移居危地马拉，在一所学校任教。1878年“十年战争”结束，马蒂回国当律师。1879年“小战争”爆发，马蒂组织革命委员会，支持起义军，因而再度被捕并又一次被流放去西班牙。1880年经法国辗转到美国纽约，积极从事新闻宣传活动，为阿根廷、委内瑞拉等许多拉美国家的报刊撰稿，蜚声拉美各国。在那段时间，马蒂曾被阿根廷、乌拉圭、巴拉圭等国任命为驻纽约领事，同时还继续从事文学创作。为了重新发动古巴革命，马蒂在古巴侨民中广泛从事组织工作。1884年马蒂曾与古巴独立运动的另外两位领导人戈麦斯和马塞奥等筹划远征古巴，但未获成功。1890年马蒂在纽约创立了黑人爱国团体“同盟会”，后又在1892年联合古巴侨民爱国组织成立古巴革命党，并被选为党代表（即党主席）。接着，马蒂积极筹措资金，购买武器，并联络国内革命团体，继续从事独立斗争。1892年和1893年，马蒂先后邀请戈麦斯和马塞奥参加古巴革命党，共同筹划起义事宜。1894年马蒂准备率领由3艘船只组成的远征队回古巴，但被美国当局扣留。1895年马蒂向国内组织发出发动武装起义的命令，随后去多米尼加共和国与戈麦斯会合。同年2月24日古巴独立战争爆发，马蒂于4月11日同戈麦斯一起在古巴东南部的普拉伊塔斯海滩登陆，并在5月5日与马塞奥领导的起义军在圣地亚哥附近会合。5月19日，马蒂在多斯里奥斯与西班牙军队的战斗中牺牲。

作为诗人，马蒂的诗歌和散文独具一格，在拉美文坛上享有很高的声誉和地位。他的主要诗集有:《自由的诗》、《伊斯马埃利约》、《平易集》等。

在古巴首都哈瓦那的中心广场上，人们可以看到一座高达142米的马蒂纪念碑以及纪念碑底座下的马蒂做沉思状的白玉雕像。乘上纪念碑内的电梯，人们可以上到顶部鸟瞰哈瓦那全城的美丽景色。古巴政府经常在那里举行大型集会和群众性活动；访问古巴的各国政要和驻古巴的使节也常到那里敬献花篮、花圈，以表达对这位英雄和对古巴的敬意。我在古巴担任大使期间，也曾几次陪同访古的我国主要领导同志或以使馆的名义去那里献过花篮，代表我国政府和人民表示崇敬之意。

（见2010年10月18日《环球时报》）

我给北京电台“行走天下”栏目讲故事

2009年秋天，北京人民广播电台“行走天下”栏目主持人牛力同志邀请我参加他的《听大使讲故事》栏目的活动，我欣然前往，在他的播音室里讲了一次故事。事后，他们于2010年初出版了与栏目同名的一本书。

北京交通台台长李秀磊同志在为《听大使讲故事》一书写的序言中透露，“节目一经播出，不仅受到听众的热情欢迎，也得到了专家的高度认可”。看来，他们对我的同事们和我讲的故事，还有着很大的兴趣。

现将他们根据录音整理印在书中的我讲的部分原文转载给各位：

卡斯特罗兄弟的中国知己

徐贻聪分别获得过厄瓜多尔、古巴和阿根廷政府颁给外国使节的最高荣誉勋章（大十字鹰级勋章、友谊勋章和大十字大功勋章等）。不过其中有一本证书显得非常特别，因为这份由古巴政府正式颁发的证书上写着：徐贻聪黄瓜。

高中毕业前，徐贻聪从未想过有朝一日会成为中国的“资深外交官”，而且还十分“享受外交”。

徐贻聪小时候在农村上学，高中是在小城市里上的。青涩时期的他接触外部世界的主要途径是看报。外面的世界很精彩，外面的世界也很模糊。这种情况直到1958年他考入北京外国语学院西班牙语系为止。

徐贻聪从中学时代就对外语感兴趣，学习外语可以全方位地阅读世界。1963年毕业后，徐贻聪进入外交部工作。世界的大门，从此向他打开了。

蔬菜供应极度短缺　中国使馆馆员自当“菜农”

1993年，我赴古巴担任大使。此时正值冷战结束后的混乱时期。著名学者福山将这一段“二战”结束后的最动荡时期命名为“历史的终结”。

我到达哈瓦那履新时，古巴正处于经济极其困难的时期。美国自1959年古巴革命胜利后对古巴采取的长期封锁并未因冷战的结束而中止，古巴来自苏联的经济援助也因苏联解体而难以为继。古巴人民的生活面临前所未有的困难，甚至影响到像我们这样的古巴驻外人员的生活。

蔬菜成为当时古巴非常短缺的物资，也成为我们面临的一个现实问题。我们中国人比较讲求自力更生的精神，于是我开始想办法，首先把目光投向了使馆的空地。中国驻古巴使馆占地面积为15亩，院子里除了几座房子和草地，边上还有一些空地，我开始在这些空地上打主意，准备发扬自力更生的精神，自己动手解决菜篮子的问题。

使馆工作人员把空地整理出来种了一点蔬菜，其中包括冬瓜、茄子、西红柿还有韭菜，这里就变成了一个菜园子。整个菜园子种上蔬菜后红红绿绿的，倒也好看。为了丰富菜篮子的品种，1994年我和夫人回国休假的时候，在北京市场上买了几种蔬菜种子，其中包括那种最普通的黄瓜种子，带回了古巴。黄瓜是大众菜，很容易栽培和生长，而古巴的气候一年四季都比较热，很适宜黄瓜生长。

作为兼职“菜农”的我没有想到，北京市场上这普普通通的黄瓜在古巴使馆的菜园子里一种，引出了一段中古关系史上的佳话。

劳尔大赞中国黄瓜　华裔将军遭到“批评”

1994年下半年的一天晚上，当时古巴的二号人物，古巴共产党中央第二书记、国务委员会第一副主席、古巴部长会议第一副主席劳尔·卡斯特罗，带领一批古巴军队的领导人应邀到使馆做客。就餐前，我陪古巴贵宾在使馆的院子里散步，一行人信步走到了菜园子一角。

在菜地旁，劳尔·卡斯特罗突然站住，指着架子上细长的黄瓜问我：“那是什么植物？”我回答说：“那是来自中国的一种黄瓜，我们馆员们种来调剂生活用的。”

古巴也有黄瓜，但古巴的黄瓜品种都比较短粗。细长的中国黄瓜引起了劳尔·卡斯特罗的兴趣，他问：“我可不可以看一看或尝一尝？”我说：“当然可以，您要是能够品尝我们使馆工作人员自己种的蔬菜，大家都会感到十分荣幸的。”

于是劳尔·卡斯特罗自己钻到菜园子里，亲手摘了一个稍微大一点的黄瓜，在衣服上蹭了蹭就开始吃，咬了一口说：“哎，这个黄瓜怎么那么好吃？”一边说一边把目光瞄向了陪同他到中国使馆做客的华裔将军邵黄。

邵黄将军的父母都是广东省增城县人，邵黄是生在古巴的华裔，20世纪50年代起，邵黄就追随菲德尔·卡斯特罗与劳尔·卡斯特罗兄弟参加了古巴游击战争，并在游击队根据地马埃斯特拉山区担任司令部军需官，与卡斯特罗兄弟结下了深厚的战斗情谊并深得他们的信任。

1959年古巴革命胜利后，邵黄当过一段时间劳尔·卡斯特罗的办公室主任，后来古巴成立了物资储备局，邵黄被任命为局长，同时他还是古中友协会长和军队里面的将军。

再回来看劳尔·卡斯特罗，那天他边吃黄瓜边佯装生气地对邵黄说："你在古巴生活了50多年，怎么从来没有跟我说过中国有这么好吃的黄瓜呢？"在场的众人见状都哈哈大笑。邵黄将军有些尴尬地笑了笑，也没有说什么。

吃罢中国黄瓜的劳尔·卡斯特罗意犹未尽，指了一下身边的随从人员，问我："能不能让他们几个也尝一尝？"我说："当然可以，随便吃。"然后，我与劳尔·卡斯特罗等人一起动手，把能吃的大大小小的黄瓜全都摘了下来，给陪同劳尔来访的古巴国防部副部长、参谋长及海军、空军司令等人每人掰了一点分着吃，吃完之后大家都异口同声地说这个黄瓜很好吃。当时我们心里都美滋滋的，很自豪，不过我的"黄瓜故事"到这里还没有结束。

"徐贻聪黄瓜"传遍古巴　欣然接受"黄瓜"证书

俗话说："说者无心，听者有意。"

劳尔·卡斯特罗就中国黄瓜开的玩笑，让我若有所思。古巴客人走了以后，我的夫人向我建议："你要不要把这个黄瓜种子送一点给邵黄？"

我与邵黄的关系一直不错，他与我同龄，都是1938年生人，在一块儿很谈得来。我的很多外事活动，包括平常到首都哈瓦那之外的古巴其他地方去、和古巴领导人联系、参加菲德尔·卡斯特罗主席和劳尔·卡斯特罗副主席的双边活动等，都是邵黄安排的，多数时候我宴请卡斯特罗主席及劳尔·卡斯特罗，邵黄一般会陪同。

第二天一大早，我就给邵黄打电话："昨天的黄瓜觉得怎么样？"邵黄说："你别说了，我昨晚一晚上都没睡好觉，现在脑袋还疼，劳尔·卡斯特罗那句话是在批评我呢。"我说："你想不想要黄瓜种子？你要的话我给你送点去。"邵黄一听大喜，说："你一下子把我的脑袋疼给治好了！”

古巴那时候经济比较困难，各个单位都在想办法搞点生产，邵黄是负责物资储备的，他的这种生产意识就更强一点，他办了好几块试验田，专门种各种各样的蔬菜，其中一块试验田就在他的办公楼外。古巴有一个制度或者说一个惯例，就是一般的机关单位、工厂和学校，中午要给工作人员或者学生做一顿饭吃。当然吃得好坏要看各单位自己的条件，差不了太多，但还是有差别。我送给邵黄的黄瓜种子，立刻被送到邵黄的试验田，他专门派人在地里种。因为古巴的气候比较热，黄瓜随时都可以栽种。邵黄非常关注他在试验田里栽种的黄瓜，黄瓜出芽了，长出苗了，苗长多高了都打电话告诉我，其重视程度可见一斑。

虽然如此重视，但还是出了点“差错”。等黄瓜结出来之后，邵黄请我去看，我一看，这黄瓜都长得比较老了，因为黄瓜老了就不好吃了。于是我问：“干吗不早点摘呢？”邵黄说：“我们现在还不到吃嫩黄瓜的时候，首先是要追求数量，让黄瓜长大结子。另外即使吃，也不是很嫩的时候就吃，长的大一点，这样实在。”我一下子就明白了，他考虑的不是当时好吃，而是想的更长远一些。

栽种黄瓜的试验成功后，邵黄扩大了栽种范围，把种子传播到了哈瓦那附近的一个省，后来又逐渐扩大到其他地区。古巴从此开始比较广泛地种植细长的中国黄瓜。一直关注此事的我也没有想到，从北京市场带回来的黄瓜种子，会迅速地在古巴全国大范围地传播开来。这也应了我们中国的一句古话：无心插柳柳成荫。还有更出乎意料的事，我居然因为这个黄瓜受到了古巴政府的表彰。

1995年上半年的一天，我突然接到邵黄的电话，他说：“你没事上我这儿来一趟吧！”我也不知道出了什么事情，匆匆赶到了邵黄那儿，发现一大堆人围着，其中有古巴政治局委员兼农业部长、周边好几个省的省长和副省长。我一看好像这里没有我什么事情，和他们一一打了招呼之后就准备离开。没想到农业部长说："你不能走。"我正在诧异呢，什么事情还不让我走？这时农业部长对旁边的人说："宣布开始吧。"

我这下就更不知道是怎么回事了，心想：宣布什么开始？和我有什么关系？心里虽然犯着嘀咕，也只好站在那里。接着，农业部长把我、邵黄和哈瓦那的一个市领导请到主席台上，开始讲话。讲话当中就提到了这黄瓜的由来，黄瓜怎么在古巴推广，对古巴产生了什么样的作用。最后宣布：古巴国务委员会决定给我颁发一个"徐贻聪黄瓜"的证书。证书是用古巴的官方语言西班牙文写的，采取的是比较正规的证书格式，我的名字是用拼音书写的。

看着我恍然大悟的神情，邵黄得意地说："这是给你的一个惊喜。"

在农业部长的宣布过程中，我就猜想可能会要让我讲话，于是我一边听一边在想待会儿我应该说些什么。致答谢词时，我简单地说了这个黄瓜的来历，黄瓜不是我发明出来的，只是从国内带回来一些种子，而且说起种子来也不是我买的，是我夫人买的，我获得证书应该是"无功受禄"。我强调这件事体现了古巴对中国的感情，体现了两国的友谊，最后我做了个总结："这件不大不小的外交上的事情，表达了古巴人民对中国的友好感情。我个人只是在这里担当了一个载体而已，黄瓜是两国之间的友好关系、两国人民之间深情厚谊的体现。"在离开古巴之后，我一直把这个象征着中古两国人民友谊的"徐贻聪黄瓜"证书珍藏着，这是我外交生涯中的一段小插曲，确实有着特殊的纪念意义。

后来，我离开古巴赴任阿根廷，有一年巧遇古巴农业部长。他告诉我，"徐贻聪黄瓜"已经普及古巴各个省，不仅对古巴农业，而且对古巴的旅游业也起到了很特殊的作用。我听了以后感到很高兴，不仅仅因为这上面有我的名字，更多的是因为两国之间的关系在逐步深入。

在古巴工作期间，我还和古巴领导人菲德尔·卡斯特罗结下了不解之缘，这使我终生难忘。

首次会见彻夜长谈　菲德尔畅谈井冈山

菲德尔·卡斯特罗，1926年8月13日出生于古巴东方省比兰镇。作为20世纪五六十年代全球民族解放运动的代表人物，菲德尔·卡斯特罗不仅是古巴的传奇，也是世界政坛的传奇。环顾当今世界，能数十年受到本国人民的一贯拥戴又始终受到国际舆论极大关注的政治领袖已经为数不多了，卡斯特罗就是其中最突出的一个。即使是在执政古巴半个多世纪之后，他也仍然是世界媒体的焦点，仍然是中国人最为熟悉的外国领袖。

如果说切·格瓦拉成为一种全球认可的古巴文化符号的话，菲德尔·卡斯特罗就是这个文化符号背后的最初描绘者。他那极具威严的大胡子、永不改变的绿军装以及伴随他40余年的雪茄烟，本身就让卡斯特罗成为一种古巴的象征符号。

对于卡斯特罗这个人我是非常尊敬的，他是一位非常了不起的领袖人物，他的一生非常艰苦坎坷。我在古巴时，卡斯特罗的身体和精神都非常健旺，掌控着古巴革命后这个国家发展的总舵。我有幸与这位传奇人物有一段深入交往，甚至在十几年后回忆起来时，仍感觉历历在目。

第一次见到卡斯特罗可以说是一次很偶然的机会。我去古巴当大使的时候，他作为古巴国务委员会的主席是不出面接受外国使节的国书的。这项工作都是由他的助手们来完成，即几个国务委员会副主席轮流接受外国使节的国书。

1993年9月我抵达古巴，并未立刻见到菲德尔·卡斯特罗。10

月份，我接到国内通知，时任中国国家主席的江泽民同志准备对古巴进行短暂访问，让我去交涉相关事宜。我对古巴外交部相关人员说："我们国家主席马上就要来了，我还没有机会见到卡斯特罗主席，能不能在我们国家主席到来之前让我有机会跟卡斯特罗主席本人见见面，跟他谈谈这次访问的事情，也让我能够更好地向我们的国家主席报告情况，使得这次访问可以更圆满呢？"古巴外交部给我答复说："我们会把你的想法转告给我们总司令。"——总司令，是古巴人对菲德尔·卡斯特罗主席的亲切称呼。

没过多久，在江主席出访的先遣组到达我们使馆的当天晚上，卡斯特罗主席办公室的人给我打来电话，通知我去见菲德尔·卡斯特罗。这天是10月25日，我印象非常深刻。

晚上10点钟，我准时来到卡斯特罗办公室，对于从来没有见过面的卡斯特罗充满了好奇。还没等我坐下来，卡斯特罗走到我坐的地方，拍了拍我，开口第一句话就问："你不是在吃饭吗？饭吃完了没有？"一边说，一边亲切地搂着我的肩膀到他的办公室里间。卡斯特罗说："我希望你能把江主席的事情跟我讲得详细一点，这样我们可以接待得更好。"

令我没有想到的是，我们的首次谈话从一开始就成了中国革命史的回顾课。从中国历史到中国革命，从井冈山、长征、延安到抗战、解放战争，卡斯特罗一路问下来，我顺着他的问题一一介绍。然后，卡斯特罗询问了江主席的一些情况和中国改革开放的形势。不知不觉中，卡斯特罗会见我的时间就超过了两个小时。我感觉时间已经比较长了，忙说："总司令，我今天见您的时间太长了，您太忙了，我该告辞了。"

卡斯特罗回答："不着急，我还有很多问题。"

结果第一次会面我们从头一天晚上10点钟一直谈到了第二天凌晨近4点钟，长达5个多小时。最后，卡斯特罗好像突然想起了什么，说：“哎呀，我忘了招待你了，我这儿有中国茶叶、中国酒，光知道跟你讲话了，连茶都没让你喝。”卡斯特罗给我倒了点茶，然后又把茅台酒拿出来，他说：“这样吧，我们俩先干一杯，预祝江主席访问古巴成功！”

卡斯特罗熟悉中国革命史　询问渡江战役让我卡壳

和卡斯特罗的首次会面给我留下了深刻印象，尽管已经过去16年，我仍然记忆犹新。起初，我印象中的卡斯特罗应该是一个非常威严的领导人，但是见面以后，特别是和他接触时间长了则感觉到他非常可亲，待人亲切诚恳，没什么架子，和他谈话也非常随便。

不过令我念念不忘的还有第一次见面中一个让我卡了壳的问题。

卡斯特罗从中国古代历史、近代历史一直讲到现代的情况。讲到中国人民解放军1949年渡江战役的时候，卡斯特罗问我：“你们解放军渡江战役有三个前沿指挥部，这三个指挥部都在哪里？三个指挥官都是谁？”这下可难住了我。我只好回答：“总司令，很抱歉，我没记住，以后我给你查查。”卡斯特罗说：“你不用查，我来告诉你。”于是卡斯特罗把三个前沿指挥部都在哪里，三个指挥官都是谁，一一向我道来。

这时我才了解到，原来卡斯特罗向我询问，不代表他不知道，而是通过他的提问，让我答复，这样就使得他对这些情况有更多的、更直接的或者说更深刻的了解。有了这次前车之鉴，从此以后，每次我与卡斯特罗见面，事先都要准备很多东西，因为他的知识很渊博，了解的东西也非常广泛。

1993年首次见卡斯特罗那一年我55岁，卡斯特罗67岁，卡斯特罗比我大12岁，正好一轮。按照中国的传统，两个人都是一个属相——虎。卡斯特罗显然很了解中国的属相，所以他对我说："我们是两个不同时代的老虎。"

或许是因为这个原因，我与卡斯特罗确实是一见如故。在哈瓦那，并非所有的驻古巴外交官都能够见到卡斯特罗。许多大使级外交官从上任直至离开，始终不能得到与卡斯特罗面谈的机会。而在首次见面后，卡斯特罗与我这两只"老虎"，在短短的两年三个月的时间里，就结下了很深的友谊。

由于古巴当时面临国内经济恶化和国际环境的困难，卡斯特罗需要了解世界，需要找到朋友。而古巴在很多方面跟中国有相似的地方，因此，除了中国革命史之外，研究中国对外政策、国内建设、邓小平关于改革开放的战略等，也成了卡斯特罗的"必修课"。我是学习西班牙语出身，与卡斯特罗没有语言障碍，可以说部分地充当了卡斯特罗了解中国的一个桥梁——我们两个人差不多每两个月就要深谈一次，每次谈话最短4个小时，最长超过8个小时。谈话地点有时是在卡斯特罗办公室，有时卡斯特罗还专门到使馆来看我。

这在哈瓦那的外交圈，足以引起很多外国同行的"嫉妒"。

第一次宴请属"蹭饭"　卡斯特罗爱喝桂花陈

在我眼中，卡斯特罗很乐观、很坚强也很幽默，是一个很值得尊敬的人。在生活中，他很懂烹饪，很喜欢吃中国菜，喜欢喝中国的桂花陈酒。

我第一次宴请卡斯特罗，完全不在计划之内。

1993年10月25日和卡斯特罗首次彻夜长谈之后，过了5天，也就是10月30日，我决定请古巴时任国务委员会的副主席兼执行秘书拉赫一家到使馆吃饭。发出邀请后，意外地接到了拉赫的电话，他问我："卡斯特罗主席也想来，行不行？"我大喜，说："当然欢迎卡斯特罗主席来。"话毕，我赶紧让使馆厨房的工作人员调整饭菜，增加一些卡斯特罗爱吃的菜肴。在此之前，我已经了解到卡斯特罗喜欢的菜和酒水——包括松鼠鱼、松花蛋和北京的桂花陈酒。同时，我也立刻着手做各方面的安全准备。从街上的安全，到使馆院内的安全，再到使馆的饭菜都要精心检查，在非常短的时间解决了这一系列问题。

宴请当天，卡斯特罗兴致勃勃地来了。第一句话就对我讲："我知道我今天不是你请的主要客人，你请的是拉赫和拉赫一家。不过我觉得我也是拉赫家里的一员，所以就来了，将来你请我的时候我也会把他带来，这样我们还可以多几次机会一起品尝美味的中国菜。"卡斯特罗的风趣幽默随即引起了大家的欢笑，整个宴会的气氛自始至终都是其乐融融。

卡斯特罗不太爱喝白酒，但特别喜欢桂花陈酒。1995年11月底到12月初，卡斯特罗对中国进行国事访问时住在钓鱼台国宾馆，跟服务员说要桂花陈酒，服务员根本不知道这是什么酒，后来我告诉服务员："这酒你到街上的小店里就可以买到，很便宜，才几块钱。"国宾馆马上派人买来这个酒，卡斯特罗非常感谢。后来，在去外地的专机上，因为疏忽没给卡斯特罗预备桂花陈酒，卡斯特罗又要这个酒，飞机上的工作人员也不知道是怎么回事。下了飞机以后我赶快到街上去买，从此以后接待卡斯特罗的飞机上每次都会准备一点桂花陈酒。

无结局的烹饪大赛　“老卡”亲率最牛裁判团

卡斯特罗的中国菜情节，是自年轻时就有的。他亲自跟我讲，年轻的时候哈瓦那有一些中餐馆，他经常到那里去吃饭。他一直清楚地记得有一家中餐馆的名字叫“太平洋酒楼”。另外，卡斯特罗本人还会做饭，他做饭，他弟弟劳尔有时候不肯吃，卡斯特罗就逼着弟弟为了革命要保养好身体，要认真吃饭。

懂烹饪、喜爱中国菜的卡斯特罗，有一次还担任过厨艺大赛的裁判。

在古巴的时候，我有时候请卡斯特罗吃中餐，而卡斯特罗有时候也会回请。回请的地点大部分是小湖区，类似于北京钓鱼台国宾馆一样的地方，一个院子里面有很多小楼，中间有一个湖，我们国家许多访问古巴的代表团都被安排住在那里，所以中国人经常把它称作“哈瓦那的钓鱼台”。有时候卡斯特罗在这里请客，由邵黄将军的姐姐当厨师，做的也是中国菜，邵黄的姐姐是广东人，做的是粤菜，我们使馆的厨师基本上是做淮扬菜的，两种菜系不太一样，风格也不太一样，由此引发了一场竞赛。

竞赛由劳尔·卡斯特罗发起。有一次吃饭的时候劳尔对我说：“你干吗不跟邵黄将军搞一场比赛？”我问：“比赛什么呀？”劳尔说：“看你们俩谁做中国菜做得好。我建议由总司令当裁判长，我们这些人都可以当裁判组的成员。”古巴国务委员会还有很多资深的副主席都是当年卡斯特罗兄弟打游击的老战友，无论在使馆还是他们的“钓鱼台”聚会，这些人基本上都在。

劳尔的这个提议让我非常高兴，也得到了卡斯特罗的赞成。此后一段时间，每次请客完了，都会举行厨艺评选。我们中国使馆有专业厨师，材料也比较丰富齐全，理所当然要比邵黄姐姐做得好，所以每次饭后的评价都是使馆方比邵黄姐姐方领先。

有一次，劳尔·卡斯特罗告诉我说：“比赛已经进行一段时间了，咱们适当的时候找个时间争取在年底做一次总结。我建议双方都是第一，这样可以体现两国的友谊，我们也不是真的比赛，只是表达友好的一种方式。”我笑着说：“嗯，这是个好主意。”

但不久之后，我接到了调任通知，卡斯特罗还专门举行了宴会为我送行。之后，由于卡斯特罗要访问中国，我的任期又延长了一段时间，以便陪同他访问，直到访问结束。就这样，由于工作的忙碌耽搁了厨艺评选。我临走的时候劳尔对我说：“很遗憾，我们这场竞赛没有结果，以后再说吧。”

这场中古双方的厨艺比赛有裁判组，有裁判长，也有大部分的竞赛过程，但是没有最终的结果——我想其实已经有了结果，就是中古关系的长期稳定发展。这样的事情在中国驻外机构、外国其他驻外机构中也是不多见的。

一次没有结果的比赛，反而在不知不觉中更加拉近了彼此的距离。1995年11月，我离开古巴回到了国内，但和卡斯特罗以及其他古巴政要之间的友谊并没有因距离变远而变淡，我本人也会时常收到来自菲德尔·卡斯特罗多种途径的问候。古巴有人访问中国时，就会通过他们的大使找我，向我转达问候说：“我们总司令问你好。”这种深厚的友谊一直延续到现在。

如今，我已经71岁了，退休也9年了，不过仍在力所能及地发挥作用，比如我现在还是北京市政府的外事顾问、中国社科院古巴研究中心的顾问、中国国际问题研究基金会的理事等，发表了一些文章，在2008年北京奥运会上还以一名普通志愿者的身份，接待了西班牙语的代表团。

说起过去的故事，我还是习惯将卡斯特罗称作“老卡”，那些历久弥新的岁月，不知会有多少能成为被后人记忆的传奇。

（见牛力主编的《听大使讲故事》，新华出版社2010年1月第一版，14—27页）

答《南风窗》杂志记者问

2009年9月，《南风窗》记者杨军来采访我，问及一些涉及古巴的问题，谈话内容被公布在杂志2009年10月出版的这一年的第21期（该刊总第395期）上。那是一次比较随便的交谈，但杨军同志在杂志刊出前曾将谈话记录送来给我看过，我表示了认可。按照一些朋友的意见，我将答问的内容也原文照抄收录在这个集子里：

古巴是中国的镜子

——专访中国前驻古巴大使徐贻聪(本刊记者 杨军 发自北京)

在古巴全国找不到一个讨饭的，也没有人捡垃圾，犯罪率很低，也没有上访现象。贫民窟是看不见的，旧城房子只是旧点，但百姓日子比较安稳。政府保证百姓最基本的需要，这点古巴一直在坚持。

“美丽的哈瓦那，那里有我的家，明媚的阳光照新屋，门前开红花……”这首流行于20世纪六七十年代的老歌《哈瓦那的孩子》，一直珍藏在一代中国人的记忆里。对中国来说，古巴似乎有着独特的地位。古巴共和国是第一个与中国建交的拉美国家，在拉丁美洲30几个独立国家中，古巴也是唯一的社会主义国家。

海明威一生中超过1/3的时间是在古巴首都哈瓦那度过的，他这样描述古巴：“我热爱这个国家，感觉像在家里一样。”而对中国人来说，这种感觉可能更“心有戚戚焉”。

因为同是社会主义国家，古巴和中国有很多相似，但在很多方面，两国似乎又行进在不同的路上。虽然古巴的政治和经济地位在当今世界都不够重量级，但在中国的外交史上，古巴是不得不提的浓重一笔。

徐贻聪先生曾于1993年至1995年任中国驻古巴大使，并于2002年、2004年、2007年等先后几次重访古巴，对古巴国内情况和中古关系有很深的了解。日前，徐贻聪先生接受了本刊专访。

良好的中古关系

《南风窗》：中国国家主席胡锦涛自上任以来已两次访问古

巴，多于对其他拉美国家的访问。中古两国高层国家领导人互访应该说相当频繁，两国军方来往也很密切，中国和古巴如此良好的外交关系，主要是什么原因？政治、经济上有何考量？伴随着中国改革开放和苏东剧变，中国对古巴的政策发生了哪些变化？

*徐贻聪：*中国是采取普遍争取朋友的外交政策，和很多国家保持良好的外交关系。跟古巴的关系更密切一点，有历史原因也有现代原因。古巴跟中国一样都是实行社会主义制度，信仰马列主义，两国的共产党性质差不多。很大程度上，古巴也是中国了解拉美的一个窗口。中古两国在经济发展方面也有很多可以互补的。

中古关系有过几个不同时期。1960年，整个美洲从加拿大到阿根廷，古巴是第一个也是唯一一个和中国建交的国家。一直到1970年才有第二个和中国建交的国家。1966年，一是中国搞"文革"，二是中苏争议加剧，古巴比较支持苏联，中古关系冷淡。一直到1989年，两国才觉得应该缓和关系，双方采取了一些比较接近的做法。1989年，两国外长实现互访。先是古巴外长来中国，然后是中国外长去古巴。两国关系逐渐发展，两党互相承认，政治关系得到改善，随后两国关系进入非常良好的状态。

中国大部分主要国家领导人都去过古巴。劳尔·卡斯特罗也曾两次到中国，劳尔第一次到中国待了20天，考察了6个省。古巴所有国家领导人都来过中国。两国可以说是高密度高层次互访。目前双边关系是两国有史以来最好时期。中古两国贸易也非常多，去年两国贸易额达30亿美元。2005年开始，古巴提出在医学特别是眼科方面和中国合作。古巴医学比较发达，眼科技术尤其高。古巴明确表示，受到中国支持帮助非常多，所以愿意在自己强的领域对中国多做些事情。

我驻古巴期间，中古两国关系已经非常好。当时菲德尔·卡斯特罗差不多两个月就和我见一次面长谈，最长的一次谈了9个小时，最短的一次也有4个小时。他问我各种各样的中国问题，包括中国的改革开放，中国的各种经济问题和对外关系等。

*《南风窗》：*和中国一样，古巴独立于世界民族之林也经历了重重困难？

*徐贻聪：*菲德尔·卡斯特罗领导的革命1959年取得政权，今年建国50周年。50年间古巴可以说遇到了各种各样的困难，尤其是美国的封锁。古巴有100多万侨民在美国，他们寄钱、物给国内的亲人都要经第三国转，回去探亲也有诸多限制。古巴是旅游胜地，但直到现在，美国政府还限制美国人到古巴去旅游。近年美国对古巴的态度有所松动，美国和古巴粮食方面的贸易也在增多，美国到古巴去的人也多了一些。奥巴马上台后实现了直邮，但美国对古巴的政策并没有发生根本性变化。我在的那些年，感受到古巴非常明显的经济上的困境。

古巴和苏联还有东欧国家关系很好。东欧剧变和苏联解体前后，1990年至1994年，古巴处在特别困难的阶段。古巴面积和江苏省差不多，人口1100万。小小的国家能够在那样特殊的环境下坚持自己的主张，坚持捍卫主权，很不容易。从这点来说，古巴是一个很了不起的国家，现在古巴已得到世界上广泛的承认，和古巴建交的国家与和中国建交的国家数量差不多。很多国家派驻古巴的使馆人员比在一些大国还多。

乐观的社会情绪

*《南风窗》：*相对中国来说，目前古巴还不富裕，百姓收入不高，社会情绪有没有受到影响？

徐贻聪：虽然官方正式定价是1美元兑两个比索，单在古巴自由市场兑换是1比22至25。古巴一般百姓每月大约收入500比索，实际上只合20多美元。这个数字应该说相当低，但计算古巴的收入不能按一般标准算。

古巴的医疗和教育是完全免费的，大学不仅免费，学生还可以领钱，家属在医院陪床国家也免费管吃住。古巴每家每个月都有供应，定量供应的东西价钱很便宜。我在的时候，一家4口人，60个比索就能买下一个月定量供应的所有东西，这些东西完全能满足基本生活需要。住房只要交够18年租金，房子就归个人所有，租金也很便宜。古巴法律规定每户都拥有一处住房的权利。

在古巴全国找不到一个讨饭的，也没有人捡垃圾，犯罪率很低，也没有上访现象。贫民窟是看不见的，旧城房子只是旧点，但百姓日子还是比较安稳。1993年以后，古巴采取了一个措施，所有城市农村都要建跳舞场。如果去古巴到处走走，可以发现，周末到处听得见音乐，音乐一响，人们就随之起舞。

百姓希望日子过得更好一点，经济条件更宽松一点，当然也知道受到外部条件影响，这个百姓是理解的。政府也在逐步听取百姓意见。2007年或更早一点，古巴曾在全国掀起一次听取百姓意见运动，据我了解是劳尔倡议的，政府收到有100多万条意见。

政府保证百姓最基本的需要这点古巴一直在坚持。所以总体来讲，百姓目前尽管困难，但还算可以。古巴社会比较稳定，大多数人支持拥护政府。社会情绪没问题，人人都非常高兴、热情。

《南风窗》：古巴高等教育和医疗等都是免费的，国家财力足以支付这样的巨额支出吗？

徐贻聪：古巴政府规定，每年必须确保教育和医疗的投入，即使占的预算再大，也要保证。拿古巴医学来说，投入非常多，从研究到治疗都是关注的重点。目前古巴的医疗水平相当高，从眼科到心脑学科到儿科再到骨科，都居于世界领先水平。古巴的

新生儿死亡率是世界最低的。

《南风窗》：古巴的贫富差距很小，但是发展速度在拉美国家差不多是最快的，他们是如何既保持快速发展，又没有扩大贫富差距的？

徐贻聪：首要原因，基础差、起点低的时候增加速度很容易。另外我想这和他们的平均社会主义有一定关系。

古巴政府的定量供应完全按人来供应，真正的以人为本，同样年龄段的人供应数量完全一样，不分级别，定量上至国家领导人下到普通百姓全都一样。特殊困难时期，古巴规定牛奶只供给65岁以上的老人和7岁以下的儿童，只和年龄有关，和级别无关。

但是和改革开放前的中国一样，古巴大锅饭现象也比较普遍。现在也有些多劳多得按劳付酬的做法。

在古巴，腐败也是有的，但惩治还是很严的。曾有国家副主席和副总理级别的高官，接受了其他国家一些在古公司的信用卡，还没有用，就被免职了。这名被免职的高官现在一个中学当老师。

官员和百姓之间也很平等。古巴所有公车，除了卡斯特罗的专车，其他所有挂政府牌照的车，百姓都可以拦下车问去哪儿，如果和自己去的地方顺路，就可以要求搭车。就我知道的，有一次，古巴一个相当于副省长级别的官员去办公事比较急，遇一个妇女搭车没让上，于是受到处分，现在这个制度还在。

逐步放开的市场

《南风窗》：古巴国内人民是否依然生活在计划经济时代，比如电脑、家电等还有没有集中配送，是否完全放开了？

徐贻聪：到目前为止，一些食品、农产品和工业品的供应还是像我们计划经济时期一样，凭票或本购买。以前定向供应的一些东西像电冰箱等家电，是用来奖励模范的，现在基本摆到市场上卖，市场上也有电脑和其他家电，但是价格比较贵，和一般百

姓工资收入不成比例，数量也有限。古巴有两种商店，一种是按定量供应，一种是自由市场商店。自由市场商店什么东西都有，就是按本国货币很贵，可以拿外汇或者外汇券购买。古巴开了几千家外汇商店。

现在古巴在旅游方面发展比较好。旅游设施比较齐全。外汇收入已经超过了原来的主业糖业。

2002年我到古巴去的时候，使馆人员告诉我革命广场有自由市场，每个月的最后一个礼拜天，允许去出售东西，以农副产品为主。这让我非常吃惊。古巴的革命广场地位类似于北京的天安门广场，革命广场在哈瓦那市中心，有五个正规足球场大，能容纳100多万人，每年古巴有大型活动基本都在那儿，五一节、国庆节都在那儿搞活动。党中央办公室和一些部委就在那里，可以说是古巴的政治中心，不可想象那里会被允许搞自由市场。我去看过，摊位很多，人也很多。能够允许在革命广场搞自由市场，明显表现出古巴的经济发展思路。

《南风窗》：古巴国内知识界和百姓如何评价劳尔进行的一系列改革？

徐贻聪：这些做法并不是劳尔上台之后突然有的，而是一直在逐步推进。并不是当时菲德尔·卡斯特罗不允许做的，劳尔也不是背着他哥推行这些改革，古巴的方针路线是确定的。这些改革从1993年出现，不断完善。这是一个过程，而不是个人原因或年代取舍。

《南风窗》：古巴人对菲德尔·卡斯特罗什么态度？

徐贻聪：古巴人普遍敬仰菲德尔·卡斯特罗，这是有它的原因的：1994年，在哈瓦那街头出现过一次闹事，几百人在街头砸东西。菲德尔·卡斯特罗知道后带了一批劳动模范到现场，闹事的人看见卡斯特罗来了，立刻高呼卡斯特罗万岁，随后就散了。

同《中国网》记者谈中古关系

2010年9月28日，是中华人民共和国与古巴共和国建立外交关系50周年。当日，《中国网》播出了我与他们的记者常海燕进行的一次关于中古两国关系发展情况的谈话记录。现将记录全文收录如下：

中国古巴友好关系进入历史最好时期

*中国网：*各位网友，大家好，欢迎收看中国访谈。9月28日，是中国与古巴建交日，今年是两国建交50周年纪念。中古两国都是社会主义国家，也都是根据各自的国情建设了符合特色的社会主义。可以说，我们有很多的相似之处。随着两国关系不断加强，我们在文化、经济、政治等领域都展开了广泛而友好的合作。今天我们非常高兴地邀请到了前中国驻古巴大使徐贻聪先生，请他来与大家一起聊聊中古两国远隔万里的兄弟感情。

欢迎您，徐大使，欢迎您第二次来到中国访谈做客。

*徐贻聪：*谢谢你们给我与大家交流的机会。

*中国网：*徐大使，中国人民很喜欢看和古巴有关的书籍，还有电影和舞蹈，很多年轻人都把卡斯特罗当做他们心目中的偶像。包括卡斯特罗在内的很多古巴人也把毛泽东视为他们心目当中的偶像。请问两国人民在心理上的亲近性对两国关系的发展都带来了哪些积极的影响？

*徐贻聪：*今年是我国与古巴建交50周年。1960年9月28日，中古两国宣布正式建立外交关系。虽然中古两国关系经历了不同的阶段，但总的来讲是逐步向前发展的50年。如今，两国都有一个共同的认识，就是说两国关系处于历史上的最好时期。这个最好时期的由来当然是双方共同努力的结果。今天，两国人民都在热烈地庆祝这样一个节日，我觉得我们确实有理由热烈地进行庆祝。

中古两国的关系应该说是由来已久，两国交往也有很多年的历史。根据古巴方面的记录，首次成批的中国人到达古巴距今应该有将近170年的历史。也就是说，将近200年来，两国的交往一直是持续不断的，逐步地在深化、增加。尤其两国建交以来，这样的交往更是不断地深入，这对两国的发展都起着非常重要的作用。

你刚才提到的两国人民之间友好的感情，应该说，这种感情是深厚的，是真挚的。古巴的很多人对中国的革命，对中国的历史，都有比较深入的了解。古巴人在学习中国各方面的历史经验也一直是持续不断，而且正在不断深化。他们怀着对我们的感情，不断地加深对我们的了解。据我所知，中国对古巴的情况也是在不断了解当中，在进行学习当中。尤其是1959年古巴取得革命胜利，开始走社会主义道路以来的情况，更是中国各方面人士所关注，所感兴趣的方面。

这种感情应该说对两国关系的发展起着非常积极的作用。以前我在古巴的时候，我在古巴居住的时间其实并不很长，一共才两年多一点，但我赶上了很特殊的时期，使我有机会接触到古巴所有的领导人，有机会到古巴的很多地方去参观，去了解情况，有机会同很多古巴人有很亲密的、直接的接触。所以，应该说，我对这方面的情况有切身的、直接的了解。我对古巴人民的这种感情是有自己的深切体会的。

*中国网：*就是说，两国人民互相之间都是有很亲近的感情的。

*徐贻聪：*确实是这样。

*中国网：*为了纪念两国建交50周年，我们查到古巴政治出版社出版了《卡斯特罗语录》这样一本书。您觉得把卡斯特罗语录汇集成一本书的意义在哪里？您觉得卡斯特罗这么多年来对中国的看法和认识有没有一些新的变化？

第三篇　社会事

*徐贻聪：*我最近参加了古巴的一些学术书籍出版的发行式，因为中国的一些出版单位把古巴的著作翻译成了中文，其中包括《卡斯特罗语录》。《卡斯特罗语录》其实是卡斯特罗的思想集中的反映。我们国家学术研究机构对它有比较深入的研究。根据他们所发表的一些看法，卡斯特罗是世界级的领导人，应该说是对马克思主义、列宁主义有很深入理解的一级领导人。我们国家有的人甚至于把他称为当代比较伟大的马克思主义者，我还是比较赞成这种说法的，因为这个人确实是一个思想家。他不仅仅是一个革命家，也是一个思想家。

他有很多思想是很值得人们研究的，也是值得人们敬佩的。它对马克思主义有很多的了解和理解，对马列主义如何与古巴的实际相结合有很多自己的想法。这些想法受到了古巴人民的推崇，也受到了很多其他国家人民的推崇，更受到了很多理论工作者的认真研究。我认为，这种研究确实是应该的，是非常值得的，也是非常重要的一件事情。

您刚才谈到古巴对中国的一些理解问题，我是这么想，每个国家有每个国家自己的情况，每个国家也不应当要求别的国家来向自己学习。当然，每个国家的经验可以被人研究，被人借鉴。我也觉得中古两国都是社会主义国家，应该相互去研究、了解对方的经验和情况，这样可以达到一种相互借鉴的目的。

中国有些地方确实也值得古巴去研究，去借鉴，古巴也有很多东西值得我们来研究和借鉴。中国是强调建设具有中国特色的社会主义，古巴也强调建设具有古巴特色的社会主义。我认为这是正确的，因为每个国家都有自己的情况，每个国家都需要根据本国的情况开展本国的建设，古巴也正在这样做。

这些年来，我也知道，古巴一直在了解中国。据我所知，古巴现在所有的政治局委员一级的领导人几乎都到中国来过。他们来到中国当然不是走马观花，是为了了解中国的情况。中国在强调走自己特色社会主义道路过程当中也创造了很多值得别人研究的经验。古巴也是这样做的。我觉得有些方面，如果必须要讲古巴是不是做了一些与中国类似的事情，我看倒是有的。

最近几年古巴在做一些改善社会主义，完善社会主义制度的工作，包括类似于我们国家做过的事情。

*中国网：*正是因为有这样的相似之处，所以我们两国之间的理解和沟通就更为容易一些。

*徐贻聪：*确实是这样。由于两国交往很多，特别是领导人之间的相互访问每年都有好多次，一直持续不断，这种关系对两国的深入发展起到了推动作用。

*中国网：*是的，这几年我们两国的经贸往来也是很频繁的。中国现在已经成为古巴第二大贸易伙伴，古巴也是中国在拉美的第十大贸易伙伴，去年双边贸易额达到了15.47亿美元。但从双方互相出口的物品品种上，我们觉得还是有些不平衡。比如中国向古巴出口的有电冰箱、客车、内燃机车、皮卡、发动机等机电产品。古巴向中国出口的是镍、糖等资源性产品。您认为我们两国在交往上还有没有巨大的发展潜力呢?

*徐贻聪：*我从在古巴工作开始一直到退休后，始终认为中国和古巴在经济上是有很强的互补性的。每个国家都有自己的情况，每个国家都有自己储备、储藏的情况，每个国家也有自己经济发展的不同方式。从生产内容和形式上来讲，也有不相同的地方，但这个不相同，我认为正好是可以进行互相补充的内容。您刚才讲到中古两国这几年的贸易，据我所知，前年两国贸易达到了将近30亿。去年由于受世界经济、金融危机的影响，两国贸易额有所下降。但是今年上半年，据我知道的情况，已经又有了大幅度的上升。上半年两国贸易额已经接近15亿美元。应该说，今

年整个贸易额会比去年大得多。这也反映出两国在经贸方面互有需要，可以互相补充。但因为两个国家的储备不同，储藏不同，资产方式也不一样，应该说是各有特点。这个特点我倒并不把它理解为是一种局限性，而是正好可以挖掘潜力的一方面。

当然，中国是全面发展的社会主义国家，经济部门很全，各种生产都有，很多人把中国称为世界上第一生产大国，也就是说生产的东西很多。生产的东西除了自己消费以外，可以与世界其他国家互通有无，当然这也包括古巴在内。古巴除了一些资源性的东西以外，也还有很多其他产品。古巴从传统上来讲，它的镍矿出产比较大，产量也比较高。在当今这个世界上，从镍的角度上来讲，它是一个大国。我们也跟它那里有不少的进口。除了镍矿以外，古巴还有一些其他矿藏，有的还在勘探当中，比方说石油。原来我在古巴的时候，石油产量只有不到100万吨，现在在逐步增加，已经增加到400多万吨。这说明它还在不断勘探当中。除了陆地上以外，在海洋里头，浅海、深海也都在不断地发现油田，这也可以成为中古两国贸易上补充的方面。

其他方面，中国很多人都记得古巴的糖。我们困难时期一个很重要的供应品种就是糖，其中相当一部分是来自古巴的。古巴糖在许多中国人心目当中是印象很深刻的。还有其他的一些东西，比如古巴的雪茄烟，现在中国很多地方都有古巴雪茄烟的销售，古巴产的雪茄烟在中国市场上开始多于其他国家的生产。古巴也产别的东西，咖啡、海产品也有很多。这些东西当然它也有自己的贸易渠道，目前供应给中国的数量不是很多。但我认为，这些产品也可以成为中国和古巴贸易内容的一个方面。

除此以外，两国还有很多其他的互补性，比如经济合作方面，现在，两国在不断地进行挖掘。古巴还特别向中国方面表示，它可以利用它的地理位置，帮助中国同加勒比等国家开展经贸合作，我觉得这也是两国经贸合作扩大的内容，甚至是一个非常重要的方面。

*中国网：*两国要在经贸方面不断地扩大和不断地合作，拓宽领域，肯定是需要搭建平台的。我们就了解到，在11月1—6日就有著名的哈瓦那古巴贸易博览会。关于这个博览会，我们也查了一些资料，知道它是从1983年就开始，每年举办一次，有点类似于我国的广交会。不知道徐大使您有没有参加过？请您给我们做个大概的介绍。

*徐贻聪：*可以说这是古巴开展对外贸易的重要方式和重要平台。我曾经去过两次，我在古巴工作期间去参观过他们举办的这个博览会。古巴也是把这个展览会当做一个重要的活动来举办的，每次的活动也都邀请很重要的人士去参加。我认为这个展览会应该可以成为中古两国增加了解、增加贸易的一种方式和一种平台。古巴方面把它看做一个很重要的贸易场合，我觉得这是有道理的。因为除了本国人以外，其他国家参观的人很多。每次展览会的时间长短不一，不像我们广交会一共有两三个礼拜，它不是这样的，它时间不是很长。

当然，它也有一个比较长期的展台式的东西，你可以把东西放在那儿，但不在举办展览的时候去的人不是很多。展览会在哈瓦那郊区，离市中心大概20多公里。地方倒是很大，建筑也还可以，作为一个展览场地确实是不错的。这个展会是有周期性的，大家可以去看。我对它的印象是不错的。我们的有关方面，例如我们的工厂、企业、省市可以去参加，在那里可以做个展台。我还帮助一些地方与他们联系过，帮他们在那里租过展台。

*中国网：*中国在那边的展台多吗？

*徐贻聪：*我们每年参展的情况不同，有的时候多一点，有的时候很少，个别年份只有个别厂家、公司去参展。我觉得这个地

方可以利用，因为它除了面向古巴以外，周围还有不少国家的其他方方面面的人士到那儿去参观，去了解情况。我觉得这可以用它来作为双方，甚至与其他拉美国家互相了解的一个方式、一个平台。

*中国网：*中古两国文化交流不得不谈。两国的文化交往非常频繁。我知道，古巴的国家芭蕾舞团曾经在中国进行4次访问，去年7月第9届“中国文化节”在哈瓦那举行，当时反响很大。您在2002年、2004年、2007年又三度访问古巴。以您的了解，两国在哪些新领域还展开了文化交流？

*徐贻聪：*有个哈瓦那中国文化节，已经举办9届了，差不多每年都有的。

*中国网：*所以文化的交流也让我们彼此相互了解得更为深入一些。您认为在中古建交50周年这个非常好的契机，两国在文化方面能做出什么更多尝试和合作呢？

*徐贻聪：*关于中古文化交流方面我想多说一句话：古巴是把中国传统、中国文化、中国的影响看做为她的文化三大形成因素之一的。就是说，它的文化受到欧洲文化、非洲文化、中国文化的很大影响，所以中国文化在古巴的影响是很大的。古巴有很多成语性的言语表达都与中国有关系。中古之间在文化交往方面有着很悠久的历史，有着很广泛的内容，也有很多的方式。中古建交50周年以来，中古两国在文化方面的交往持续不断，而且一直保持非常旺盛的势头。从20世纪90年代以来的十几年中，两国文化交流形式更多了，内容更多了，影响也更大了。

刚才您提到了两国文化团体的互访问题。古巴芭蕾舞团来中国访问过四次，每次都受到中国高层领导的重视。第一次来的时候，毛泽东主席、周恩来总理去看过。后来访问的时候，我记得江泽民主席也去看过。在古巴举办中国文化活动的时候，古巴的很多方面的人士，包括古巴领导人也很重视。我倒是觉得，两国无论是政府还是其他团体，还应该要保持这种传统，继续扩大两国文化方面的交往。因为两国之间的文化交往对于两国总体关系的发展是能起到明显的、巨大的推动作用的。

中国网： 我们了解到孔子学院去年在哈瓦那大学挂牌了。但我们了解到，古巴大学其实在十年前就开设了汉语课程，是不是现在古巴会讲汉语的人非常多呢？

徐贻聪： 我刚才跟您讲过，中国人去古巴已经有近170年的历史了。其中有些时候，特别是在古巴的独立战争时期，中国在古巴的人特别多，中国人对古巴的影响非常多，包括汉语。后来中国人在古巴居住的人数越来越少，虽然也有一些，但中间有一段时间数量不太多。但作为语言交流来讲，据我知道，在两国政府间一直是非常重要的一个方面。古巴是20世纪60年代最早接受中国留学生的国家之一，而且是西半球第一个成批接受中国留学生的国家。1964年的时候，第一批去古巴学习的中国学生有140多个。从那时候开始，几乎每年都有中国人去那里学习。从20世纪60年代开始，古巴开始向中国派留学生，每年数量不等，多的时候有几十个。据我所知，现在还有将近200个古巴人在中国学习。当然，他们中大部分都是学汉语的，也有学其他的，但首先学汉语。

现在累计起来讲中国话的古巴人为数不少。在古巴的许多部门，特别是旅游部门，会讲汉语的人，从事汉语翻译和导游的人还是比较普遍的。据我所知，这比在其他许多国家要多一些。要问我总数有多少，我说不清楚，数量应该不少。

中国网： 这样的话，中国人去古巴旅游时也会感到非常的亲切。

徐贻聪： 是的。目前在古巴留学的中国人还有2000多名，加

上讲汉语的古巴人，在古巴哈瓦那经常会碰到讲汉语的中国人和古巴人。这样给人的感觉还是很亲切的。

*中国网：*正像您刚才说的，可以说从我们两国交往以来互派留学生就是一个经常的现象。在2007年的时候，两国的教育部还签署了《2008—2011年度教育交流协议》，现在每年古巴向中国提供1000多个单方奖学金的名额，今年是第三个交流协议了。不知道中国留学生在古巴的学习情况是怎样的？接触了古巴文化和古巴的学习以后，感觉到古巴的医学各个方面是比较先进的，有很多我们可以学习的地方，这些留学生回到国内以后，他们在各个岗位上的作用是怎样的？不知道徐大使对这方面有没有了解？

*徐贻聪：*我觉得有一点应该强调，而且从我个人来讲，我觉得我们其他方面也应该特别注意这一点，甚至应该感谢古巴领导人，这就是古巴对培养中国年轻人的一种关注和支持。卡斯特罗主席在2006年提出来，要每年单独接受中国的1000名青年人，也就是说，每年为中国提供1000个奖学金的名额。后来，还专门为中国中西部青年人的培养问题作出了一个决定，就是每年要接收中西部1000多名年轻人去古巴。这个计划已经执行了一些时间。但最近古巴遇到了一些困难，比如美国封锁问题，自然灾害对古巴的影响问题等，因为古巴遭受了连续三次的飓风，对古巴的经济、生产形成了非常大的灾害，影响很大。这使得古巴在很多计划的执行方面遇到了困难，包括培养中国留学生的问题。据我所知，今年上半年已经有将近500个学生回国了，他们没有学习完，是由于碰到了一些困难。经过双方政府的友好协商就暂缓了这个计划的执行，有一部分中国留学生回来了。但总的来讲，我认为古巴方面在帮助中国培养青年，培养各种人才方面是做了很多值得我们感谢的工作的。

去古巴的留学生中有自费的，有公费的，学什么专业的都有。我在一些部门见过不少在古巴学习过的年轻人。他们表示在古巴的学习对他们的帮助很大，使得他们学到了一技之长。很多从古巴留学回来的人，现在都成了我国很多方面的人才。在政府部门，比如外交部、商务部、全国人大、全国政协等单位，都有一些在古巴留学过的年轻人和上了年纪的人，有一些还都已经成为部长级的领导干部。

在技术部门，我接触的这方面的人不是太多，但我知道，我们与古巴开展的合作当中，有不少人都是在古巴学习过的，回来以后参加中古两国经济合作项目的开展。应该说，他们起到了应该起的作用，发挥了他们学到的长处。

*中国网：*其实我发现中古两国不仅在经济、文化、教育方面，在体育方面的合作也是很多的，尤其2001—2007年双方签订的体育合作项目就有很多，可能也是有奥运会的原因在里面。您能否给我们介绍一下，关于古巴这些比较强项的体育项目，我们两国可以在哪些项目上进行更深入的合作？

*徐贻聪：*我们都知道，古巴是一个体育强国。这个国家不大，人口也不多，但在体育方面却发展得非常不错，有很多体育项目的水平很高，比如说古巴的拳击、棒球、田径等。古巴的国球是棒球，是全国上上下下、老老少少都特别喜欢的项目，到处都有棒球场。你到农村里也会看到很多小孩拿着球棒，戴着帽子打球的情况。还有很多其他方面，像排球之类，他们也都很好。

大家都知道古巴的女排很强，还有可以与我们国家110米栏的刘翔相抗衡的著名古巴运动员。所以，体育是古巴比较强的方面，因为从卡斯特罗主席，到古巴政府、古巴党，对体育都是非常重视的。卡斯特罗本人也可以说是个体育迷，因为他年轻的时候打篮球、打棒球，也参加过很多体育项目。

我们与古巴不仅仅是这些年，以前也有过很多体育方面的交往。比如古巴帮助中国培养棒球、拳击运动员，这是很多年以前就开始的。中国帮古巴培养乒乓球、游泳运动员。据我所知，还有击剑等项目。两国在各自的体育方面进行互相帮助是两国关系的一个重要内容。我相信，今后我们还会把它作为一个重要方面来利用、来开展，因为这些长处是可以互相利用的。

*中国网：*我想我们的很多网友还注意到，在2008年的2月份菲德尔·卡斯特罗把古巴的最高领导权交给了他的弟弟劳尔·卡斯特罗。您对两位卡斯特罗都有比较深的接触和了解，能否给我们介绍一下他们两位有什么不同？在劳尔·卡斯特罗当上古巴最高领导人之后，对中古两国关系会有什么样的影响呢？

*徐贻聪：*我在古巴与菲德尔·卡斯特罗与劳尔·卡斯特罗都建立了非常密切、非常特殊的关系。我与他们两位经常见面。在大部分时间里，可能古巴政府领导人对我与对其他国家的使节有些不太一样的地方。一般情况下，菲德尔·卡斯特罗和劳尔·卡斯特罗是很少一起出面的，因为出于保护他们的安全考虑，很少安排他们两个人共同参加一些活动，除了一些必要的活动以外。但确实有一个比较特殊的例外，就是我经常能与他们两人同时见面，有的时候还同他们俩的哥哥拉蒙·卡斯特罗一起见面，我感到这是一个非常大的荣幸，也是一件让我感到非常骄傲的事情。

通过与他们的接触，我有了一个直观的了解，不能说是非常深入的了解。我与他们两人的私人关系还是相当好的，我们在一起无话不谈，他们俩经常问我中国方面的情况，有时候我也问他们古巴方面的情况。要说他们两人之间的不同，我倒想说他们两人之间相同的地方很多。他们俩是一起打游击打出来的，菲德尔·卡斯特罗参加过的斗争，劳尔·卡斯特罗都是一起参与的。他们两人从打响亲美独裁政权第一枪开始到取得哈瓦那政权，都是在一起的。他们共同参与了古巴取得现政权的所有活动。他们两人对很多问题从认识到理解都是一致的。古巴共产党也基本强调集体领导，所以他们俩在2008年以前，作为第一把手和第二把手，两个人的配合是非常默契的。

如果说他们之间有一些什么差异的话，我说一句话，也许我这句话说得不是很准确，劳尔·卡斯特罗显得更加活跃一些，平常与人接触更加随便一点。但是从领导国家建设和发展来讲，他们俩的认识是一致的，所执行的政策也是一样的。有些人注意到劳尔·卡斯特罗当了国务委员会主席和部长会议主席以后，采取了一些过去所没有采取过的做法。我觉得这些做法并不能理解为是劳尔·卡斯特罗自己独创出来的，而是古巴党和政府经过研究，为了适应形势所采取的一种必然的做法。

有些人说，劳尔·卡斯特罗可能与菲德尔·卡斯特罗有所不同，我认为不能这么去看。因为他们在这方面的看法还应该是一致的。菲德尔·卡斯特罗并不反对现在的一些做法。最近古巴采取了一些做法，比如前些日子宣布要重新安排100万人的工作问题。也许前几年很难想象，但为了适应古巴建设和发展中的一些实际情况，他们采取这样的做法是符合现实情况，符合他们发展阶段，也是符合他们的基本政策的。所以，我倒是认为他们两人之间共同点更多，只是因为时间不一样，情况不太一样，做法上有些差异而已。

*中国网：*可能私下里两个人还会交换意见来讨论。

*徐贻聪：*应该是的。

*中国网：*徐大使，美国与古巴的关系一直牵动着世界的神经，甚至一定程度上影响着中国与古巴的关系。最近美国采取了一系列政策来缓和与古巴的关系。您觉得这些政策对中国与古巴的关系有没有影响呢?

*徐贻聪：*古巴方面一直在寻求改善同美国的关系。美国从20

世纪60年代开始对古巴进行封锁，这个封锁遭到了全世界的反对。不光古巴方面反对，全世界大部分国家都反对，美国大多数人也不赞成美国政府的做法。中国也反对美国对古巴的封锁，在联合国会议当中也一直投票反对美国对古巴的封锁。最近有些报道说，美国要全面改善同古巴的关系，但实际上做得并不多，有些方面反而在强化对古巴的封锁，奥巴马说过一些话，包括减少一些对学生、宗教界人士要去古巴的限制，但总体的政策并没有取消。不仅没有取消对古巴的整个封锁，甚至于还采取了一些强化遏制古巴的做法。很多方面都希望美国能够真正的、实际的做一点缓解两国关系的事情，但大家还都在看。

据我了解，最近古巴方面准备向联合国大会提出关于要求美国取消对古巴封锁的决议案。这个决议案从开始以来每次都得到绝大多数国家的支持，但美国始终不予理睬。今年我估计各方面还会提出来，还会以压倒多数票通过，但是我对美国取消封锁并不抱希望。这并不是大家希望就能做到的事情，美国还会把这个封锁继续强加给古巴。

您说美古关系的状况会不会影响中古关系。美国对古巴封锁不仅仅直接影响到古巴，还影响到与古巴有关系的其他国家，其中包括中国。中国有许多到古巴的船只在一段时间不能去美国，就是影响之一。美国的这种做法使人很难接受，但美国就是这么做了。如果说一旦美古关系改善了，或者封锁取消了，这些限制没有了，对我们当然会有一些好处。但总体来讲，我并不认为美古关系和中古关系有直接的关联。我们是按照我们的政策办事的。我们支持古巴寻求在反对美国封锁当中采取的做法，这是中国的政策，但总体来讲，中古关系的发展不会受到美古关系的牵制。

关于这个问题，我始终认为，我们会按照自己的政策，根据我们自己的需要来发展同古巴的关系。美国对古巴的关系，古美关系的动向，中国会研究和关注。但我还是想说，我们同古巴的关系不会受到古巴同美国关系的影响。如果说美古关系能够有所改善，这不光是对中国，而且对整个世界都是一件好事。

*中国网：*最后我想请问一下徐大使，您在古巴担任了那么多年的大使，也重返古巴好几次，您能不能给我们总结一下，古巴这个国家的特别或值得我们中国去借鉴和学习的有哪几点？

*徐贻聪：*应该说每个国家有每个国家的长处，都会有很多值得其他国家学习和借鉴的地方。从中国和古巴两国关系来讲，我认为在当前至少有这么几个方面值得我们学习。第一，古巴为什么能在那样困难的情况下始终保持一种旺盛的斗争精神？古巴维护国家独立主权的斗争精神是全世界各国人民都非常尊重、非常推崇的。我们中国这种精神当然也是很强的，但我觉得我们需要去研究、学习古巴的那种精神。我后来去过古巴几次，2002年、2004年、2007年分别去过，但每次逗留的时间都很短，不可能了解到很多情况。据我当时看到的情况，古巴一直都还在坚持这种精神。其次，古巴的干部和群众的关系，古巴反对腐败的做法，确实有很多东西值得我们关注，值得我们学习。我曾经向有关方面的负责同志介绍过一些情况，谈过我的一些体会，至今有些东西我还是有比较深的印象的。比方说，古巴领导人与老百姓的关系非常密切。古巴现在的第二号领导人，就是古巴现任国务委员会的第一副主席兼部长会议第一副主席马查多，他有80多岁了，他在10多年前能叫出全国70%以上基层党支部书记的名字。古巴共产党有近90万党员，党支部的数目不少，他能见到就叫出那么多人的名字来，我就觉得他也很了不得。古巴的很多高层领导人在田间地头可以随便坐下来与工人、农民互相拍拍肩膀，说说粗话，显得关系非常融洽。我不是说要批评我们现在的领导同志，

但我觉得像这样的一些做法，这样的一些精神，我们还是可以研究，可以去学习的。

当然也还有很多其他的方面。我跟人家讲过我自己的一个经历：我曾经去过古巴一个副总理家里做客，当时连客人、主人就8个人，古巴副总理两口子，古巴首都哈瓦那市市长两口子，古巴政府部长（相当于“不管部”部长）两口子，他们六个和我们两口子。到副总理家里做客的时候，没有任何警卫和服务人员，所有的事情都是我们自己动手。饭是三个夫人自己做的，饮料是放在门口我们自己去拿来的。做好了饭，大家各自拿一点，坐在院子里一边吃饭一边聊天。事后我想，这是他们的副总理，另外一个是市长，一个是不管部部长，能有这样的待客方式可能是不多见的，这些东西也给我留下了一种比较深刻的印象。

当然，还有很多其他方面的东西值得我们考虑。古巴在非常困难的情况下坚持发展，采取多种方式发展社会主义道路，有些东西真的值得我们去借鉴和研究。他们的一些条件、他们的困难以及在特殊情况下如何坚持发展自己的一些精神，有好多东西还是值得我们学习的。这个问题我没有很深入地想，更没有去归纳，很难跟您说得很全面，只能这么简单地与您说说。

总体来讲，古巴这个国家不是很大。我总讲，它的人口才1100万，比我们海南岛大概多一点，但有很多东西是值得我们去研究，学习的。我们在纪念与古巴建交50周年的时候，我觉得我们有些部门应该深入地去研究研究，同时考虑如何深化今后两国的关系。今后两国关系肯定会越来越好，因为我们之间没有任何矛盾冲突，有的是很多共同点，包括从理念到对一些问题的基本考虑和认识。有这样的基础，加上我们两国在经济、贸易方面的互补性，我们两国的关系肯定会越来越好。

*中国网：*今天非常感谢徐大使与我们聊了这么长时间，把中

国与古巴源远流长的友谊、历史和发展状况都给大家做了一个介绍，非常感谢您。我们也希望能利用两国建交50周年的契机，使未来两国的发展达到一个新的高度。我们的合作空间会非常的广大，谢谢各位网友们的关注！再见！

*徐贻聪：*谢谢您给我这样的机会！

古巴在自己的道路上与时俱进

2010年，古巴在以往的基础上，继续采取了一些完善社会主义制度的举措，特别是在9月宣布要重新安置百万劳动力的决定，引起了各方的广泛关注和多种猜测。古巴何去何从，在今年的世界事务中，可以称得上是一件比较特殊的事情。

古巴将这些新的措施称之为“现实化”。如果要作必要的解释，我认为可以将之说成“为适应目前情势的需要进行的调整”。用我国目前盛行的一个说法来套解，就是在社会主义道路上“与时俱进”。

古巴选择的发展道路是社会主义，并在强调坚守信念的同时不断思考如何逐步为之进行完善。古巴共产党中央委员会第一书记菲德尔·卡斯特罗和古共中央第二书记、古巴国务委员会主席兼部长会议主席劳尔·卡斯特罗都曾多次反复强调，革命就是要适时进行必要的变革；摒弃一切必须改变的东西；干部的首要任务和中心工作就是要为保持所选择的制度进行经济建设，打好经济仗。在建设社会主义的进程中，古巴做过多种尝试，时进时退，但始终未忘完善并时时都在探讨如何完善。

应该说，古巴在内外条件都非常困难的情况下坚持社会主义道路的决心是大的，对社会主义进行完善的努力也是令人称道和敬佩的。试想，作为一个被大海包围的不大岛国，各类自然资源都不多，各方面的回旋余地都不大，又面对着一个强大的、对之始终虎视眈眈、欲置其于死地而后快的世界强国以及千变万化的国际风云，在为争取打破持续几十年的野蛮封锁的同时，要为捍卫国家独立、主权和解决1000余万人口的自由、生存问题进行奋斗，应该是何等的不容易。也许，正是这样一个“不容易”的政治地理环境和艰难局面，使得古巴成了全世界关注的一个中心，并深得各国人民的敬重。

当然，“不容易”不能是搞不好自己选择模式的唯一和全部借口。因此，古巴一直在总结经验教训，不断探索前进的方式和办法。近两年来采取的多种举措，正是这种前行探索的试验和决心的体现。

人们可以看到，从2008年以来，古巴在反复强调坚持社会主义道路的同时，已经陆续在人员工资、供应配额、政府补贴、机构配置、公私行业划分、土地使用、税收设置和收取等方面采取了许多重大的举措，进行了范围甚广、幅度颇大的调整，有的更是打破了几十年来的禁忌。还有，关于已实行多年的全民免费医疗制度是否要引入非国家工作人员部分个人投入的传闻，对于连陪同住院家属的饭费都由国家承担的古巴人来说，也不啻是一个惊雷。

很多人在问，古巴为什么要在现在采取这样一些“现实化”的举措？笔者看来，这正是古巴人民自己总结的结果和得出的结论。

古巴1959年以来经历的历史可以放置于一侧，因为它不是本文探讨的宗旨。近几年来，世界性的经济危机对许多国家都造成了巨大的影响，古巴也不例外。举一些简单的例子来说，古巴的主要出口产品糖、镍、龙虾、咖啡、雪茄烟等，受多数国家经济萧条的影响，连续下跌的价格使其损失了约100亿美元（按

1999年不变价格计算），使古巴在这10年间的进口能力下降高达约15%。这样的幅度，对于一个小国来说，无疑是一种巨大的灾难和冲击。外部的这类影响姑且不说，自然灾害对古巴形成的影响也非常之大。据不完全统计，1998—2008年10年间穿过古巴的16次飓风，给这个岛国造成了高达206亿美元的经济损失，2008年的两次飓风摧毁了全国70%的电力系统；2003—2005年的干旱又给它造成了约14亿美元的经济损失。这些还不包括2009年和2010年自然灾害造成的、尚未统计出来的损失和损害。古巴是个旅游业比较发达，也是对旅游业依赖程度较高的国家。从20世纪末期起，旅游收入已经跃居其外汇收入的首位，成为其经济的主要支柱。但是，近些年席卷世界的经济衰退，使得古巴的旅游业受到了重创，旅游带来的直接外汇收入大幅下降。过重的财政负担（有些甚至可以说是政府没有必要承担的负担），出口和外汇收入的显著减少，各类灾害造成的巨大损失，严重影响了古巴的正常国际贸易和收支结算，不仅造成必需品进口的锐减，威胁到人民的日常生活，还使得政府外债偿还能力下降，不得不向债权国提出重组外债和推迟偿还的要求，致使国家的声誉和国际信任度都受到了不小的干扰。这种状况还涉及许多古巴与外部合作项目计划的正常开展，比如由卡斯特罗主席2005年主动提出的与中国眼科项目的合作就被基本中止（古方原计划在我国合作建50所友好眼科医院，但已签署协议的第四和第五所医院均已于今年初被古方通知因财政困难需要暂停执行）。

除去经济方面的困难和复杂的情况以外，古巴人民也看到了内部存在的其他应该改变的问题和不足，例如长期保留的“大锅饭”和平均主义，不仅使得政府的财政负担难以为继，还形成了劳动率低下、办事效率不高、资源浪费严重、机关企业人浮于事、城市人口大量增加、农村缺少劳动力等不良现象，以及人口出生率下降、老龄化攀升等社会问题，严重影响经济的振兴和发展，形成了某种意义上的恶性循环。劳尔·卡斯特罗在今年4月的一次讲话中曾明确指出，古巴是世界上唯一可以不劳而获的国家，有100多万多余的职工需要国家养活。将这样的一些不良现象视为“弊端”也好，列入一般社会问题的范畴也罢，总之，古巴人越来越感觉到它们不符合社会主义原则，应该设法予以改变，包括变更由此养成的人们的意识、思想和习惯。

正是在这样的内外情势下，古巴启动了新的“现实化”的进程，以期为摆脱困难和加快国家的建设和发展寻求新的途径和办法。古巴在决定采取“现实化”方针的同时，还于不久前宣布将在2011年4月下半月召开延期已久的第六次党代会，并在此前发动全民进行为期数月的大讨论，要求各界人士就将在党代会上对国家大政方针进行讨论的纲要提出意见，为调整政策作必要的思想和措施上的准备。由此可以看出，古巴党和政府对人民是信任的，也是对未来的政策走向持有信心的。几年前，根据劳尔·卡斯特罗的提议，古巴曾经在全国范围内征求过民众对党和政府工作的意见，据说提出的意见有数百万条之多。我有理由相信，古巴近几年采取的举措和即将交付讨论的纲要内容是有群众基础的。也就是说，古巴的“现实化”动作虽大，但会被公众以比较平静的态度接受，不会引起太大的社会波动，更不会对政局稳定形成威胁。

诚然，如同做所有的事情一样，风险总是会存在的。不过，我相信古巴党和政府在考虑和决定要对现行制度进行“现实化”变革的时候，也已经充分意识到可能会遇到的内外困难和大小风险，并对之有所预案，因为在为生存进行的50多年的斗争中，他们已经积累了足够多的经验和教训。这些应该是他们为今后斗争的胜利集聚的无价之宝。古共和政府高层领导已经多次强调，在进行“现实化”的调整中将本着循序渐进、谨慎冷静的态度来操作，就足以说明他们考虑的细致和周密。此外，古巴也拥有一些可以保证社会稳定的基本条件。其一，古巴的现行体制深得人民的拥护，菲德尔和劳尔是人民崇敬和信任的国家领导人。其二，古巴共产党不仅有一个团结、稳定的中央和地方领导班子及机构，更有80多万名党员（占全国人口的十三分之一，比我国的党员占总人口二十分之一的比例要大得多）。古共的领导成员和普通党员长期与人民同甘共苦，在人们的心目中占有一定的地位，起着先锋模范作用。他们还能将党的方针政策及时带给人民，使得大家能够有直接了解和理解。其三，古巴的社会主义建设成就斐然，不仅给全国人民带来了独立、主权和人人平等的政治地位，全民免费教育和免费医疗等待遇也使百姓能够安享生活。即便在逼不得已的情况下需要作出必要的调整，也将能够被多数人所理解和接受。其四，国家的安全体制和建设可以起到稳定社会的积极作用。

“开弓没有回头箭”。虽然古巴并非今日才开始其完善社会主义的变革进程，但目前启动的“现实化”步骤，确实是大胆和空前的，有些人甚至将之称为180度的大转变。不过，既然启动了，就必须也必然要坚持走下去，否则没有其他出路。停止或走回头路，结果会更难以想象。在这条变革之路上，使用什么名词、采取什么方式并不重要，关键在于实质和内容。坚持住原则，保证目的的实现，应该也相信是古巴党、政府和人民所追求的目标。既然是一种涉及人们思想和观念上的变革，还必然会不断演变、深入，从而引发出其他的，甚至未曾预想到的新情况、新问题，其中包括市场概念的渐浓、私有成分的不断扩大必然对现行的计划经济产生的冲击，需要有所预防就是了。

古巴的“现实化”变革涉及人们至今不习惯的许多方面，要求观念上的根本改变，不可能一蹴而就。因此，无论是他们自己，还是关心他们的其他国家的人们，都必须要有耐心，不能试图去“拔苗助长”，做出与自己和与古巴都事与愿违的事情。

无可否认，古巴的大部分“现实化”的举措是在菲德尔·卡斯特罗让权后，由新的国家领导人劳尔·卡斯特罗主持工作后采取的。也正因为如此，有人在问，是不是劳尔·卡斯特罗比菲德尔·卡斯特罗更激进、更开放、胆子更大？笔者认为不能这样分析古巴的领导层，也不应该这样看待卡斯特罗兄弟。第一，菲德尔·卡斯特罗依然是古巴共产党中央委员会的第一书记。对于一个执政党的第一把手而言，他仍然毫无疑义地负有对党和国家不可推卸的领导责任。虽然他前段时间身体欠佳，但思维依然敏锐，对国内外的情况始终有清醒的认识，不可能放任别人做违背党的宗旨、路线和意志的事情。第二，古巴共产党采取的是集体领导的原则，所有的大政方针需要集体讨论通过，不是由一个人说了就算的领导方式。此次推出的旨在实现古巴现代化的重大举措，就是古共中央一致决定的。第三，劳尔从20世纪50年代初就与其兄菲德尔一起参加了从武装夺取政权、国家机构的建设、经济发展方针的制定以及对外关系演变的全部历程，深悟古巴党的性质、选择的道路和基本路线，因而在古巴享有很高的威望，深受全国军民的爱戴。根据笔者在20世纪90年代与他们两人两年多的直接接触来看，尽管劳尔在性格、待人、行事方式等方面确实与其兄有所不同，但在对待国家的发展道路方面表现出来的是与其兄天然的一致，绝不会背道而驰。也就是说，劳尔所做的事情，只是按照古巴共产党的既定路线和方针，顺应时代和情势的要求，力求新的成功和成效，而不是“重打鼓、另开张”。此外，迄今为止，也没有任何迹象和证据表明菲德尔不同意劳尔的某个或某些做法和举措。相反，在对古巴国内一些问题的处理上，菲德尔对劳尔表示了充分的信任，而且是在不断巩固劳尔的地位和权威。一定要在菲德尔和劳尔之间寻找不同和分歧，做这样或者类似的思考和分析，如果不是一些国际上反对古巴的势力别有用心，也应该属于是一种“庸人自扰”。我希望我们的同志既不要上当，也不要“自扰”。

我国三十多年改革开放的成功经验，在于始终强调自己的特色和决心根据自己的条件走自己的路。“痛定思痛”，中国有过仿效别人而陷入困境的教训；“走自己的路”，中国也有过按照自己创造的模式取得极大成功的喜悦。我们应该以这样的经历、标准和原则看待古巴的事情，欢迎古巴按照本国的实际情况和世界形势的发展变化进行“现实化”的改变，逐步完善其所选择的社会制度，争取独特的成功。从另外一个意义上说，我们曾经反对抄袭或者模仿别人的经验，我们也不应该要求别人仿效我们的经验。用我们的历史和经验去衡量别人的措施，评论别人的是非，甚至对别人的做法指手画脚，不应该是我们的态度，不符合我们不干涉别国内政的一贯政策和坚定决心，做了也肯定得不到什么好的结果。按照胡锦涛总书记的说法，中古两国人民是好同志、好朋友、好兄弟。用同志、朋友和兄弟的眼光去看待古巴的“现实化”变革，期待和盼望他们的成功，并且在自己力所能及的范围内帮别人一把，这才是我们应有的态度和做法。何况，古巴在制定供全党和全国人民讨论的纲要时，已经将“中国”列在一些对其产生过重要作用的国家之首，意味着对我国情况和经验的高度注意和重视。

我还感觉到，从我国坚持的平等互利的对外交往原则出发，从中古两国的传统友谊考虑，从古巴“现实化”的需要去思考，古巴的“现实化”变革将必然会给我国进一步深化与古巴的合作带来机遇和挑战。我们应该抓紧机会，予以充分研究和利用。

如果说，中古两国人民的友谊源远流长，在历史的各个不同时期都曾经有过许多互帮互助的记载，那么，有着共同理念和信仰的两国人民今天更应在两国近似的发展道路上探求新形式的互帮互学。目前，两国在各方面的关系都有着坚实、牢固的基础，合作的前景也非常广阔、灿烂，完全有可能和有条件大加发掘。在古巴新的政纲原则中，包含有外经外贸、对外合作、外资进入、金融旅游等多方面的新思路，表达了扩大对外交往的明确思想。我国的有关方面和公司企业应该及早予以密切关注，抓住机会，捷足先登，利用古巴将为外界提供的新的政策和机会，多管齐下，取长补短，争取扩大双方互利、双赢的多内容、多形式的合作。这将是古巴的期盼，也符合我们自己的利益。

我相信，古巴虽然面临诸多困难，特别是在短期内如何改变多年形成的积习和弊端，处理好计划经济、中央集权和市场扩展以及如何注意解决变革、发展和保持稳定的关系等问题，避免矛盾的出现和激化，但一定能够通过为实现社会主义“现实化”的持续而艰苦的努力，在自己选择的道路上阔步前进，取得长足进步。同时，我也相信，通过双方的共同探讨，加深理解，中古友谊也会在沿着社会主义道路前行的进程中得到进一步的巩固和深化。

（2010年11月20日写于北京）

附　录　我自己的事

每个人的历史都是自己写就的。如果想不被后人唾骂，自己就应该对自己的历史负责，自己更应该对自己负责。

人类跨进一个新的世纪后的第一个月，即2001年1月，我被批准退休，从而结束了近40年的外交生涯，退出“文装解放军”的“现役”，转入人生道路上新的生活时期。

回首往事，我一生中心悦诚服地接受的是马克思主义和毛泽东思想，是伟大、光荣、正确的中国共产党的教育，我也以我毕生精力和全部所能回报了敬爱的党和可爱的祖国，没有做过任何对不起她们的事情。我退休后，外交部党委书记、常务副部长李肇星曾于2002年初对拉美使节评论我说，“他是个好人，是个特别好的好人”。李副部长与我相识20多年，我们还曾经一起陪同国务委员兼外交部长钱其琛同志去拉美进行过访问，后来他又一直是我所在的外交部拉美司、几个驻外使馆及世知社等单位的主管部领导，我的一些任职还都与他直接有关，所以我想，他在我退休以后说的这句话，可以被看做外交部对我多年工作的结论性评价。

我对我选择的道路和走过的人生无怨无悔，无债无争，感到充实，感到欣慰。

颠沛流离的童年

(1938年至1948年)

我于1938年10月6日（农历8月13日），也就是中国人民的抗日战争爆发后的第二年，出生在江苏省淮阴县（今江苏省淮安市淮阴区）的西部农村，地名是鲜为人知的蒋集乡三岔村徐唐庄。按照徐氏家谱中我的祖父辈的名字以“学”为首、父亲辈的名字含“维”、我这一辈用“贻”作名字第一个字的规定，生下来后家里给取名“贻林”。由于我出生在虎年，亲朋邻居都亲切地叫我“大虎子”。

我的家乡位于京杭大运河的泗阳（原名众兴镇，即今泗阳县政府所在地）清江（淮阴的又一个称谓）段的中间部位，离运河堤岸仅约一公里。夏日里河水上涨时，每天可以从家门前看到运河上行驶船舶的点点白帆。我的祖辈和父辈都是农民，靠租佃田地过活，因此家境十分贫寒。我的父亲徐维良从年轻时就参加了共产党领导的革命队伍，从事抵抗日本侵略者的武装斗争，后来还成为被国民党悬赏捉拿的游击队长。我的母亲张秀英在生下我之后不久也参加了中国共产党，并被推选为乡妇救会主任。在当时的历史条件下，我的这种家庭环境决定了我的颠沛流离的童年岁月。我记得，在抗日战争处于相持阶段的1943年，为逃避日本人和汉奸的追杀，尚不懂事的我及两个幼小的妹妹不得不在母亲的带领下逃离家乡，到200多里外的一个解放区避难，直到1945年8月日本投降方得回到家乡。记得在那段时间，我虽然只有六七岁，但已经需要帮助母亲照看两个妹妹。回到家乡未几，又因蒋介石挑起内战，苏北解放区首当其冲，我的家乡再次成了战乱之地，我们全家也不得不再次去“跑反”。为了我们的安全，新四军苏皖边区政府安排我和我的祖父母、母亲及两个妹妹跟随作战略转移的人民军队北撤，父亲则再次受命留在当地打游击。我们在人民军队的保护下，头顶着敌人飞机的轰炸，背对着敌人的追赶，昼夜一路北行，途经山东省的东部地区，在石岛登上大货轮渡过渤海，从皮口上岸进入辽宁，还乘小木船沿鸭绿江东上，行进到吉林省的通化，前后历时两年有余。行军途中，有时需要连续数日不断前行，有时在战场条件允许下则在某个地方小住。期间，我虽然年纪不满10岁，但每天都需要与大人一样长途行军，最多时一天曾步行120余里，日行八九十里更是家常便饭。到达目的地后，往往我还要去领取全家的口粮柴草，艰苦程度无须细言。长时间的奔波和无定时的生活，不仅使我失去了童年的乐趣和学习的机会，还给小小年纪的我留下了肠胃和关节疾病的病根。1948年底，我们家的7口人（离家出发后不久我母亲又生下我的第三个妹妹）又紧跟着解放军南下的步伐，耳听着战场上的枪炮声，带着满怀喜悦和期待的心情回到了家乡。但是，因为父亲还在前方打仗，到家乡后我们没有能够很快见到他。1949年10月1日，我们在家乡收听共和国成立大典的实况广播时，团聚了的全家人甭提多么高兴。

淮阴是我国比较有名的穷地方，究其原因，大概是资源少，自然条件差，水旱灾害较多，加上不断的战争的缘故，因而老百姓的生活很苦。因此，我的童年不仅充满战争造成的不幸，还始终伴随着贫穷和饥饿。在农村的几年，我记忆最深刻的是，一年里半年以上的时间要靠白薯（也包括白薯秧、白薯干、白薯面）活着，基本上没有油和盐，只有过春节时才可能有点肉和白面。所以，我和别的孩子一样，总盼望着过大年。那时，我虽然年岁尚小，在家乡的日子也不算很多，但还是学会了不少农活，因为大人小孩都必须要干活。后来的事实证明，童年和少年时代的生活经历，对我在工作中不畏困难、注重实效、遵纪守法、谦虚待人、崇尚节俭及不讲究穿戴和吃喝等思想和品德的形成影响颇大、颇深。

奔走不定的初学阶段

（1948年至1958年）

1948年11月回到家乡时，我已满10周岁，民主政府马上安排我进了离我家不远的赵庄初级小学上学，从一年级开始读起。在正式上学前，我曾于4岁时上过短时间的私塾，囫囵吞枣地背诵过《百家姓》、《千字文》等古文，在北撤途中也曾利用在胶东地区短时间的休整进过几天校门。尽管老师们认为我比较聪明，私塾老师还把我的名字由原先的“贻林”改为“贻聪”，但实际上我并没有进行过系统的学习，更没有深刻地掌握住应有的知识。不过，我掌握的一些基础知识还是起到了一定的作用，因为我正式进入小学后差不多每两个月就换一个教室，即升一个年级，总共仅用了半年的时间就读完了从小学一年级到三年级的课程。由于不断随父母搬家的缘故，从四年级到六年级我则进过农村和城市的3个完全小学（农村的郁梨园小学、清江市区的人和小学和淮阴县政府所在地的王营小学）。学习环境的频繁变更，对我的高小学习成绩难免产生了不小的不利影响。小学毕业时，我的成绩不算很好，数学底子尤其较弱。

1950年，我在我进入的第二所完全小学，即清江市人和小学加入了中国共产主义少年先锋队。1952年小学毕业时，我刚满14岁，由于各方面综合表现比较不错，得以成为中国共产主义青年团的团员。

1952年我在淮阴县王营小学毕业后，经过3次考试，考进了当年新办的淮阴县刘老庄初级中学（位于闻名遐迩的82烈士纪念碑所在地的刘老庄，“刘中”亦是为纪念烈士而建），首次离开父母，住进学校。在校期间，基于我的各方面表现，我被选为刘老庄中学的团总支委员，负责少先队员的工作。由于初次离开家人，不会自己管理自己，加之农村卫生条件很差，进入刘老庄中学不久就全身长满了虱子，几经清理都未除尽。一年后，我离开了刘中，转入了我的新家附近的淮阴中学，并在该校完成了初中和高中的全部学业。

在中学期间，我对外语产生了较为浓厚的兴趣，俄语成绩也始终在班上名列前茅，这为我后来的专业选择奠定了基础，课余时，我则经常和同学们一起打篮球，虽然个子仅有1.71米，却成了年级球队的组织后卫。也许，那段时间对我后来的择业和健康产生的影响确实是重要的。

奠定为国效力的专业基础

（1958年至1963年）

1958年高中毕业参加全国统一高考之前，我向父亲要了十几元钱，只身乘小轮船从淮阴经过镇江赶到南京，参加了先期招生的北京外国语学院（即今北京外国语大学）的考试，随后又赶回淮阴参加全国统考。尽管当时我对西班牙和西班牙语都毫无所知，但我在报考北外填报志愿时却是西班牙语系，或许这也可以称之为“歪打正着”。统考后，还在同学们处于回忆、归纳考试情况的时候，我意外地接到了北外的录取通知书，要求我于8月底去该校报到。通知书引起了淮阴中学老师和同学们的一片欢呼，纷纷向我表示祝贺。实际上，这份通知书确定了我的人生道路及后来为国家服务的方式和走向。

1958年8月下旬，我与考入北京地质学院的同班同学黄家宽结伴离家北上，前往北外报到。由于我们两人的家庭经济都很困难，我们只能寻求最为经济的求学路线，乘坐最便宜的交通工具。我们商定的是"辗转赴京"的办法，先从淮阴乘小轮船经宿迁转换另一个小轮船到徐州，从那里改乘火车慢车到济南（那时没有从徐州直达北京的慢车），再乘另一趟慢车到北京。在济南，我们利用等车的几小时，去看了大明湖，既观赏风景，也稍稍调整一下疲劳的身体和精神。到北京后，在北京的前门火车站，我们分别上了去不同方向的有轨电车，奔向各自的学校。

进了北外的校门，我方知新生的报到日期被推迟了半个月，但学校考虑到我的情况，破例允许我留下，并安排我在法文系三年级的学生宿舍里暂住。在等待注册的日子里，我对未来的学习环境和学习生活有了一定的熟悉和初步了解，还听说我可能被分配到英文系就读。北外"来了就是主人"的传统欢迎新生用语，使我这个乍到大城市的"乡巴佬"备感亲切，给我的印象也很深刻。正式注册那天，我被告知将要学习的是西班牙语。对此，我感到非常高兴，因为它正是我的最初志愿。

北外4年多的学习生活是有意义的，但也确是很艰苦的。学习任务很重，又恰逢我们国家处于困难时期，同学只能在饿着肚子的情况下勤奋读书。我作为学生会的生活委员，虽然想关心大家，但是实在无能为力，因为我自己还是靠每月12.5元的全额助学金完成着学业。好在从1960年起学校已经很少组织学生参加重体力劳动，这对同学们集中精力和体力用于学习不无好处。我在北外唯一感到遗憾的是，由于西班牙语课程太过紧张，来自西班牙和拉美国家的外籍老师对我们的要求又特别严格，使我们不得不把全部时间都用于主课的预习和巩固，因而我一直未能学好我选择的第二外语——英语。如果不是因为我们提前离校，免除一切毕业考试，我想我的英语考试一定不会及格。此外，由于北外一度准备把我和另外三位同学留校任教，拒绝了教育部拟派我去古巴留学的意见，使我失去了可以出国深造的机会，对我也多少是件憾事。在政治方面，因为我在1959年暑假后年级组织的一次座谈会上谈到回乡观感时，说过“大炼钢铁得不偿失”、“人民公社的遍地开花有一哄而起之嫌”等话，还曾将写有这些看法的心得文章张贴在系里的板报栏上，因而受到系党支部的严厉批评。有的同学告诫我说，你可得当心点！如果不是反右高潮已过，说不定会把你当成右派来看待。我虽然不想为我反映了实际而后悔，但也确实学乖了些，作了点口头检查，在当时的情势下我不想再给自己找麻烦。不过，我想在大学阶段加入中国共产党的愿望最终成了泡影。

当然，在北外也有令我高兴的事情，其中之一，也是最重要乃至对我的一生都有特别意义的，就是得以认识我的结发妻子、当时该校英语系的学生徐丽丽。她在北外毕业后也被分配到外交部，先后在国际问题研究所和办公厅图书资料室工作，当过图资室的副主任，还获得过国家图书馆馆员资格证书。但为了协助我的工作，她不得不基本上放弃了她的英语和图书馆专业，跟随我去了5个拉美讲西班牙语的国家。我们于1963年6月结婚，生有两子，他们长大后亦都先后进入了外交部。

与古巴的初期接触

（1963年至1974年）

1963年3月初，在北外5年学习的最后一个学期刚开始不久，正在我们6位同学（入学时，我们届共有17位同学，大部分都在三年级初被借调去培训古巴来华的石油和航空实习生，只留下拟作教员的我和另外3位同学，还有两位是前届因病留下来的）忙于完成学业的最后冲刺阶段时，校领导突然把我找去，不无遗憾地告诉我：根据周恩来总理的指示，我们6人需要提前毕业，立即去充实刚刚兴办的《北京周报》西班牙文组的力量。学校再也留不住我们了，要我代表其他5人尽快去办理离校手续。当我把这个消息告诉大家时，同学们都感到异常兴奋，不仅是因为终于结束了“寒窗”之苦，更是因为是大家敬爱的周总理在亲自、直接地关怀我们。3月3日，我在为办理离校手续而奔跑于各个部门之间时，又接到新的通知，要我一个人改去外交部，并于3月5日报到。我连想都未来得及想，就马上回过头去重新办理已经办过的部分手续，随后再接着办完尚未办完的部分。在办理那些手续的过程中，不知学校是否已经提前通知了各个部门，有关方面都非常配合。无论我走到哪里，都立即予以办理。在不到一天的时间里，我便办完了6个人的全部离校手续。

1963年3月5日，我们离开了共同生活了近5年的北外，分别走向各自未来的工作单位。我按照报到通知的规定，准时到达外交部干部司，递交北外开给我的介绍信，算是正式进了外交部。干部司让我先去位于雅宝路的招待所住下，等待分配具体工作单位。大约两个星期后，我接到要我去北京外交人员服务局、准备到古巴驻华使馆担任中文秘书工作的决定。4月1日，我按约到古巴使馆，经过简单谈话并让我笔头翻译了一个文件式的材料后被告知，从当日起就开始正式上班。从那天开始我与这个国家结下长达近50年的不解之缘。在古巴使馆，我作为馆长翻译兼礼宾秘书，一直工作到1971年1月，总共达近8年之久。

在那8年里，我有过一些终身难忘的经历，例如：1963年和1971年有幸两次为周恩来总理担任翻译，体会我国的对外交往精神；1964年10月16日我国爆炸第一颗原子弹的那天晚上同邓小平同桌晚餐，聆听他向晚餐的主人——古巴大使桑托斯阐述关于中国的防卫政策；有机会坐在刘少奇主席、陈毅副总理、郭沫若副委员长等党和国家领导人身边，领略他们的外交风采；就近目睹国际政坛上的要人西哈努克亲王、格瓦拉等，了解他们对中国的感情和评价；为使馆设法安排卡斯特罗主席空运给胡志明主席贺寿冰淇淋在京转机的问题；随同使馆临时代办去海南岛查看因触礁而断裂的古巴载有万余吨白糖前往越南的轮船；陪同使馆外交官员去满洲里办理援越物资过境手续，等等。在许许多多令人愉快的回忆中，也有一些与之不太协调的事情，其中有一件事还惊动了中古两国的高层领导。

作者在“文化大革命”期间奉命陪同古巴驻华使馆临时代办加西亚（右二）及夫人和儿子访问延安。

附　录　我自己的事

那件事情发生在中国“文化大革命”高潮时期的1967年初。事情大致是这样的：所谓的红卫兵莫斯科“红场事件”之后，北京掀起了声势浩大的声援活动，服务局也要求各个部门组织人员参加在苏联驻华使馆门前的游行。我在组织古巴驻华使馆（我是该馆员工的工会主席）的雇员去参加游行时，遇到该馆的阻拦，对方人员甚至企图动手打我，这自然引起我和其他员工的强烈不满。当我们就此事据理向桑托斯大使进行交涉时，他竟然下令立即将我辞退。按照该馆和我签署的合同，他们有权解雇我，因此我立即离开了使馆。但是，外交部和服务局的领导都认为桑托斯大使的决定毫无道理，不能接受，随即指示留在该馆的其他30多位员工向使馆提出恢复我工作的要求。桑托斯不仅拒不接受大家的正当呼声，反而要他们全部都离开使馆，还让其外交官把中国员工一个一个地往使馆外面拖，个别外交官竟然还亮出了手枪。桑托斯大使的做法令古巴领导人大为恼火，因为当时中古关系受中苏关系的影响本已不太好，古方担心桑托斯的无理行为会导致两国关系的进一步恶化。事发后，时任古巴总统多尔蒂科斯很快就由其外交部长陪同，于当天深夜12点紧急约见我国驻古使馆临时代办李善一，说明桑托斯的错误，表示歉意，要求中国政府不要介意。李善一代办由于事先不了解情况，被很少见到的“总统约见、外长亲自做记录”的场面搞得一头“雾水”，难作明确表态，只能表示立即报告政府。古巴政府在向中方打招呼的同时，又将正在收割甘蔗的外交部亚大司长、前驻越南大使加西亚从劳动现场紧急召回首都，让其以“临时代办”的身份立即赴京，负责处理此事，并安排桑托斯大使尽快回国。加西亚临时代办抵京后，第二天就“带领”桑托斯大使分别拜访了我国外交部和外交人员服务局的有关领导人，向他们一再表示歉意，并要求包括我在内的全体员工马上回到使馆的工作岗位上。当然，我们无须再说什么，欣然表示了同意。一件貌似复杂的事情，就这样得到了较快、较好的解决。事隔30多年后，当我以我国驻古巴大使身份去拜访已经退休的加西亚时，他不无感慨地和我谈及许多往事，特别是让他赴华处理此事的过程。他告诉我，他是在赴京途中到了柏林以后，才得以看到外交部有关处理此事的具体指示的，可见古巴方面着急到了何种程度。对于桑托斯大使，我没有“记恨”。我不仅在抵达哈瓦那后不久就去拜访了他，还专门邀请他们夫妇及我认识的其他原驻华使馆外交官到我们使馆聚餐。我的这个举动，赢得了古巴领导人和外交部官员的交口称赞。

作者1972年奉命陪同古巴使馆临时代办加西亚参观大连机车厂，为他即将离开中国送行。

我回到古巴驻华使馆后，又在那里工作了大约4年时间，主要就是为加西亚代办担任翻译。其间，在我国外交部的邀请和安排下，我还有机会随同他分别访问了韶山、井冈山、延安及上海、长沙、南昌、杭州、西安等地。在井冈山，他在我着意介绍历史情况后，对有人将“毛（泽东）朱（德）会师”篡改为“毛林（彪）会师”向江西省的领导同志表示很不理解，并对这种公然歪曲历史的做法提出了含蓄但尖锐的批评。他的意见经陪同访问的外交部处长陶大钊同志报告领导后，得到了毛主席的肯定和赞赏，这对纠正当时的一些错误思潮起到了重要作用。1971年1月，尚不是中共党员的我奉调去北京外交人员服务局的政治处，从而离开了古巴驻华使馆。其后不久，加西亚也接到了结束在华任职的命令，离京回国。在他离开中国之前，外交部又特许我再次以翻译的身份，与凌青司长一起，陪同他访问了沈阳、鞍山和大连等地，以示送别。

作者身着中国产的“瓜亚维拉”（绣花衬衣）与卡斯特罗主席（右二）、劳尔·卡斯特罗副主席（左一）及他们的长兄拉蒙·卡斯特罗在一起。左二为作者夫人徐丽丽。

在外交人员服务局期间，我也和全国人民一样，身不由己地被卷入了“文化大革命”。开始阶段，出于对党和领袖的深切信任和诚挚情感，以及为巩固政权而有所贡献的崇高信念，我还是比较积极地参加了与“文化大革命”相关的学习和批判活动，但由于看不惯所谓“造反派”的“夺权抢印”、“乱揪乱斗”、“打倒一切”、“文攻武卫”和破坏正常秩序的行为，特别是他们对待周恩来总理和陈毅副总理兼外交部部长等老一辈革命家的无理态度，我不久就对那场“革命”产生了怀疑，逐渐地站在了“保守派”的立场上，但坚持正常工作，坚持搞好对外服务，因而赢得了服务局大多数职工的尊重。如果不是大家的保护，1966年8月我在一次与“造反派”进行说理斗争时，差一点挨打。后来，我更进一步地对“文化大革命”变得越来越消极，与支持所谓“造反派”的军管会的关系则公开地紧张起来，还积极参与了向上级领导反映军管会所犯原则错误的活动，最后导致军管会的主要成员受到了严厉批评，并被责令就地停职反省。1970年底，接替军管会的军宣队进驻服务局后，我则开始以服务局领导机关工作人员的身份，参加了整顿和恢复服务局日常秩序的工作。

进入外交部部内机关

（1974年至1977年）

离开古巴驻华使馆后，我在外交人员服务局政治处做了一年多的宣传工作，主要是参与对全局近2000名员工政治学习的计划安排和组织实施，同时帮助服务局宣传队进行各种宣传活动。当时领导服务局工作的军宣队挑选我去做这样的工作，主要是认为我为人正派、群众关系好，具有一定的工作、组织和文化创作能力。据说，军宣队内部还曾考虑过适当时候安排我进入服务局的“三结合”领导班子的问题，但由于我尚不是中共党员，当时又不准发展新党员，因而这个计划只能被搁置。尽管我在政治处的工作颇有成效，上下的反映也都很不错，但随同军宣队一起进入服务局的新任局长徐晃同志认为还是让我去搞西班牙语工作为好，因而1972年5月墨西哥开始在京建立使馆时，我被派去为其建馆班子担任中文秘书，随后又作为该国首任驻华大使安吉亚诺的翻译，继续在使馆工作了一段时间，直到1974年4月被派去服务局的“双桥五七干校”接受“再教育”。在干校，我本应至少劳动一年，但因外交部急需人，当年11月22日我便被局机关调回，随即于24日去了外交部美大司三处，开始了我在外交部部内的工作。

在墨西哥驻华使馆工作期间，也就是允许重新发展党员后不久，我终于得以实现了多年的夙愿，于1973年4月17日被吸收加入中国共产党，并按照中共“九大”修改后的党章规定，无须有预备期，自支部大会通过之日起即成为正式党员。由于这个原因，我被派去干校时，就被指定为干校党支部委员，亦是干校的校领导成员之一。

在美大司的第一项重要工作，是被指派参与陈永贵副总理访问墨西哥的相关准备工作。对于这位农民出身的政治风云人物，尽管我并不认为他能挑起国家领导人的重担，但始终还是怀有尊重之情。1973年3月墨西哥总统埃切维里亚访华时，曾在周恩来总理陪同下访问了大寨，受到时任山西省革委会主任陈永贵的热情接待。当时，埃切维里亚希望并邀请这位源自农业劳模的领导人在方便的时候访问墨西哥，中国方面表示乐于接受邀请。1975年初，陈永贵被确定为国务院副总理，同时还继续兼任山西省革委会主任职务。中央决定，让陈永贵以副总理身份于是年5月对墨西哥进行正式友好访问，有关访问的各项具体事宜由外交部操办。在准备过程中，我曾有机会几次去这位被人们广泛称之为“永贵大叔”的政治局委员在京暂住的钓鱼台14号楼，为他送去有关访问的材料，看到他的朴实为人。他曾经对我说过，让他住那么大、那么好的房子，用那么多人伺候，又不能参加劳动，实在很难受。陈永贵副总理访墨时，我有幸作为代表团的翻译之一随行，并参加了他在墨西哥的全部访问活动。除墨西哥外，陈永贵副总理乘坐的专机（一架波音707飞机）还在往返途中经停了日本的东京、加拿大的温哥华和蒙特得尔、罗马尼亚的布加勒斯特（原定的巴黎机场雾大，飞机无法降落而改道），以及我国的乌鲁木齐等地。虽然在每个地方停留的时间都短，在东京和温哥华还仅仅是机场过境，但第一次出国给我留下的印象确实很深，也很新鲜。

对于陈永贵同志，我还有一个永难忘怀的纪念，就是他的认真、守时、随和、幽默。在访问过程中，能够体现他的为人的具体事例很多，其中有一件事让随同访问的许多人至今依然常常乐不可支：访问期间，已经是访问的后期了，我们需要乘坐墨方的早班班机去外地的一个城市。由于前一天晚上的活动直至凌晨两点多才结束，清晨四点半就又要上车去机场，因而全团大部分人都没有像往常那样提前登车，只有陈永贵同志和他的警卫两人准时坐到了车上，就连他的秘书都没有到场。过了大约10分钟，代表团的其他20几名成员，包括团长、农牧渔业部副部长，才分别鱼贯而到。陈永贵同志虽然不很高兴但仍然笑着说：“你们这是吃黄豆放屁——一个一个往外蹦！”他哈哈的笑声，使得大家的睡意顿时全消。

在美大司工作期间，还有一件我始终记忆犹新并常常引以为豪的事情：我曾有幸为我敬仰的朱德元帅担任过一次翻译。那是在1975年的夏天，委内瑞拉众议长帕斯应全国人大常委会的邀请来华进行正式友好访问，由人大常委会秘书长姬鹏飞同志陪同，乘专机访问锡林郭勒、哈尔滨、大庆等地，我作为翻译随行。结束外地之行后，帕斯众议长又回到北京，参加时任全国人大常委会委员长朱德的接见。那是我一生中第一次，也是最后一次为朱德同志担任翻译，因为时隔不到一年之后，这位为中国革命、为中华人民共和国的创建立下无数丰功伟绩的伟大革命家、政治家、军事家就永远地离开了我们。

首个外交官职务

（1977年至1979年）

1977年4月27日，我和外交部财务司的赵鸿韬、外经贸部的朱季寅两位同志结伴，乘飞机离开北京，经巴黎转道墨西哥城，前往我国驻墨西哥使馆工作。巧的是我们三人年龄相仿，职务也都是随员或者三秘，属低级外交官，虽然原来互不相识，但途中却相处甚欢，后来则进一步成了好朋友。4月29日我们抵达使馆时，正赶上姚广大使忙于离任活动。他开玩笑地对我说，你可真是难请啊！我都等了你4年了，现在你才来，但我再过4天就该走了。

我对失去在姚大使手下工作的机会深感遗憾，但并非己愿，实在是过多的客观原因造成的。我知道，姚广早就想让我去给他当翻译，因为服务局局长徐晃同志曾经几次亲自将此事告诉过我，但同时也明确地表示不能放我走。1974年11月将我从干校急急忙忙调去外交部，其中的个因还是姚广大使的再三催促。但我去外交部报到时，正赶上因为“批林批孔”而冻结人员外派，干部司只得将我放到美大司待命。后来，又因为我参加了1976年初的大规模悼念周恩来总理的活动及所谓的“四五事件”（从4月初

作者在墨西哥参观闻名世界的太阳金字塔。

起，每天都有大量的群众去天安门广场给周总理送花圈、抄录反对"四人帮"的诗词并予以私下传播，4月6日达到高潮，因而受到"四人帮"的迫害，史称"四五事件"。在那几天里，我每天晚上都去天安门广场，也抄录了不少悼念周总理和批判"四人帮"的诗词，拿回来给司里的同志们看了），受到了较长时间的审查，故而直到两年多后方得以前去墨西哥。我到驻墨西哥使馆半年后，美大司曾经专门给驻墨西哥使馆发去一封信，对"审查"我参与"四五事件"的错误做法表示了正式道歉。

我在驻墨西哥使馆工作了近两年，主要是给刘溥大使当翻译，同时做些调研、礼宾安排和信函处理等工作。两年里，我有机会随同刘溥大使认识了墨西哥的时任总统洛佩斯·波蒂略，数次去过中国人民的老朋友、前总统埃切维里亚的家，还多次得以陪同刘大使外出访问，到过墨西哥全国32个州中的24个，对墨西哥各地的经济发展和风俗人情有了一定程度的了解。许多墨西哥人和不少国家的驻墨西哥外交官都不无羡慕地说，我和刘大使去过的地方比他们都要多得多。此外，那两年还使我有机会学到了不少使馆调研、办案、交友和外宣的知识和经验。这些经历和实践，对我后来的工作和成长帮助很大。

担任新华社驻外记者

（1979年至1983年）

1979年3月我从驻墨西哥使馆回国休假期间，外交部有关部门通知我暂时不要返馆，留下待命。是年7月，美大司负责同志告诉我，准备派我去巴拿马担任新华社记者，并让我于出发前先去总社速成学习新闻业务，具体动身的时间视我的学习及有关部门与对方的联系情况再定。

作者和巴拿马总统府新闻局长在一起亲切交谈。

经过在新华社的三个月短期培训后，我和新华社派驻巴拿马分社的首席记者叶维平及他的翻译程志平一起，于1979年11月29日离开北京，再次路经巴黎，转乘法航班机飞往巴拿马城，12月1日抵达这座世界名城，开始了“无冕王”的岁月，直到1983年12月被外交部美大司林良由同志代替，在巴拿马总共工作、生活了4年多的时间。

于我而言，新闻记者的工作完全是陌生的，但经过努力并在老记者的全力帮助下，我很快就有了明显的进步。一年以后，由于叶维平和程志平同志被调去哥斯达黎加的圣何塞分社，我独立地承担了一年多巴拿马分社的报道任务，每天都向总社发出一条至多条消息或综述稿，得到了新华总社的充分肯定和赞扬。在那4年里，我还利用找新闻、写消息之机，四处奔走，广交朋友，对这个地处中、南美洲交界处的热带国家有了一定的了解。我到过巴拿马的几乎所有省份，结识了包括政府首脑托里霍斯将军和桑切斯、德拉埃斯普列利亚、依留尔卡三位总统、副总统及相继担任过国民警卫队司令职务的弗洛雷斯、帕雷德斯、诺列加将军等人在内的许多巴拿马的高层领导人，与时任经济部长、后来在90年代中期当选为总统的巴利亚达雷斯成了过往甚密的好朋友，同很多巴拿马政界、企业界、工商界、新闻界、教育界的知名人士也都关系颇深，更和众多的华侨华人结下了深厚的友谊。他们在我国于1980年至1982年期间筹办的4个较大型展览会、展销会的顺利兴办，常驻联合国副代表周南的访问，我国男子篮球队和贵州歌舞团的成功往访，以及联系中国纺织品进出口总公司、中国银行、中国远洋运输公司等机构驻巴拿马代表处的设立等方面给我提供的热情、有效的帮助，令我对他们始终怀有真诚的感激之情。几位好朋友围绕托里霍斯将军去世及时向我通报的多个内部消息，更使我至今难以忘怀。

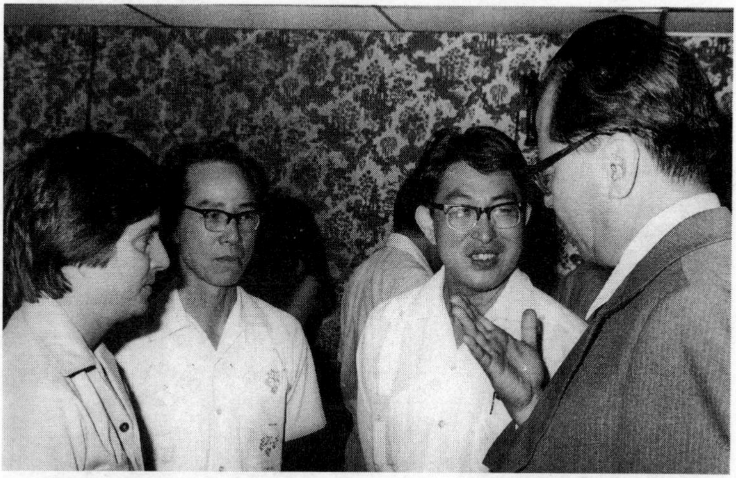

作者在中国常驻联合国副代表周南大使（右一）访问巴拿马时为他担任翻译。

巴拿马的4年记者生涯，还让我有机会到过中南美洲的众多国家。因为工作的关系，我曾去过委内瑞拉15次以上，在哥斯达黎加累计住过4个多月，3次到过哥伦比亚，两次访问过洪都拉斯，并分别去尼加拉瓜、萨尔瓦多作过采访，并途经库拉索、圣安德烈斯等岛屿。这些参观访问使我增长了许多见识，丰富了阅历，对于我后来较好地主持外交部拉美地区的工作帮助很大。

也是在驻巴拿马期间，我的职衔由随员被越级晋升为二秘。

赴尼加拉瓜建馆

（1983年至1987年）

1983年12月30日，我回到北京，再次进入美大司，并被告知，部里考虑让我接替行将出国工作的顾志方同志，担任负责墨西哥、中美洲和加勒比事务的三处处长，在他离职之前先行协助他的工作。

作者于1985年参加了中国与尼加拉瓜的建交谈判，并于1986年3月作为中国首任驻尼加拉瓜使馆的临时代办赴马那瓜建馆。图为作者夫妇在主持使馆首次举行的大型招待会后留影。

我在担任三处处长期间完成了几件大事，其一是按照我国的外交政策筹划同古巴改善关系的工作，二是参与同尼加拉瓜的建交事宜。期间，我还于1985年5月代表美大司去了一次哥伦比亚首都圣菲波哥大，参加在那里举行的拉美形势专题调研会。那次会议由驻哥伦比亚大使陶大钊主持，参加者有常驻联合国代表团参赞钱永年（后来曾任我国驻印尼大使和国务院外办副主任等职）等同志，总共20余人。

1985年12月，尼加拉瓜桑迪诺解放阵线全国领导委员会成员鲁易斯在外长德斯科托陪同下访华，我参加了访问准备和落实的全过程。访问期间，双方通过谈判达成建交协议，还商定尽快在对方的首都建立大使馆。次年3月，我被外交部委派以政务参赞身份带队前往马那瓜建馆，并任使馆首任临时代办。

由于10多年前的大地震以及连年内战的影响，尼加拉瓜遍布废墟，生活条件非常艰苦。首都马那瓜是一座找不到市中心的城市，各种生活物资的供应奇缺。但是，尼加拉瓜外交部为我们的建馆工作提供了力所能及的协助，包括在前3个月里让我们住最好的旅馆（马那瓜唯一的五星级酒店洲际旅馆），供应给我们最好的饭菜（在酒店里可以随意点要饭菜），还给我们调拨了两辆汽车，并在其后帮助我们挑选了两幢可用作使馆办公室和大使官邸的房子，从而使我们得以较好地完成了建馆任务。其间，我有机会结识了尼加拉瓜的时任总统丹尼尔·奥尔特加，内政部长、“零号司令”托马斯·博尔赫等桑解阵的全部主要领导成员，还和他们中的部分人成了关系甚密的朋友。

在尼加拉瓜的日子里，无论是作为临时馆长（两度担任代办，前后共七个多月），还是作为首席馆员，我都与使馆的其他同志一样，参与了馆内各种大小、具体事务的处理，从中领悟到了许多如何处理干群关系的道理。同时，我利用一切机会和可能，到尼加拉瓜的各地，包括仍处于政府军与反政府武装力量战火中的省份，去观察和了解当地的情势和社情、民俗，从而得以掌握到许多第一手情况，对使馆正确分析该国的政治、经济形势发展和走向颇有裨益。这些方面的经验，对我后来较好地担负几个单位的第一把手作用甚大。

参加组建外交部拉美司

（1987年至1991年）

1987年7月17日，我在完成了驻尼加拉瓜使馆的建馆任务并陪同俞成仁大使工作了几个月后，奉调离开马那瓜回外交部，22日抵达北京。24日到部里报到的当天，就被告知要去美大司担任领导成员，并需要立即开始上班。在美大司负责拉美事务的副司长朱祥忠的办公室里，他对我的回京表示欢迎，并指着旁边的一张桌子说，那是给你准备的，你今天就开始使用它吧，因为马上就要有几起重要访问，需要准备和接待，没有时间让你休息啦！就这样，我回国后连时差都未来得及倒，便当即开始了新的工作。1988年2月，朱祥忠同志被任命为驻秘鲁大使后，时任美大司司长刘华秋找我谈话并通知我，由我接替他的职务，负责司里的拉美部分工作。

当时的美大司是外交部的一个大司，分管北、中、南美洲及大洋洲的事务，涉及的国家和地区共有70多个，拉美和加勒比部分占其中的46个，超过一半。但是，美大司的司长却基本上无暇顾及拉美的事情，拉美国家驻华大使有事只能找到我这个副司长，因此相当一部分拉美使节对此颇有微词。根据形势的变化和工作量的大增，刘华秋同志要我考虑是否需要单独设立拉美司的问题。议论中，大家都认为，从实事求是的原则出发，加大对拉美及加勒比的重视程度和工作力度应是当务之急，把拉美部分从美大司分离出来确实有必要而且宜尽快着手办理。在此意见基础上，我主持草拟了给部领导的报告，正式建议成立“拉丁美洲和加勒比司”，简称拉美司。经外交部党委审定并报请国务院批准后，拉美司于1989年初正式宣布成立，由当时还在担任莫桑比克大使、曾在巴西坐过洋监狱的“九颗红心”之一的张宝生同志出任首任司长，我为副司长，汤柏生为参赞级的司领导成员。张宝生是和我同时进入外交部的，我们还在外交部招待所的同一个房间里住过近一个月，后来的来往也很多，只是因为所学的语种不同（我学的是西班牙语，张宝生同志学的是葡萄牙语），很少在

作者曾有幸多次代表政府接待来自拉丁美洲国家的政要对我国进行的国事或正式访问。图为他陪同巴西领导人参观故宫。

一起共事。汤柏生则是我在北外的翻译课老师，后来被调进外交部翻译室，我们的关系一直很好。在拉美司，由我们3人组成的首届司领导班子进行了非常密切、协调的配合，加上几乎是原有班子未加变动，从而保证了新建机构的组织迅速到位，工作开展也颇为顺利。1991年5月，我被调任驻厄瓜多尔大使之职，离开了组建不久的拉美司。其后未几，张宝生同志也离开了该司，在出任驻安哥拉大使期间患疾，不幸于1997年5月因病去世。我对于他的英年早逝深感痛惜，很长时间悲痛不已。

作者夫妇1989年1月同首度正式访华的古巴外长马耶米尔卡夫妇（左三和左四）访问了北京、上海、广州、深圳等地。图为他们一行在北京游览天坛。

在美大司和拉美司期间，我曾有机会参加巴西总统萨尔内、阿根廷总统阿方辛、乌拉圭总统桑吉内蒂等拉美国家领导人访华的准备和接待，因而多次有幸直接聆听我国老一辈无产阶级革命家、改革开放总设计师、中央军委主席邓小平与这些外国领导人的谈话，受到了思想、政策、策略、外交、宣传等方面的进一步的深刻教育和宝贵熏陶。此外，得以受外交部的委派，主持接待并全程陪同巴西外长索德雷、古巴外长马耶米尔卡、乌拉圭外长伊格莱西阿斯、厄瓜多尔外长科多韦斯等的对华正式访问，还于1988年8月以中国政府代表团团员的身份，随同朱启桢副外长出席过厄瓜多尔总统博尔哈的就职典礼，并于其后陪同朱副外长对智利、乌拉圭进行工作访问。在那段时间里，令我难以忘怀的重要事情还有，我曾有幸两度作为时任国务委员兼外交部部长钱其琛的正式随行人员，分别于1989年6月和1990年9月访问了厄瓜多尔、古巴以及秘鲁、玻利维亚、哥伦比亚、委内瑞拉等国，对他的极强洞察力、敏锐性、记忆力和不知疲倦的工作精神非常钦佩。在第二次访问中，可能是因为钱其琛同志看到我饭量大（每顿饭都能吃两道主菜）、在每次活动的转换途中上车就能睡着、一路上都能准时完成任务、内部聚餐时能够干上几杯等情况，在访问快结束时曾对随行人员说，“徐贻聪是站起来能干，躺下来能睡，坐下来能吃，高起兴来还能喝”。不少比较了解我的人听到钱其琛同志这个评价后都认为，钱部长算是真正抓住了我的特点。

出使厄瓜多尔

（1991年至1993年）

1991年3月我接到通知，要我将拉美司的工作交割给早已从尼加拉瓜调回并一直在拉美司五处候职的俞成仁大使，准备去出任我国驻厄瓜多尔共和国特命全权大使。在经过简单了解情况并通过参加大使参赞学习班获得一些初步认识后，我于1991年5月25日离开北京，辗转纽约前往厄瓜多尔赴任，5月29日抵达它的首都基多。6月4日，我向厄瓜多尔时任总统博尔哈递交了国家主席杨尚昆任命我为驻该国大使的国书，开始了我的第一个驻外大

作者夫妇在厄瓜多尔首都郊区的一个花卉种植园主的庭院里留影。

使的任职。

做任何工作，尤其是做所谓的高级职务工作，都需要有长时间的学习过程，并要在其中不断结合实际进行揣摩、思考，以弄清情况的原委和本质，并能抓住和掌握规律，为完成任务奠定比较扎实的基础。当然，每个人自己则要力争尽可能地缩短这个必不可少的过程。根据这样的认识，我在长期的对外工作中逐渐加深了对交友、调研和宣传重要性的理解，并逐步养成了广交朋友和到处进行参观访问的习惯，实际上就是通过实践和调查研究进

行学习。在厄瓜多尔，我也这样做了。两年里，我宴请了博尔哈和杜兰–巴连两位总统和他们分别领导的两届政府的所有部长，结识了厄瓜多尔陆、海、空三军及警察部队的全部将级以上军官，从他们那里了解情况，向他们介绍中国，也对他们进行感情投资；访问过全国22个省中的17个，还深入到农村和山区的印第安部落，以便实地了解社情、民情。这些活动使我得以掌握了许多事情的细节和真谛，对我能够较好地完成使命帮助很大。令我感到高兴和欣慰的是，我离开厄瓜多尔多年后，仍有许多厄瓜多尔的各界人士在怀念我，不时地通过多种途径打听我，甚至还能记住一个对他们来说并不太容易发出来的中文名字。

但是，也许我在厄瓜多尔最大的工作，也是最大乐趣的所在，是同千方百计、煞费苦心地挖我们墙脚的台湾势力进行的斗争。在大量的交往中，我及时获悉了台湾方面的许多倒行逆施，掌握了他们的一些动态。经过前后方的共同努力，也在厄瓜多尔朋友们的大力协助下，我们得以反复挫败台湾“外交”妄想重返厄瓜多尔的图谋，并使中厄关系有了进一步的发展。我记得，为了帮助中华人民共和国扩大在厄瓜多尔各界中的影响，当时的基多市长、90年代后期曾担任过厄瓜多尔总统的马瓦德甚至邀请我参加厄瓜多尔全国选美评委委员会，让他们国家的电视等媒体为我广作介绍，以扩大我在该国的影响和工作成效。

在我1992年5月从基多第一次回国休假期间，我受外交部委托，作为我国政府陪同团团长，全程参加了厄瓜多尔副总统帕罗迪对中国正式访问的接待工作。除北京外，我们还一起去了上海、杭州、深圳。我国的巨大发展以及对朋友的真诚友好态度，给首次访华的帕罗迪副总统及其20多位随同人员以很深的印象和极大的震撼，也给中厄关系后来的深入发展形成了很大的推动力。帕罗迪副总统在深圳出境前让全团20多个成员列队向我鞠躬致谢的场面，不仅至今还清晰地留在我的脑海里，我还常把它作为对自己和对他人进行爱国主义教育的生动教材。

作者在厄瓜多尔首都基多附近的赤道纪念碑前脚踏南、北两个半球留影，中间的长线为地球南、北两半球的分界线。由于有如此明显标志的场所并不多见，这里是作者经常陪同访问厄瓜多尔的重要代表团参观的地点之一。

在厄瓜多尔的首期阶段，我打交道的是博尔哈总统领导的政府。博尔哈在1988年被选举为总统之前，曾应中联部的邀请访问过我国，对华有着很为友好的感情，我又参加过他的就职典礼，因而很愿意与我交往，给予我的支持也很大。但是，好景不长，在我到任后的第二年，他的总统任期就结束了，而且按照国家的宪法规定不能再次参加竞选，因而使我不得不面临一班全新的人，一个全新的局面。经过努力，我很快认识了新总统的头号候选人杜兰-巴连，还和他的多数主要家庭成员交上了朋友。他当选和就任总统后，也给了我很多、很大的帮助。1993年9月我离开基多前夕，他于8月26日亲自将厄瓜多尔授予外国人的最高级别勋章挂在我胸前，还和夫人一起宴请了我们夫妇，给了我们少有的荣誉。在我离开基多的第二年，由我参与向之转达中国政府邀请的杜兰-巴连成了对我国进行国事访问的首位在职的厄瓜多尔总统，中厄双边关系从而又得到了进一步的巩固。我虽然没有能够陪同他进行那次重要的访问，但对有机会参与部分相关工作感到高兴。1993年7月初，我接到国内正式调令，让我开始辞行，准备前往古巴任职。

在基多进行繁忙的告别活动期间，我曾奉外交部的指示，于7月中旬回国参加了第八次全国使节会议，还于9月初按照国内的安排去了一趟拉巴斯，向我国驻玻利维亚使馆的同志们传达那次使节会议的精神。由于时间紧迫，我在9月4日傍晚抵达拉巴斯后，从海拔4100多米的机场直接进了使馆的会议室，完成使命后于第二天上午就又匆匆忙忙地乘飞机赶回了基多，安排我自己应于6日举行的大型告别招待会。无论是在玻利维亚的拉巴斯，还是在两天中两次路经的秘鲁首都利马，我都未能找出时间去看上一眼。

1993年作者夫妇在驻厄瓜多尔使馆举行的庆祝我国国庆招待会上与时任的该国正、副总统的夫人在一起。

1993年9月9日，我和徐丽丽结束了在厄瓜多尔两年三个月的工作和活动，离开了基多，飞往在工作意义上非常令我向往的哈瓦那。

转任驻古巴大使

（1993年至1995年）

我从厄瓜多尔转去古巴，体现的是外交部领导对干部的关心、爱护和照顾。

厄瓜多尔首都基多的海拔超过2800米，对于我这样曾被藏医专家劝诫过不宜上高山的人来说，困难的确不小。在厄瓜多尔的两年多时间里，我经常呼吸困难，心率总保持在每分钟100~120次之间，体重也从88公斤降到了75公斤，“速效救心丸”成了我的每天常用药。1992年8月刘华秋副外长作为中国政府特使出席杜兰-巴连总统的就职仪式期间，看到了我的身体状况，就考虑回国后要建议给我调整一个地方，以照顾我的身体。1993年5月我得到消息，国内准备让我去海拔仅有几米的哈瓦那，接替陈久长同志。同年7月在北京举行的我国第八次使节会议，我就是以新任驻古巴大使的身份参加的，尽管那时我还没有上任。

1993年9月12日，我从基多经过委内瑞拉首都加拉加斯到达哈瓦那。在古巴方面的友好安排下，14日上午我就连续向古巴外长罗瓦伊纳和国务委员会副主席马查多递交了国家主席江泽民签署的国书副本和正本，开始了我的第二任大使的任职。

我在古巴的任期只有两年三个月，但却得以与卡斯特罗主席、劳尔·卡斯特罗副主席等许多古巴党和政府的高层领导人结下了深厚的友谊，还有幸先后接待了我国国家主席江泽民（我是代表团正式成员）、全国政协主席李瑞环（我是正式陪同人员）、国务院总理李鹏等领导同志对古巴分别进行的短暂、正式友好、过境访问，以及中共中央政治局委员吴邦国（时任上海市委书记）、国务委员彭珮云等率领的高级党政代表团的往访，并在结束任职的前夕陪同卡斯特罗主席进行了他对我国所作的首次国事访问。由于卡斯特罗主席执政近40年却从未访问过我国，我国的各个方面对他的来访都非常重视。除去这些重要的双边交往外，我还多次有机会向古巴共产党和政府领导人、全国15个省市的党政主要负责人介绍邓小平理论和中国的改革开放政策，回答他们的各种问题，从而加深了他们对我国所走道路的认识和理解。过了好几年以后，包括卡斯特罗主席在内的许多古巴领导同志还在不断打听我的情况，委托来华访问的人向我转达亲切问候和良好祝愿。

作者夫妇参观古巴西部旅游胜地比里亚莱斯的印第安人岩画。

中国驻古巴使馆设在一座具有历史、文物价值的大理石建筑物里，院中树木和花草品种繁多。图为作者工作之余在院内的一棵芒果树下小憩。

1994年8月，我曾奉国内指示，从哈瓦那飞往巴西首都巴西利亚，参加在那里举行的我国驻拉美使节第二次全体会议。会议由外交部副部长刘华秋在驻巴西大使原焘和拉美司司长李国新协助下主持，为期一个星期。其间，我曾有机会同其他与会大使一起，粗略地浏览了巴西政府所在地的这座新兴城市。但是，由于工作繁忙，我在委内瑞拉首都加拉加斯和世界名城圣保罗都仅仅作了转机停留，未能进行顺道参观、游览，对这两座国际大都市没有留下什么印象。

1994年9月，即在我担任驻古巴大使职务一年以后，外交部通知我国驻古巴使馆，将我的行政级别从当年10月起提升为正司级。

1995年9月下旬，我接到国内调我于10月下旬回国的命令，要我作辞行安排。正在我进行紧张的辞行拜会之际，我于10月6日接到紧急通知，要我迅速联系并安排好李鹏总理于10月9日对古巴进行过境访问并会见卡斯特罗主席的相关事宜。我临时改变了一些辞行安排，约见了一些古巴政府方面可能与李鹏总理过境访问有关的负责人士，顺利地完成了任务。在我临离开哈瓦那前夕，卡斯特罗主席于10月8日破例地在革命宫为我和徐丽丽举行了送别宴会，还邀请使馆的主要外交官夫妇作陪。古巴全国人大主席阿拉尔孔，以及外交部、外贸部、对外合作部、武装力量部等政府部门和党中央国际联络部、对外友协、哈瓦那市政府等，也都少有地为我举行了各种送行活动，颇受其他外国使馆的注目。此外，古巴外交部、对外友协和古中友协三个单位还联合向国务委员会为我申请了友谊勋章，使我成为我国第一位得到如此殊荣的使节。其间，古巴国务委员会副主席、部长会议执行秘书拉赫告诉我，轻工、纺织、文化等6

作者夫妇在格瓦拉常坐的一个石凳上体验当时的环境。

个部的部长曾集体向他提出要求，以政府名义建议中国政府延长我的任期，但为他所劝阻，因为古巴应该尊重中国政府的决定。据古巴友人后来告诉我，部长们的这个动议还曾惊动了卡斯特罗主席，而且是他指示要尊重中国政府的决定，并要考虑到不能对我本人产生不利的影响。

1995年11月30日至12月8日，我有机会陪同卡斯特罗主席对我国进行首次国事访问，参加了他与江泽民、李鹏、乔石、李瑞环等我国主要领导同志的会谈会见，并陪同他对西安、上海、深圳、广州等地参观访问。我记得，李瑞环主席在会见卡斯特罗主席前曾对我说，你算是立了一个大功，因为你终于把他弄来了。我对李瑞环主席的话始终记忆犹新，它可以被视做对我出使古巴的一个珍贵评语。当然，我深知，能让卡斯特罗主席来我国访问，决非是我个人的功劳，我在其中只不过做了一点联络方面的事情。让我参加卡斯特罗主席访华陪同工作，也应该是中国政府一个特别安排和对我本人的特殊照顾，因为10月9日李鹏总理从哈瓦那过境后，于当晚让人从秘鲁首都利马打电话给我，指示我延期从古巴回国，待接待完卡斯特罗主席访问后再行离任。如果没有这样的安排，我是不会有机会参加那次重要的访问的。

1995年12月1日，在江泽民主席于人民大会堂北大厅为卡斯特罗主席举行的欢迎仪式上，因为恰巧赶上我国开始突出驻外大使地位的礼宾改革，我被排在我国政府陪同团团长、国家计委主任陈锦华的后面，外经贸部部长吴仪和国务院外办主任刘华秋的前面。有关报道当天在电视台播出后，我接到不少同志的电话，问我这个安排的含义。经我逐一解释，他们虽然明白了其中的意思，但仍开玩笑地说，好事都被你赶上了！

主持世界知识出版社的工作

（1996年至1997年）

1995年12月8日我在广州白云机场送走卡斯特罗主席，结束了我的驻古大使任职，留在了国内休假。

假期尚未结束，李肇星副部长于1996年1月28日约我谈话说，考虑到我政策性较强、能够团结人、中文水平较高，准备让我去世界知识出版社，接替已被任命为驻墨西哥大使的沈允熬，而且需要尽快去上任，以便沈大使可以尽早去墨西哥履新。我对李副部长说，我对出版业一窍不通，如果是在征求本人意见，我希望领导能够另找他人；如果是部党委的决定，我则当然应该服从。李副部长告诉我，部党委已经讨论过，希望我不要拒绝，并要能够按照部党委的要求，去做些开创性的工作。尽管我心里对此项新的工作任务一点底儿都没有，但没有再说什么，只简单表态接受任命。2月2日，我刚作完一项小手术后，尚未拆线，便由干部司司长王建立引见，到出版社认识了党委成员，并从当日起接过了出版社党委书记兼社长的工作。后来，由于出版社的人事变动，我还曾在一段较短的时间里兼任过总编辑的职务，可谓是党务、行政、业务全部落在了我的肩上，直到1997年7月我把工作移交给曾担任外交部办公厅主任及驻扎伊尔、摩洛哥等国大使职务的安国政同志，转任我国驻阿根廷大使职务。

在世界知识出版社的那一年多的时间里，我经过广泛了解各方面的情况和与出版社党委的其他成员多次讨论，并报请外交部批准或备案后，对出版社的领导层、机构设置、出版方针乃至各个部门的工作作风，都作了相应和相当的调整，受到了出版社多数员工的欢迎，也得到了中宣部出版局、国家新闻出版署等相关部门负责人的肯定和好评。1997年8月29日在飞往纽约的国航班机上，我读到了《人民日报海外版》登载的《新闻出版报》记者关于我在世界知识出版社工作的情况报道，给了我不少的肯定和赞许。据不少出版社内外的人告诉我，时隔几年后还有许多出版社的人在怀念我的爱岗敬业、认真负责、大刀阔斧、讲究效率、不知疲倦、身先士卒、坦诚待人、不摆架子、关心群众的工作作风。我深知，我没有做得像他们评论的那么好，但对于一个党员干部能够给出版社的大多数员工留下类似的印象，我感到高兴，同时也把它作为鼓励和鞭策。

出任驻阿根廷大使

（1997年至2000年）

为了广泛介绍中国和深入了解当地情况，作者夫妇在阿根廷工作3年多的时间里，访问过该国的全部24个省，行程近15万公里，有时乘坐的飞机只能在大草原上起降。图为他们在草地上降落后与阿方迎接人员在飞机旁合影留念。

1997年6月底举行的全国人大常委会会议，通过了外交部关于由我出任驻阿根廷大使的提名。同年8月29日，我怀揣江泽民主席签署、钱其琛副署的国书，离京前往阿根廷，9月2日抵达这个南美洲最南端国家的首都布宜诺斯艾利斯。9月17日，我向时任阿根廷总统梅内姆递交了国书，正式开始执行我作为我国派驻该国的第7任大使的使命。

在阿根廷的三年两个月里，如同在厄瓜多尔一样，我也赶上了两届政府，因而需要做的事情较多。包括节假日在内，我平均每天的工作时间都要超过12个小时，日均对外活动超过3次。这样的工作节奏，对我这个“工作狂”来说，倒没有什么，但作为“催命鬼”，却让许多同事颇感“头痛”。包括中共中央政治局常委尉健行（我和中联部部长戴秉国、北京市委副书记张福森是他的正式随行人员）、国务院副总理吴邦国（我是代表团主

部分亚大国家使节在一次“分使团”活动后与阿根廷时任总统梅内姆的合影。右三为作者。

要团员）等党和国家领导人在内的我国200多个副部长和副省长以上代表团的访阿，阿根廷的总统、部长、省长、高级将领和大企业家率领的众多代表团的对华访问，在阿根廷全国24个省市开展的拜访、座谈、演讲等各类活动，与近百个外交使团及十几个华侨华人团体的大量、密切往来，还有一个驻外使馆本身应该完成的任务，必然会让全馆人员整天忙个不停，大家经常喊“头痛”也就很容易理解了。当然，对我个人而言，这些活动不仅使我对这个国家有了比较深入的认识，还让我结识了各行各业、各个阶层的无数朋友，帮助他们对我国有了新的、客观的了解和认识。尉健行同志在结束访阿时曾说过，从实际情况看，使馆的调研工作全面、深入、实在；交的朋友也比较多、比较深，并能在关键时刻起作用。使馆的同志们都认为，尉健行同志的评价非常准确、中肯，从中受到很大的教育和极大的鼓舞。

作者夫妇在乌斯怀亚市为纪念马尔维纳斯群岛战争立的新碑前合影。

在那段时间里，虽然我知道

阿根廷也如同拉丁美洲的其他国家一样，其人民多信仰天主教，各种教堂遍布全国大小城镇。图为该国东南部拉普拉塔市的主要教堂，被列为全拉美的三大最为雄伟的教堂之一。

那是我外交官生涯的最后一任，但我并没有坐“末班车”的感觉和想法，依然如同以往一样，坚持执行我国的外交政策，坚持有针对性地做宣传工作，坚持诚心交友、平等待人，坚持实事求是和“言必信，行必果”等项基本信条，因而赢得了阿根廷的方方面面，包括梅内姆和德拉鲁阿两位总统的赞赏和好评，也赢得了他们的种种宝贵支持和多种形式的具体帮助，从而为我任务的完成创造了很好的条件。阿根廷外交部的许多官员都在公开场合评论说，我是整个外国使团中“最积极、最活跃、最有成效的大使”，先后两任礼宾司司长甚至经常开玩笑地直接叫我“拿摩温”（使团1号）。2000年11月我离任回国时，两国的政治关系进一步融洽，双边贸易额大幅提高（总额接近12亿美元），经济合作开始落实，双方都对两国关系中的这些实质性发展很为满意。为表彰我对发

作者夫妇在一个假日由回国休假的阿根廷时任驻华大使巴特费尔德（前排左一）和夫人（后排左一）陪同，到阿根廷外交部亚大司司长梅洛的乡村别墅做客。

展两国友好合作关系的贡献，阿根廷总统德拉鲁阿和外长贾瓦里尼共同签署政令，决定向我颁发他们国家给予外国人的最高级勋章，并委托奇基索拉代外长（德、贾两人当时都在国外访问），在一个盛大的仪式上将该勋章挂在我的胸前。许多阿根廷朋友特别是与我交往较多的几位外交部的国务秘书（副部长）、副国务秘书（部长助理）、司长，都满怀喜悦又依依惜别地对我说：你代表你们的政府在我们国家工作得卓有成效，现在你即将离开我们，也即将要结束你的整个外交生涯。这个勋章你既受之无愧，也标志着你一生的圆满结局。我们在感谢你的同时，也非常真诚地祝贺你！

或许，阿根廷政府在我行将退休时给予我的这项荣誉，真的可以算作对我一生的基本信念、信条和原则的肯定。我对此感到高兴。但是，就像我一生中从不把体现在我身上的成功和成绩算在我自己的账上一样，我回国后很快就将阿根廷政府颁授给我的勋章，连同厄瓜多尔政府于1993年授予我的另一枚勋章和1995年古巴政府授予我的友谊勋章，包括阿、厄两枚勋章的绶带，一并呈交给了外交部档案馆，因为它们体现更多的是我们国家的地位，体现更多的是这些国家与我国友好关系的良好程度和深度。

应国家主席江泽民的邀请，阿根廷总统德拉鲁阿和夫人于2000年9月10日至14日专程对我国进行了国事访问。我和夫人徐丽丽于9月初奉命从布宜诺斯艾利斯赶回国，参加他们访问的接

作者于2000年2月陪同阿根廷总统德拉鲁阿（右一）在中国驻阿根廷使馆向中国政府和人民拜年。左一为当时的阿根廷外交部长。

待工作。我作为中国政府的代表，在上海虹桥机场向他们表示了热烈欢迎，并在陪同他们参观上海、西安后先期飞回北京，以迎接他们的随后到达。在北京，我又一次有机会参加了江泽民、朱镕基等国家领导人同来访国宾的会谈、会见，并代表中国政府陪同他们在北京进行的所有参观、游览及告别活动。

1998年7月，我在担任驻阿根廷大使期间，曾回国参加了第九次全国使节会议。1999年10月，我还作为“东道主”，协同时任外交部副部长杨洁篪和拉美司司长李金章，在布宜诺斯艾利斯组织并参与主持了第四次驻拉美（全体）使节片会。

2000年11月22日，即在接受了阿根廷政府颁发的勋章后的第二天，我离开布宜诺斯艾利斯回国。为了给国家节约经费，我让使馆的同志给我和徐丽丽买了比其他航空公司便宜一半的马来西亚航班的机票，而且在航线经过的南非和马来西亚都未作任何停留。经过30多个小时的连续飞行，我们于24日抵达北京，回到阔别已久的家。

退休后的初期生活

（2001年至今）

许多人都说，退休后的初期日子难熬，时间也不好安排。我的感觉却并非如此。我认为只要正确认识人生，只要有一个如何对待权力地位和功过是非的平常心态，无论是工作还是退休，都不应该有太大的不同感觉，工作也好，生活也好，完全可以被自己安排得多种多样、多姿多态，充满内容，充满乐趣。因此，当外交部干部司司长刘玉和同志通知我可以去办理退休手续并对我做思想工作时，我告诉他完全没有劝说我的必要，我对退休不仅想得通，而且感到非常高兴。在“文装解放军”里服“现役”期间，我始终坚持的是事业第一、工作第一、任务第一，因而形成了一系列概念、规律、习惯，现在情况变了，当然需要有全新的理念和相应的安排，但不会产生任何问题和困难。在开始退休生活之前，我已着手进行各个方面的准备。退休后，我将一天的时间划分为学习、健身、娱乐、吃饭、睡眠等不同时段，并尽可能让其规律化。

当然，年龄到了退休阶段，思想却不应该随之全部“退休”，还应该继续发挥一点“余热”。为此，我也利用一些时间，做点“工作”性质的事情，但不让其形成对自己的压力。在退休后的一年多里，我根据外交部和外经贸部相关领导同志的意见，联合十几位都已退休的大使，组建了一家名为“北京恩伯（大使）信

退休后，作者依然热心于社会事务，经常为所居的社区捐款、捐书、捐物，还经常主动参加社区组织的各类活动。图为他2008年北京奥运会前应邀为社区介绍中国驻外机构为申办奥运所做的多种多样的工作。

作者曾几次为周恩来总理担任过西班牙语翻译，对他始终怀有深切的崇敬之情。图为作者在退休后应邀在社区组织的纪念周恩来座谈会上发言，介绍与这位伟人的接触情景。

息咨询公司”的民营企业，并担任首任董事长兼总经理，直到2005年。公司旨在利用我们的经历和经验，推动我国与讲西班牙语和葡萄牙语国家经贸合作关系的发展。在这些年间，我做的比较集中的一项事情是义务性地协助中古双方按照两国元首达成的协议，组建青海、河南、山西、安徽和宁夏的中古友好眼科医院。在此期间，我还曾应外交部的召唤，作为“开放档案复审领导小组”常务副组长（组长是王光亚副部长，另两位副组长分别是办公厅主任唐振琪和档案馆馆长廉正保），与同为小组成员的祝有容、李家忠、杨克容、祖钦舜、华黎明、陈文熙等退休大使一道，从2001年10月中旬到2002年4月初被外交部“返聘”，回到部里“正常”上了几个月的班，对拟作首批开放的数千卷档案进行了复审工作。另外，我接受了北京市人民政府的聘请，从

2002年2月起开始担任（第八届、第九届）市政府专家顾问团的成员（外事顾问）。此外，我还在体力和时间都允许的情况下，应北京市和一些外省市的邀请，多次去给他们作过关于拉美形势和中拉关系的介绍，以期利用我所了解的情况增进双方的了解和友谊，促进彼此间的友好合作。同时，为了利用尚属清醒的头脑，我“不紧不慢”地为外交部政研室撰写了十来篇关于在巴拿马、尼加拉瓜、厄瓜多尔、古巴、阿根廷等国工作情况的回忆和感想性的文章，还为世界知识出版社主办的《世界博览》、《世界知识画报》和上海的《新民周刊》等刊物写过几篇短文，获得了一致好评。不过，做任何工作时，我首先想到的是，自己已经是一个退了休的人，虽然可以尽一点义务，但只能量力而行，不能争强好胜，不要勉为其难，还要尽量避免为他人添加麻烦，制造困难。

退休后，作者夫妇经常自费参加在国内的旅游活动。这是他们在湖南张家界旅游时于朱镕基题写的石碑旁留影。

退休几年来，我的生活轻松愉快，但并非虚度时光。在尽享家庭欢愉和天伦之乐的同时，我也为尚能有机会和可能继续为国家做一点力所能及的事情而感到高兴，并且准备在有生之年再为国家和民族的利益尽一点自己的绵薄之力。

关于未来的初步考虑

我一生没有做过什么轰轰烈烈的事情，更没有什么惊人之举，但也确实没有“走麦城”的记录，甚至没有受到过来自任何方面的批评和提示。我淡泊名利，我所逐级甚至“越级”担任过的职务，都是不期而遇，有的还是却之不去。可以说，我度过的是70多个平凡但还算平坦和并非碌碌无为的春秋。因此，我没有缺憾，但对于自己也非都是满意和满足。

目前，我身体健康，精神愉快；夫妻互敬，家庭美满（我和两个儿子及他们的媳妇保持着既是亲属又是朋友般的关系，家庭成员间自然形成有尊长爱幼、相互关心、民主协商、亲切和谐的浓烈气氛）。尽管我早就被天坛医院戴上了“高血压病人”、“糖尿病患者”的帽子，但没有任何忧愁，也没有感觉到有任何压力。按照一般情况推测，我还应该可以继续呼吸一段时间的人间空气。当然，我现在无法知道我究竟还能够在这个世界上存在多久。但是，我深知，生与死是对立的组合，人生下来就注定要死，这是必然的规律，因此我必然是会要离开这个世界的。故此，我已公开表示，死后身体的有用部位供需要的人使用，其余部分给医学单位做解剖教学，骨灰撒在外交部认为合适的树下，不搞形式，不做标记，既不给单位和朋友找麻烦，也不让儿孙每年为祭奠亡灵而奔波劳累。我自己认为，我可以算作一个比较彻底的辩证唯物主义者，我不惧怕谈论死亡。

附　录　我自己的事

我希望塑造的是一个平凡人的完整、有用人生，不给曾经和未来岁月里要伴同我的世人留下太多的麻烦、不满和怨言。

（本文系2003年应淮安市政协之求而写，被淮安政协出版的《淮安名人传》收录，2010年稍有改写）

后记

这本书里收集的多是我在退休后零零散散写的一些散文、书信、随感等，少量的是早期的文章，但也在退休后做过些改动。收集的文章中，大部分都曾见诸报刊或者是内部资料。有些朋友建议我把它们汇集到一起，形成一个册子。经过再三考虑，我接受了他们的意见，将它们汇拢到了一起。文章集中到一起，特别是印刷出来，对我自己来说，至少查阅起来方便多了，但它们对于别人能起到什么作用，我也说不清楚。当然，我希望它们能够受到阅读者的喜爱或者好评。

我的这本小集能够出版，首先要感谢世界知识出版社社长高树茂大使，因为他给了我很多的鼓励和大力的支持。我要特别提到的是，高大使和我认识多年，我们是相知相敬的老朋友，特别是1989年6月的一次共同任务，使我们之间的友情得到了很大的深化，相互理解也增进了许多。除高树茂大使以外，我还要真诚地感谢出版社的范建民、龚玲琳等同志，他们的努力使得拙作增色不少，变得至少可以翻一翻了。

当然，我也应该感谢我的妻子徐丽丽、我正在读初中三年级的孙女徐雅君，她们支持我写作，帮助我在电脑上汇集、编辑，还提醒我注意一些事实和文字。对于徐雅君，当然还有我的另一个今年刚刚升入初中一年级、就吵着闹着要帮我忙的小孙女徐濛，作为对她们的感谢，我把反映在这本书里的历史、经历和领悟送给她们，希望她们长大后对之能有我期待的理解。

在这本书的写作过程中，我还曾经得到过许多同事的帮助，这里一并谢过，但就不一一具名了。

我在本书的自序中曾经说过，书中的议论只是一家之言，认为正确的可以一笑了之，认为不正确的请给予批评。我期待着听到不同的声音。

徐贻聪

2010年10月6日于北京